# 侵入者

サンドラ・ブラウン

松村和紀子　訳



MIRA

MIRA文庫

# Honor Bound
by Sandra Brown

Copyright© 1986 by Sandra Brown

All rights reserved including the right of reproduction
in whole or in part in any form. This edition is published
by arrangement with Harlequin Enterprises II B.V.

All characters in this book are fictitious.
Any resemblance to actual persons,
living or dead, is purely coincidental.

Published by Harlequin K.K., Tokyo, 2001

# 目次

# 侵入者

## ■主要登場人物

エスリン・アンドリューズ……写真家。
ウイラード・アンドリューズ……エスリンの父。
エレナ・アンドリューズ………エスリンの母。
ルーカス・グレイウルフ………弁護士だったが投獄されていた男。
アリス・グレイウルフ…………ルーカスの母。
ジーン・デクスター……………居留地の医師。
ディクソン………………………刑務所長。

# 第一章　銀のピアスの男

冷蔵庫が開いており、青白い光のV字が暗いキッチンに流れ出していた。カウンターの上に牛乳のカートン、そのそばに食パンの包みがあり、裂かれた袋の口からスライスが二枚はみ出している。

だが、そんなものが目に入らなくても、裏口から入った瞬間に彼女は本能的に異常を察知した。何者かが潜んでいる気配を。危険を。

反射的にスイッチに手が行く。

指がスイッチに触れる前に、ぐいと手首をつかまれた。乱暴にうしろにねじり上げられる。悲鳴をあげようとした口を、ごつい、かすかに塩の味がする手でふさがれ、叫びは罠《わな》にかかった動物の悲痛なうめき声にしかならなかった。

こういう事態に陥った場合のことを想像してみたことがある。襲われたら失神するだろうか？　生命まで脅かされたら、どうか殺さないでと哀願するだろうか？　などと。

それはいま緩慢な驚きとしてやって来て、恐怖だけでなく怒りも伴っていた。彼女はもがき、口をふさいでいる手をはずそうと首をねじった。暴漢の顔を見ようとした。特徴を覚えておくこと。レイプ防止センターはそうアドバイスしていなかった？　犯行者の顔をしっかり見ておくようにと。

言うは易《やす》く、行うは至難。もがくだけ無駄のようだった。暴漢は強かった。この男は背が高い。少なくともそれだけはわかった。男の荒い熱い息が頭頂にかかる。頭が男のあごにぶつかる。つまり百八十センチ以上はあるということだ。彼女はその情報の断片を記憶にファイルした。

彼女をとめつけている肉体は強靭《きょうじん》だった。だが警察で供述するときに〝巨漢〟とか〝筋骨隆々〟という表現は不適切だろう。実際、しなやかで鞭《むち》を思わせる。目の端に見える男の上腕の筋肉は、固く青い林檎《りんご》のようだ。

じたばたしても消耗するだけ。体力とエネルギーをためておかなくてはと気づき、彼女はあがくのをやめた。鼻から吸う息が足りず、呼吸するたびに胸が大きく波打った。男の腕がほんの少しだけ緩んだ。

「僕の名はルーカス・グレイウルフ」

砂漠を渡る風が砂を囁《ささや》かせるような、かすかにざらりとした声が耳に吹き込まれた。静かな声だったが、エスリンはだまされなかった。砂漠の風は熾烈《しれつ》な嵐《あらし》となって荒れ狂いもする。

囁き声の主が何者かわかってみれば、いつどう風向きが変わってもおかしくない。とても怖かった。

ルーカス・グレイウルフという名を、テレビやラジオは今日ひっきりなしに流していた。そのインディアンの活動家は昨夜ここから八十キロほど離れたフローレンスの刑務所から脱走したのだ。当局は徹底的な捜索網を敷いて脱獄囚を捜していた。

その男が私のキッチンに！

「食べ物と休息が必要だ。君が協力的にふるまうなら傷つけはしない」彼はエスリンの耳元で低く言った。「しかし、少しでも騒いだらさるぐつわをはめる。どうだ、取り引きするか？」

うなずくと、口をふさいでいる手が慎重にはずされた。エスリンは大きくあえいで空気を吸い込んだ。

「ここまで、どうやって？」

「大部分は徒歩で」彼は無造作に答えた。「君は僕が何者か知っているんだな？」

「ええ。警察が血眼であなたを捜しているわ」

「ああ」

最前の怒りは消えていた。エスリンは臆病《おくびょう》者ではなかったが、愚か者でもなかった。勇ましさを発揮するにも時と場合がある。いまは〝ワンダー・ウーマン〟を演じる場面ではなかった。

この侵入者はただのこそ泥ではない。ルーカス・グレイウルフは危険な男とみなされていた。すべてのニュースがそう報じていた。

どうしたらいいだろう。腕力ではかないっこない。簡単に押さえ込まれてしまうだろうし、下手に抵抗すれば怪我《けが》をするかもしれない。それはだめ。唯一の可能性は頭を使って彼の裏をかき、隙《すき》をついて逃げることだ。

「座れ」彼が荒っぽく肩を小突いた。

エスリンはおとなしく従った。キッチンの真ん中にあるテーブルのところへ行き、バッグを置いて椅子を引き出し、そろそろと腰を下ろした。

男は煙のように静かに動いた。影のように身軽で敏捷《びんしょう》だった。足音は聞こえず、エスリンはテーブルに差した影で彼が動いたのを知った。おそるおそる目を上げると、開いた冷蔵庫の青白い光の中に黒いシルエットが大きく気味悪く浮かび上がって見えた。彼は身をかがめ、庫内の肉入れから燻製《くんせい》ソーセージを取り出す。まるでピューマのようだ。黒く細い体、しなやかな身のこなし、そしてその危険度も。

彼女が観念したと思っているのだろう、彼は無頓着《むとんちゃく》に冷蔵庫の扉を閉める。キッチンが暗くなった。エスリンはとっさに立ち上がって裏口のドアに向かった。が、二歩と進まないうちに鋼の腕が胴に巻きつき、抱きすくめられた。

「どこへ行くつもりだ?」

「あの……明かりをつけようと……」

「座れ」

「近所の人たちはきっと……」

「いいから座れ。言われたとおりおとなしくじっとしていろ」

椅子の方へ引きずられ、暗闇《くらやみ》の中でエスリンは椅子にかけそこなってよろけた。

「あなたを助けようとしただけよ」エスリンは言った。「私が帰ってきたのにいつまでも明かりがつかなかったら、近所の人たちは変だと思うわ」

それは空脅しだった。空脅しであることをグレイウルフも知っているだろう。彼女の家はスコッツデイル郊外の新しい分譲地にあり、建て売りの半分以上がまだ空いたままだったた。忍び込むに当たって彼は当然一番端の人目につきにくいこの家に目星をつけたのだろうから。

闇の中で金属のこすれる小さい音がした。不吉な音。エスリンは体がすくんだ。ルーカス・グレイウルフは、シンクのそばにある包丁類のラックをすでに探し当ててあったのだろう。そこから、ナイフを一本するりと抜いたのだ。

突然明かりがついた。いまにも冷たい刃で一文字に喉をかき切られるのだとばかり思っていたエスリンは、目が眩《くら》んでびくりとしたものの、まだ命があったことに感謝した。明るさに慣れようと目をしばたく。スイッチのそばに立つグレイウルフの手で長い刃物がぎらりと光った。

エスリンはゆっくりと視線を動かした。そのおぞましい物から筋肉の引き締まった褐色の腕、肩の線、強情そうな角張ったあご、まっすぐな高い鼻、そして、見たこともないような冷たい目へ。

〝心臓が止まる〟と人が言うのをどれくらい聞いたかわからない。彼女自身、取るに足りないことにいとも無造作に、数えきれないくらい何度も使った。だが、実際にその言葉が生々しく当てはまる場面に遭遇したことは一度もなかった。いまのいままでは。

それにあの目。激しい軽蔑《けいべつ》と、厚い壁のような憎悪と徹底した苦渋が塗り込められたあんな目は見たこともない。

彼の顔は紛れもないアメリカインディアンの顔だったが、目だけは白人のものだった。灰色の目。それも非常に明るい、透明に近いような灰色で、そのせいで瞳孔《どうこう》がいっそう黒くいっそう深く見える。その目はまばたきをする必要がないかのようにちらとも揺るがずエスリンを見据えていた。黒い、陰りの濃い顔に嵌《は》め込まれた淡い灰色の不動の目。その組み合わせがあまり不思議なので、エスリンは我知らず見とれた。

見とれてしまったことに気づいて彼女は目を伏せたが、ナイフが閃《ひらめ》いたので、またぎくりとして顔を上げた。彼は燻製ソーセージを輪切りにしただけだった。彼はそれを口元へ運び、唇の端にちらと薄笑いを浮かべてから、白い歯でゆっくり噛《か》んだ。彼は私の怯《おび》えるのを楽しんでいるのだ。エスリンはむらむらと腹が立った。恐怖などかけらも見せまいと表情を殺し、ひややかに彼を見返した。

それが失敗だったのかもしれない。

今夜より前に、脱獄囚というものを仮に頭に描いてみたことがあったとしても、ルーカス・グレイウルフのイメージと重なるところはひとつもなかっただろう。エスリンは、彼の裁判に関する記事を読んだ覚えがある。何年か前のことだからぼんやりとした記憶しかないが、彼が訴えられたのはインディアンのあいだに不穏な思想を広めて彼らを扇動し、常にトラブルを引き起こしているという廉《かど》でだったと思う。でも、彼がこんなにハンサムだと書いてあったかしら？　書いてあったとしたら、読み落としていたのだ。

彼は青いシャンブレー織りのシャツを着ている。刑務所の支給品にちがいない。袖《そで》は両方とも袖ぐりのところで引きちぎられ、その片一方をヘッドバンドにしてアパッチ風に額に巻き、髪を押さえている。真っ黒い髪。明かりの真下にいるのに、光を照り返しもせず、ただただ黒い。土ぼこりにまみれていて、そのせいで艶《つや》消しの黒に見えるのかもしれない。ジーンズもブーツもほこりまみれだ。

腰にはトルコ石をちりばめた精巧な銀細工のベルト、首にかけた鎖には銀の十字架がぶら下がっている。そのお守は黒い胸毛の中に半ば埋まっていた。彼は生粋のインディアンではない。

エスリンはまた目を落とした。汗に汚れたシャツが引き締まったウエスト近くまで開いている。こんな状況下にもかかわらず、そんなことにひどくどぎまぎした。それに、彼が右の耳たぶにつけている耳飾りに嫌悪感が湧《わ》かないのも不思議だった。

それはインディアンの精霊カチーナの仮面をかたどったもので、首にかけているキリスト教のシンボルの十字架とは相容《あいい》れないものだ。けれどそのピアスはグレイウルフの容貌《ようぼう》や雰囲気とともしっくり調和していた。生まれながらに彼の耳たぶについていたのではないかと思えるほどだ。

「君もどうだ?」彼は嘲《あざけ》るように言い、ナイフの刃にソーセージのスライスをのせて差し出した。

エスリンは頭をそびやかし、ひややかにあごを突き出した。「いいえ、結構。夫を待って夕食にしますから」

「夫?」

「ええ」

「そいつはどこにいるんだ?」

「会社よ。でも、じきに帰ってくるわ」

彼はパンをひと口かじり取り、悠然と噛む。エスリンは横面を打ってやりたくなった。

「君は嘘《うそ》が下手だな」

「嘘などついていないわ」

グレイウルフはゆっくりとパンをのみ込んだ。

「君が帰ってくる前に家の中を調べさせてもらった。ミス・エスリン・アンドリューズ、ここに男は住んでいない」

エスリンはごくりとつばをのんだ。喉が引きつれる。恐怖がふくれ上がる。肋骨《ろっこつ》を突き破りそうに鳴りだした心臓を静めようとやっきになった。てのひらに冷や汗がにじんだ。

「どうして私の名前を知っているの?」

「郵便物を見た」

「あなた、私の郵便物をあさったの?」

「どっきりしたようだな。人に知られちゃまずいことでもあるのか、ミス・アンドリューズ?」

エスリンは引っかかるまいと固く口を結び、罵《のの》りの言葉を押し殺した。

「電話料金の請求書が来ていたぞ」

グレイウルフのにたりとした笑いがエスリンの怒りを逆撫《さかな》でした。

「どうせあなたは捕まってまた刑務所送りよ」

「ああ、わかっている」

静かな返事にエスリンは拍子抜けした。喉まで出かかった脅しの追い討ちも、用意した反駁《はんばく》も出番を失い、喉をそらしてごくごくとカートンから牛乳を飲むグレイウルフを黙って見つめた。彼の喉は濃く日焼けしている。喉仏の規則的な動きが、催眠術師の振り子のようにエスリンの目を吸い寄せた。彼は最後の一滴まで飲み干すと、空になったカートンを置き、ナイフを握ったまま手の甲で口を拭《ぬぐ》った。

「結局捕まるとわかっているなら、なぜ悪あがきするの？　自首したほうがいいんじゃない？」

「その前に、手遅れになる前にしなければならないことがある」

エスリンはそれ以上追及しなかった。彼の企《たくら》みを知ればいっそう身の安全が脅かされると思ったからだ。だがしゃべらせておけば、話しているうちに彼の警戒心が緩むかもしれない。そうしたら裏口に突進し、ガレージまで走ってオートマティックドアのボタンを……。

「どうやって入ったの？」エスリンは唐突にきいた。ドアをこじ開けた形跡がないことにいま気がついた。

「寝室の窓から」

「刑務所からはどうやって脱走したの？」

「僕を信用した男をあざむいたのさ」グレイウルフのいかつい口が歪《ゆが》んだ。「むろん、インディアンを信用したそいつがばかなんだ。インディアンが信用できないことは誰でも知っている。そうだろう、ミス・アンドリューズ？」

「わからないわ。インディアンに知り合いがいないから」エスリンは穏やかに言った。グレイウルフを刺激したくなかったからだ。彼の体が音でもたてそうにこわばるのを見たくなかった。

彼の気を逆立てまいとしたつもりが、かえって怒りをかき立ててしまったらしい。グレイウルフはゆっくりとエスリンを眺め回した。視線が触れる箇所がじりじりと焼かれるようだ。エスリンは自分の白い肌と金髪と青い目を痛いほど意識した。彼の表情が険しくなっていく。

「ああ、そうだろうな」グレイウルフは目にもとまらぬ速さでナイフを腰のベルトに差し込み、エスリンのそばに来た。「立て」

「どうするつもり？」エスリンは息をのんだ。

彼はエスリンを手荒く立たせ、背後から両肩をつかんで自分の胸板に押しつけた。そのまま彼女を引っ立て、キッチンを出る。ドアを通り抜けるときに彼は明かりを消した。廊下は真っ暗だ。先に立たされたエスリンはよろけ、つまずいた。彼は寝室に行こうとしているのだ。恐怖で口がからからになる。

「ここへ来た用はもうすんだはずよ」

「いや、まだだ」

「食べ物が欲しかったと言ったでしょう」エスリンは足をふんばり、必死に抵抗した。

「いま出ていくなら警察に通報しないわ。約束するわ」

「僕が君を信用すると思うのか、ミス・アンドリューズ?」溶け出したアイスクリームのようななめらかな声で彼は言った。

「誓うわ!」エスリンは叫んだ。自分の弱さとパニックに陥った声がいまいましかった。

「白人は……男も女も、これまでいろいろと僕に約束をした。そして僕は人を疑うことを学んだ」

「それは……それは私の責任じゃないわ。やめてちょうだい! 何をしようというの?」

グレイウルフはエスリンを寝室に押し込み、すばやく後ろ手にドアを閉めた。「想像力を働かせてみてはどうだ、ミス・アンドリューズ」彼は向き直るなりドアと自分の体のあいだにエスリンを封じ込めた。片手を彼女のあごの下に食い込ませて顔をぐいと仰向けた。

「これから僕が何をするつもりだと思う?」

「あ……あの……わからないわ」

「君はレイプ願望のある性的に抑圧された女ではないだろう?」

「違うわ!」

「乱暴され犯される場面をうっとり想像したことは一度もないわけだな?」

「放して。お願い」

エスリンは首をねじって顔をそむけた。グレイウルフは喉の手を離したが、エスリンを自由にはしなかった。むしろいっそう詰め寄り、しなやかな鋼のような体で彼女をドアにぴたりと押しつけた。

エスリンは固く目をつぶり、恐怖と屈辱に唇を噛んだ。彼の長い指がギターでも弾くように喉をくすぐった。

「僕はずいぶんと長く刑務所にいた」

グレイウルフの手がエスリンの胸にすべり下り、人差し指がブラウスの一番上のボタンをもてあそんだ。ボタンがはずれる。エスリンは小さく声をもらした。彼の顔が触れんばかりの近さにあり、彼の熱い息が肌にかかる。頬に、鼻に、口に。彼が吐く息を否応《いやおう》なく吸わされるのがいまいましかった。

「つまり」彼は静かに警告した。「少しでも僕の気をそそらないようにするのが賢明というものだ」

グレイウルフが何を言おうとしているかわかり、エスリンははっと目を開いた。その目は彼の目とまっすぐにぶつかり火花を散らした。精神力の闘いだった。しばらくのあいだ二人はそうして相手の強さ弱さを量りながら見つめ合っていた。

やがて、グレイウルフはゆっくりと体を引いた。完全に体が離れると、エスリンは安堵《あんど》のあまり床にくずおれそうになった。

「僕は食べ物と休息が必要だと言った」グレイウルフの声には、前とは違う響きがあった。妙にしわがれた響きが。

「もう休息したでしょう」

「睡眠さ、ミス・アンドリューズ。僕は睡眠をとりたいんだ」

「まさか……ここに泊まる気?」エスリンは肝をつぶした。「いつまで?」

「行く気になるまで」グレイウルフはあいまいな返事をした。彼は部屋を横切り、ベッドサイドのスタンドをつける。

「だめよ!」

彼はエスリンのところへ戻ってきて手をつかんだ。「君はつべこべ言える立場じゃない。これまでのところ君は無事だった。だからといって、この先何があっても僕が何もしないと思ったら大間違いだ」

「あなたなんか怖くないわ」

「いや、君は怖がっている」グレイウルフはエスリンを引きずって寝室に続いたバスルームに入り、ドアを閉めた。「もし、そうでないなら怖がるべきだ。いいか、よく聞け」彼は噛みしめた歯のあいだから押し出すように言った。「僕にはしなければならないことがある。何者にも、とくに君みたいな白人のお姫様に僕がしようとしていることを邪魔だてさせはしない。僕は看守を殴り倒して刑務所を脱走した。そしてここまで徒歩で逃げ延びた。命以外に失うものはもう何もない。その命だってこの世界では屑《くず》みたいなものさ。だから、君も勝手なまねはしないことだ。僕がここにいる限り、君は僕を客として扱うしかない」彼は脅し文句を並べると、腰のベルトからナイフを引き抜いた。

エスリンはその刃先でお臍《へそ》を突かれでもしたようにはっと息をのんだ。

「それでよし」グレイウルフはエスリンの怯えを目で量りながら言い、便器の方へあごをしゃくった。「わかったら座れ」

エスリンは突きつけられたナイフを見つめながらあとずさり、便器にぶつかったところで蓋《ふた》の上に腰を落とした。

グレイウルフはナイフをバスタブの縁に置いた。むろんエスリンの手の届かないところに。彼はブーツと靴下を脱ぎ、よれよれのシャツの裾《すそ》をジーンズのウエストから引っ張り出した。それを肩から剥《は》ぎ取り脱ぎ捨てる。エスリンは石になったように身動きもせず、声も出さなかった。

彼の胸の真ん中には黒い毛の茂みがあった。褐色の肌は、見るからに固そうな筋肉の起伏をゆるみなく覆っている。乳首は小さく黒い。腹部の皮膚はトランポリンのシートのように張り詰め、少しへこんだ臍のまわりには黒い毛がまばらに生え、その扇形の細くなった先はジーンズの中に消えている。

彼は銀のベルトのバックルに手をかけた。

「何をするつもり？」エスリンはぎょっとした。

「シャワーを浴びるのさ」グレイウルフはバックルをはずし、バスタブの方へ身をかがめて蛇口をいっぱいにひねった。勢いよく水が流れだす。水の轟《とどろ》きの中に、彼がジーンズのジッパーを引き下ろすざっという音が聞こえた。

「見ていたくないわ！」エスリンは叫んだ。

「僕は君を見ていたい」彼はゆっくりとジーンズを下ろして脱いだ。

エスリンは頭がくらくらし目をつぶった。便器の蓋をつかんで傾《かし》ぐ体を支えた。こんなひどい辱しめは受けたことがない。こんな精神的暴力を受けたことも。

男の裸体を強引に目の前に突きつけられるのは一種のレイプだ。グレイウルフのプロポーションは完璧《かんぺき》だった。広い肩、厚い胸。筋肉の引き締まったすらりと長い腕や脚は彼の敏捷さと強さを物語っている。なめらかな肌は磨かれたブロンズのようで、しかもしなやかで生き生きしていた。体毛は暖かそうで、ふと触ってみたくなるほどだ。

彼はシャワーのレバーを上げ、ほとばしる水しぶきの中に入った。カーテンは開けたままだ。エスリンは心を静めようと何度か大きく息を吸った。

「どうした、ミス・アンドリューズ？　男の裸を見るのは初めてなのか？　それとも、イシンディアンの裸だからそんなにうろたえるのか？」

　エスリンは顔を振り向けた。嘲りが胸に突き刺さる。気取ったオールドミスだとか、人種的偏見の持ち主だとか思われたくない。だが、言い返す言葉は舌の上で消えた。石けんの泡のついた手が濡《ぬ》れた裸を動き回るのに目を奪われ、声も出なかった。湯気で鏡が曇り、浴室はアースキン・コールドウェルの小説世界のように熱気でむんむんしていた。湯気がじっとり肌にまといつく。湿った重い空気が肺に苦しかった。

「見てのとおりだ」グレイウルフは石けんだらけの手を下半身にすべらせながら言う。

「我々の体はほかの人間と同じにできている」

　まったく同じとは言えないわ。美しい体毛の茂みの下の見事な男性器をちらと盗み見て、エスリンは心ひそかに思った。

「あなたは犯罪者であるだけでは足りなくて、下品だわ」歯に衣着《きぬ》せずに言ってやった。

　グレイウルフは冷笑を浮かべ、間に合わせのヘッドバンドをむしり取ってバスタブの外に脱いだ衣類の上へほうった。頭をシャワーのしぶきの下に突っ込んでざっと濡らし、シャンプーのボトルを取り上げる。鼻先で匂《にお》いをかいでからクリーム状の液体をてのひらに受け、それを頭の頂に叩《たた》きつけて勢いよく泡立てた。黒い髪がたちまち白い泡に覆われる。

　彼は乱暴にごしごしこすった。

「刑務所のシャンプーよりいい匂いだ」盛り上がった泡に手をぐらせながら彼は言う。

エスリンは黙っていた。胸の中で一策を練っていたのだ。今度彼がシャワーの下に頭を突っ込んだ時には泡を洗い落とさなくてはならないからさっきより時間がかかるはずだ。が、ぐずぐず考えている暇はなかった。彼はもう泡を絞り取り、その手を足元の湯の中で濯《すす》いでいる。

電話はベッドの横のナイトテーブルの上だ。バスルームを飛び出し、なんとかして緊急番号にかけられれば……。

グレイウルフが頭をシャワーの下に突っ込んだ。思い迷っている時間はない。エスリンはドアに突進し、腕をねじりそうな勢いでドアを引き開けて寝室に飛び込んだ。ナイトテーブルまで一秒足らず、受話器をつかむと記憶している番号を狂ったように叩いた。

受話器を耳に押しつけ、ベルが鳴るのを待った。なんの反応もない。どういうこと！あわてて番号を間違えたのだろうか？

がしゃんと切ってもう一度叩く。受話器を握っていられないほど手が震えていた。焦りながら肩越しに振り返り身がすくんだ。ルーカス・グレイウルフがバスルームの戸柱にゆったりと寄りかかっていた。あわてず騒がず。

タオルを首にかけているだけで素裸だ。髪からしたたる水が赤銅色の体を伝い、エスリンが目にしたくない箇所に水滴のビーズが光っている。彼は右手に持ったナイフの背で、自分の太腿をのんびり叩いていた。

エスリンは電話が不通になっていることに気がついた。「あなた、私の電話に何かしたのね」

「ああ。侵入してすぐに」

エスリンは急いで電話コードをたぐり、ナイトテーブルのうしろから引っ張り出した。壁のコンセントに差し込まれているはずのコネクターが砕けている。ブーツの踵《かかと》で踏みにじったのが一目瞭然《りょうぜん》だった。

がっくりした。次に怒りがこみ上げた。こちらが無力でばかみたいに思えるときに、彼がいかにも落ち着き払っているのが腹立たしかった。エスリンは罵りながら電話をグレイウルフに投げつけ、なんとしても逃げようと、ドアに向かって一気に走った。おそらく望みはゼロ。だとしても、何もせずにいるのは我慢できなかった。

エスリンはドアまでは行き着けた。ドアを少し開けることすらできたが、顔の前に突き出されたグレイウルフの大きな手がばたんとそのドアを閉めた。エスリンは彼に向き直り、両手の爪で彼に襲いかかろうとした。

「やめろ！」グレイウルフはがむしゃらに突きかかってくる腕をつかんだ。その拍子にナイフの刃が彼女の前腕をかすった。エスリンは小さく悲鳴をあげた。「ばかめが」

エスリンは膝頭で股間を蹴《け》り上げた。グレイウルフが驚いて声をもらす。狙《ねら》いはしくじったが、彼はバランスを崩してよろけ、二人はもつれ合ったまま床に倒れた。彼の肌はまだ濡れていた。つるつるしていた。エスリンはめちゃくちゃに打ったり殴ったりした。が、グレイウルフは容易に彼女の拳《こぶし》をかわし、手首を床にとめつけ、あっという間にエスリンを組み敷いた。

「どういうつもりだ？　怪我をしたいのか？」

グレイウルフは怒鳴った。彼の顔はエスリンの顔からほんの数センチのところにあり、彼の胸は激しく波打っていた。エスリンは彼の目の怒りに寒気がしたが、恐怖を見せまいと彼をにらみ返した。

「私を殺す気ならさっさとやって」

次の瞬間、エスリンはものすごい勢いで引き起こされた。歯ががたがた鳴った。心を落ち着かせなければと必死になっていると、顔の横にナイフが振り下ろされた。ひゅっと冷たい風を感じた。エスリンは悲鳴をあげかけたが、グレイウルフの手からたれたひと房の髪を見て声をのんだ。力強い褐色の手に握られた金髪はエスリンの無力さを象徴していた。どうやってもグレイウルフにかなわないことを、いやというほど見せつけていた。

「さっき言ったことは本当だ。僕には失うものは何もない。今度あんなまねをしたら、髪の毛ではすまないぞ。わかったか？」

目を大きく見開き、口は息をのんだ形のままエスリンはうなずいた。グレイウルフは指を開き、柔らかなウエーブのある髪の束をはらりと床に散らした。

エスリンがおとなしくすると見て取ると、グレイウルフは床からタオルを拾い上げた。濡れた体を拭《ふ》き、襟にかかるほどの長さの髪をざっとこする。そのタオルをエスリンに投げた。「腕から血が出ている」

言われるまで気づかなかった。エスリンは、手首のすぐ上の切り傷から血が出ているのを見て驚いた。

「ほかに怪我をしたところは？」

エスリンはかぶりを振った。

「ベッドのところへ行け」

我が家にいながら、法を犯して逃げている男に命令されるのは悔しかったが恐怖には勝てない。エスリンは黙って従った。出血は止まった。タオルを置き、自分を捕らえた男に顔を向けた。

「服を脱いでもらおう」

エスリンは、もう充分に怖い目に遭わされ、これ以上はないだろうと思っていた。しかし、それは大きな間違いだったのだ。「え？」

「聞こえただろう」

「いいえ」

「言われたとおりにしないと、腕のその傷は序の口ということになるぞ」グレイウルフはエスリンの顔の前でナイフを閃かせた。裸の刃が明かりを受けて光る。

「あなたが私を傷つけるとは思わないわ」

「それはどうかな」

エスリンの必死の挑戦を薄灰色の目が冷たくはね返す。エスリンは、この一夜を無事に切り抜けられる見込みは薄いと観念した。

「なぜ……なぜ服を……？」

「本当に教えてほしいのか？」

いいえ。エスリンは教えてもらいたいとは思わなかった。いやでも想像はつく。彼の口からそれを聞けばいっそう怖さがつのるはずだ。

「でも、レイプするつもりなら」エスリンは胸に湧いた疑問を声にした。「なぜさっき……」

「いいから服を脱げ」

グレイウルフは一語一語を噛み砕くように言った。言葉は彼の容赦ない唇から氷の破片のようにこぼれ落ちた。

選択の余地はない。言われたとおりにしていれば、少なくとも時間は稼げる。誰かが電話をかけてくるかもしれない。そうしたらうちの電話が不通になっているのがわかる。電話会社が調べに来るわ。誰かが訪ねてくることだってある。新聞配達の男の子とか。なんとか彼の気をそらし続けられれば、助かる可能性はある。いまこの瞬間にも、グレイウルフを追跡してきた警察が家を包囲しているかもしれないのだ。

エスリンはブラウスの二番目のボタンにのろのろと手をやった。一番上のはさっきグレイウルフにはずされていた。最後の望みをかけて訴えるように彼を見たが、彼の顔はまるで石で、硬質ガラスのような目には慈悲のかけらもなかった。哀願するのはプライドが許さない。それに、たとえ泣いて頼んでも、この非情な男の心は動かないだろう。二番目のボタンがはずれる。しぶしぶ次のボタンに手をやった。

「早くしろ」

グレイウルフはほんの二、三歩のところに裸でぬっと立っている。エスリンは顔を上げた。怒りに煮えくり返る目でにらんでも平然としている。エスリンは彼の忍耐の緒がどこまで持つか試しながら、ボタンのひとつひとつに時間をかけ、とうとう全部はずした。

「脱げ」グレイウルフはちょっとナイフを動かして指図した。エスリンはうつむいてそっとブラウスを脱ぎ、胸に当てた。

「下に落とせ」

エスリンは彼の方を見ずにブラウスを床にすべり落とした。

しばらく沈黙があった。やがてグレイウルフが言った。「残りのもだ」

アリゾナの真夏だ。スケジュール表に予定が入っていなかったので、エスリンはその午後早めにフォトスタジオを閉めた。ヘルスクラブでひと運動したあと、ブラウスとスカートを着け、素足にサンダルをはいた。ストッキングをはくには暑すぎたのだ。

「スカートだ、エスリン」

こんなときになれなれしくファーストネームを呼ばれるのはこれ以上ない屈辱だった。エスリンの怒りはいっそう煮えたぎった。うしろに手を回してホックをはずし、ひややかにあごを上げてスカートを下に落とした。

グレイウルフが喉を絞り上げられたような声を出した。見ると高い頬骨の上の皮膚が張り裂けそうに引きつり、目は燃える松明《たいまつ》のようだった。

こんな挑発的なのではなくてもっとプレーンなランジェリーを着けていればよかったと、エスリンは詮《せん》ない思いに駆られた。ブラとパンティのセットはレモンシャーベット色のシルクで、紫がかったグレイのレースで縁取りされている。シースルーではないが、機能的というよりお洒落《しゃれ》に小さくできていて、あまり隠す役には立たない。ずっと刑務所にいた男の目には刺激的すぎるだろう。

「ブラ」

目の奥が熱くちくちくしたが、涙を見せるのは自尊心が許さなかった。エスリンはレースのストラップから腕を抜き、小さなカップを押さえながらフロントホックをはずした。

グレイウルフが片手を突き出した。エスリンはびくっとして飛び上がりそうになった。

「それをよこせ」グレイウルフがしわがれた声で言う。

エスリンは震える手で差し出した。シルクとレースのちっぽけな下着は、男の大きながっしりとした拳の中でいっそう小さく脆《もろ》く見えた。グレイウルフは柔らかな素材に指をすべらせた。あれにはまだ私の体温が残っている。そう思いながら彼の指の動きを見つめていると、エスリンは体の奥に妙なむずがゆさを感じた。

「シルク」グレイウルフは低くつぶやくと、ブラを鼻に押しつけた。うめき、目を閉じ、少し顔を歪めた。「そうこの匂いだ。このいい匂い。女の匂いだ」

それはエスリンに言っているのではなかった。自分自身に言っているのだ。それに、彼はエスリンのことを言っているのでもなかった。とにかく女ならいいのだ。エスリンはそのことにほっとするべきなのか、怯えるべきなのか、わからなかった。

その妙に胸を打つ場面はほんの数秒間で終わった。グレイウルフは乱暴にブラをほうり投げた。

「さあ、最後のやつだ」

「いやよ。どうしてもというなら殺して」

グレイウルフはしばらくじっとエスリンを眺めていた。エスリンは体を這《は》う視線に耐えられず、目をつぶった。

「君はとてもきれいだ」

エスリンはいつ彼の腕が伸びてくるかと体をこわばらせた。だが、グレイウルフは触れてこなかった。逆に彼はいきなり腹立たしげに背を向けた。エスリンの抵抗にいらだっているのか、あるいは、うかつに弱みをさらけ出した自分に怒っているのか。

彼はドレッサーの引き出しを次々に開け、乱暴に中を引っかき回して何かを探していた。やがて、パンティストッキングを二本つかんでこっちに来た。

「横になるんだ」彼は怯えて立ちすくんでいるエスリンのそばに来ると、ベッドのカバーをめくった。

エスリンは横たわった。恐怖で体がこちこちだった。グレイウルフが膝をついてかがみ込む。はっとしたが、彼はエスリンを見もしなかった。険しい顔でエスリンの片腕をつかみ、真鍮《しんちゅう》のヘッドボードの方へ引っ張った。

「縛るつもり?」エスリンは声を震わせた。

「そうだ」グレイウルフはストッキングをエスリンの手首にしっかりと巻きつけ、ヘッドボードの柱に縛りつけた。

「なんてことを!」悪夢のような光景がエスリンの脳裏を駆け巡った。異常な性行為について いろいろ耳にしたことがいっぺんに思い出された。

グレイウルフはエスリンの頭の中を読み取ったかのように口を歪め、またあざ笑いを浮かべた。「安心しろ、ミス・アンドリューズ。さっき僕は食べ物と休息が欲しいと言っただろ。それだけさ」

そう言われても、彼がもう一本のストッキングで互いの手首を縛り合わせているあいだ、エスリンはショックと恐怖で凍りついていた。二人の手は甲合わせにしっかりと結わかれた。エスリンはそれでもなお信じられずグレイウルフを見上げた。彼はスタンドを消した。そしてごろりと横たわった。エスリンに背中を向けて。

「ひどいわ！　ほどいてちょうだい」エスリンはグレイウルフと繋《つな》がれた手を乱暴に引っ張った。

「おとなしく寝ろ」

「ほどいてと言っているのよ」エスリンはわめいて起き上がろうとした。グレイウルフは寝返りを打ち、エスリンをベッドに押し倒した。真っ暗なので彼を見ることはできなかったが、ぴたりと押しつけられた体にエスリンは暴力以上の怖さを感じた。

「縛っておくしかないんだ」

「なぜ服を脱がせたの？」

「逃げられないようにさ。その格好なら君が夜中に外に飛び出していくとは思えないからな。それに……」

「それになんなの？」

少し間を置いて、気配はするがそばに来るまで見えない黒猫の忍び歩きのように、グレイウルフの返事が闇の中からエスリンの耳に届いた。

「それに、君を見たかったのさ」

# 第二章　人質

「起きろ」

　エスリンは開けたくない目をいやいや開けようとした。目を覚ますのがとても怖い。なぜなのか思い出せなかったが、乱暴に肩を揺すられ、とたんに思い出した。いっぺんに目が覚めた。裸の胸に毛布を引き寄せて起き上がり、乱れた髪を目から払ってルーカス・グレイウルフの冷たい無表情な顔を見上げた。

　昨夜は眠りに落ちるまでに何時間もかかった。何時間も、かたわらに横たわるグレイウルフの規則正しい寝息に耳を傾けていた。彼は横になるとすぐ眠り込んだようだった。ヘッドボードに繋《つな》がれた腕を自由にしようともがいてもがいて、結局体中が痛くなっただけだった。ついに諦《あきら》め、グレイウルフを呪《のろ》いながらぐったりとして目をつぶった。やがて疲労に負けて眠りに落ちた。

「起きろ」グレイウルフは必要なことだけをぴしりと言った。「服を着て出発だ」

　ストッキングは二本とも、エスリンをヘッドボードに縛ったのも彼の手に繋いだのも、ベッドの足元に投げ出してあった。縛《いまし》めはいつの間にか解かれていた。なぜそのときに目を覚まさなかったのだろう。解き方がよほど静かですばやかったのだろうか。それに……早朝にかなり寒かった覚えがある。彼が毛布をかけてくれたのだろうか。エスリンの胸はざわめいた。

ほっとしたことにグレイウルフはすでに服を着ていた。ゆうべシャワーを浴びる時に脱いだ汚れた服だ。ヘッドバンドは引きちぎったシャツの袖《そで》から引き出しの中にあったエスリンのバンダナに代わっていた。銀のピアスと首にかけたチェーンは昨夜のままで、ブロンズ色の肌の上で輝きを放っている。烏《からす》のように黒い髪はエスリンのシャンプーの匂《にお》いをさせていた。

夢や幻ではなかったのだ。ルーカス・グレイウルフはれっきとした肉体を持ち、それも、女が悪夢に……あるいはうっとりと夢に描くすべての要素を体現している。

エスリンははっと我に返った。「出発って？　どこへ？　どこにしろ私はあなたと一緒に行くつもりはないわ」

グレイウルフは知らん顔をしている。エスリンが何を言おうと耳を貸す気もないらしい。彼はクローゼットを開けてハンガーに手を走らせた。デザイナーブランドのドレスやシルクのブラウスは素通りし、古いジーンズとカジュアルなシャツブラウスを選んでベッドの上に投げた。

次に腰をかがめて靴を調べ、ローヒールのブーツを取り出し、ベッドのそばにほうり投げてよこした。「自分で着るか、それとも……」薄い灰色の目が毛布に覆われたエスリンの体の上をさまよった。「僕が着せてやるか。いずれにしろ、五分以内にここを出る」

グレイウルフは両脚を大きく開き、胸を張り、あごを高く上げて威嚇するように立っていた。典型的なアメリカ先住民の顔は、尊大そのものだった。彼の肌が麝香《じゃこう》の匂いを放っているように、その顔は断固たる強い自信を放っていた。

エスリン・アンドリューズは、そのような厚かましくも無礼な命令におとなしく服従することは我慢できなかった。

「なぜ私をここに置いていけないの？」

「愚かな質問だな、エスリン。君らしくない」

たしかにそうだった。エスリンもそう思った。彼の姿が見えなくなるや、私は外の通りに走り出て大声で人を呼ぶだろう。グレイウルフが町の境まで行き着かないうちに、警察が捜し始める。

「君は僕の安全保険だ。脱獄囚にとって人質くらい役に立つものはないからな」グレイウルフは一歩前に寄った。「ところで僕の人質への忍耐はすり切れる寸前だ。さっさとベッドから出ろ！」彼は怒鳴った。

いまいましかったが、エスリンは毛布を引きずりながら言われたとおりにベッドを出た。

「せめて私が服を着るあいだ背中を向けるくらいの礼儀を示してほしいわ」

逆V字形のすらりとした黒い眉の片方がちらと上がった。「君はインディアンに紳士的なふるまいを期待するのか？」

「人種偏見は持っていないわ」

グレイウルフはエスリンの乱れた金髪に目をやり、冷笑を浮かべた。「ああ、そうだろうとも。そもそも君が我々の存在を知っているかどうかさえも疑わしい」彼は背を向け、部屋を出ていった。

エスリンは侮辱に腹を立てながら彼が選んだ服を着た。ブラとパンティは、昨夜彼が引き出しをかき回して投げ散らかした衣類の山の中から拾い上げた。

ジーンズのボタンをとめ終えるやいなや窓に走ってブラインドを上げた。鍵《かぎ》をひねって開ける。だが、強い褐色の腕がうしろから伸びてエスリンの手首をぐいとつかんだ。

「そんなゲームはもううんざりだ、エスリン」

「私もあなたの乱暴なやり方にうんざりよ」エスリンは腕を自由にしようともがいた。彼は鍵をかけ、ブラインドを下ろしてから手を放した。エスリンは腹を立てながら手首についた跡をこすり、グレイウルフをにらんだ。彼女は昔から、弱い者いじめをする人間は大嫌いだった。

「いいか、お嬢さん、道中の安全手形として君が必要でなかったら君のことなど見向きもしなかった。だからあまりつけ上がるんじゃない」グレイウルフはエスリンの体をぐるりと回し、どんと背中を突いた。「さあ、行くんだ」

彼はエスリンをキッチンに押していき、そこで魔法瓶と食料を入れた紙袋を取り上げた。

「勝手知ったる他人の家というわけね」エスリンはいやみを言った。心の中ではぐっすり眠り込んでいた自分を罵《ののし》った。彼がコーヒーを沸かしたり食料棚をあさったりしている間に寝室の窓から逃げおおせただろうに。

「これから我々が行くところでは、君は食料を持ってきてよかったと思うだろう」

「それはどこなの？」

「君たちのような金持には無縁のところさ」

グレイウルフはそれ以上は言わず、エスリンの腕をつかんでガレージへ引っ張っていった。助手席のドアを開けて彼女を中に押し込み、車を回って運転席にすべり込んだ。魔法瓶と食料の袋を二人のあいだに置く。座席の下のレバーを探って長い脚が楽におさまるようにシートを動かす。ダッシュボードの上にあったリモコンを使ってガレージのシャッターを開け、バックで外へ出て、またリモコンを操作してシャッターを下ろした。彼はエスリンの家の私道の端で巧みに車をターンさせると大通りの車の流れに乗った。

「私はいつまで留守をすることになるのかしら？」何気ない口調とは裏腹にせわしなく目を動かしながらエスリンはきいた。

彼は車間距離を充分に取っていた。エスリンがほかの車のドライバーや同乗者に合図を送るのを警戒しているのだ。パトカーは影も見えなかった。グレイウルフは慎重に、スピード制限に引っかからない速度で車を走らせている。彼は愚かではなかった。おしゃべりでもなかった。エスリンの質問に答えもしない。「みんなが不審に思って捜すわよ。私、お店を経営しているの。私が出ていかなかったらさっそく捜索を始めるはずよ」

「コーヒーを注《つ》げ」

その横柄な言い方に、エスリンはあきれて口を開けた。まるで猛々《たけだけ》しいインディアンの戦士がその妻《スコー》に命令するような口調だ。「いったいどういうつもり」

「コーヒーを注げ」

グレイウルフが癇癪《かんしゃく》を爆発させて怒鳴ったのなら、エスリンも黙ってはいなかっただろう。しかし彼の口から出た言葉は、巣穴をぬらりと這《は》い出る蛇のように静かだった。エスリンの背筋を冷たいものが伝った。いまのところ危害を加えられてはいないが、この男は危険だ。彼の腰のベルトにはあのキッチンナイフが差してある。一瞬鋭く向けられた灰色の目に射すくめられ、エスリンはシートの中で身を縮めた。グレイウルフが敵であることをしっかり頭に叩《たた》き込んだ。

彼が持ってきた袋にスチロールのコップが二個入っていた。そのひとつに魔法瓶から熱く香り高いコーヒーを注意深く注ぎ、グレイウルフに手渡した。彼は礼も言わず、立ちのぼる湯気に目を細めてコーヒーをすすった。

エスリンは勝手に自分の分も注いでから魔法瓶の口を閉めた。コーヒーを見つめ、両手で包んだコップを回しながら、彼は私をどうするつもりなのだろうかとあれこれ考えをめぐらした。あまりにも考えに没頭していたので、彼が突然話しかけてきたとき、飛び上がりそうになった。

「なんの店だ？」

「え？」

「店をやっていると言ったろ」

「ああ。フォトスタジオよ」

「君は写真を撮るのか？」

「ええ、おもにポートレートよ。花嫁や赤ちゃんや卒業記念写真や」

納得したのかしなかったのか、気に入ったのか気に食わないのか、グレイウルフは黙っている。石を彫ったような彼の横顔も無表情だった。そう、たしかにわくわくするような仕事じゃないわ。エスリンは心の中でため息をついた。

ジャーナリズムの学位を取って大学を卒業したとき、エスリンは野心に燃えていた。世界を駆け回り、戦場や洪水や飢餓の現場をカメラにおさめ、刺激的な報道写真で世界をあっと言わせたかった。人々の胸をえぐり、怒りや愛や悲しみを否応《いやおう》なく引きずり出すような写真を撮りたかった。

しかしエスリンの両親はたった一人の子供の将来にまったく違う考えを持っていた。ウイラード・アンドリューズはスコッツデイルでは誰知らぬ者ない実業家で、妻のエレナは社交界のクイーンだった。彼らの娘は彼らにふさわしくふるまうことを期待されていた。つまり何か体裁のよい奉仕活動などを少々し、やがて相手として不足のない青年を見つけて結婚することを。エスリンが加入できる社交クラブや慈善活動グループはより取り見取りだった。チャリティの仕事ならしてもよいと言われた。ただしのめり込まない程度にという条件つきで。

職業、わけても世界の辺地を旅し、ディナーパーティで話題にするのをはばかられるような写真を撮るというような勇ましい職業は、両親が一人娘の将来に描いていた青写真にはまったくそぐわなかった。埒《らち》が明かない口論を何カ月も続けた末、エスリンはとうとうくじけて両親の意に屈した。

父は半歩譲ってフォトスタジオを開く資金を出した。彼らが交際している人々やその子供たちの気の抜けたポートレートでも撮っていればいいというわけだ。悪い仕事ではなかった。だが、エスリンが望んでいた何か意味のある仕事とは大きくかけ離れていた。

私がこうしてお尋ね者のルーカス・グレイウルフと一緒にいるのを見たら父や母はなんと言うだろう。思わず笑いがこみ上げた。

「君はこの状況を面白がっているのか?」グレイウルフがきく。

「少しも面白くなどないわ」エスリンは真顔に戻って答えた。「いい加減に解放してくれたら?」

「人質を取るつもりはなかった。君の家に入って食べ物を失敬し、二、三時間休んだら出ていくつもりだった。ところがキッチンを荒らしている最中に君が帰ってきてしまった。となれば、一緒に来てもらうほかない」グレイウルフはちらとエスリンに目をやってから続けた。「実のところもうひとつ方法があった。だが僕は人殺しじゃない。少なくともいまのところはまだ」

エスリンはいっぺんにコーヒーを飲む気をなくした。口の中に苦い恐怖が広がった。

「私を殺すつもりなの?」

「君の態度しだいだ」

「私はあくまで戦うわよ」

「そうなると面倒なことになりそうだ」

「それならいっそさっさとやってほしいわ。いつ殺されるかと怯《おび》えているなんてたまらない。そんなの残酷だわ」

「刑務所がそうだ」

「刑務所にどんな期待をしていたわけ?」

「僕は何事も期待しないことを学んだ」

「あなたが刑務所に入ったのは私の責任じゃないわ。あなたは罪を犯した。その償いのためでしょう」

「僕のその〝罪〟とはなんだ？」

「さあ……覚えていないけれど、たしか……」

「僕はフェニックスの郡庁舎前で、デモと集会を組織した。結果として乱闘になり、警官数名が負傷し、公共物が破損した」グレイウルフは告白ではなく、耳にたこができるほど聞かされた言葉を引用する口調で言った。「しかし、僕に対する本当の罪状は、僕がインディアンに生まれたということだろうな」

「ばかなことを言わないで。あなたの不運はあなた自身が招いたのよ、ミスター・グレイウルフ。ほかの人に責任をなすりつけてはいけないわ」

彼はこわばった顔で陰気にふっと笑った。「裁判官も刑を宣告するときに似たようなことを言ってくれたよ」

二人とも黙り込んだあと、しばらくしてエスリンは思い切ってきいた。「刑務所には何年くらい？」

「二年と十カ月」

「刑期はあとどのくらい残っていたの？」

「三カ月」

「三カ月！」エスリンは唖然《あぜん》とした。「あとたった三カ月なのに脱獄したというの？」

グレイウルフは切りつけるような視線を向けた。「前にも言ったが、僕にはしなければならないことがある。何ものも僕を止められない」

「でも捕まったら……」

「いずれ捕まる」

「それならなぜこんなことを？」

「しなければならないことがあると言っているだろう」

「脱獄までして？」

「ああ」

「刑期が延びるわよ。きっと何年も」

「だろうな」

「それでもかまわないっていうの？」

「ああ」

「人生の何年かを棒に振ることになるのよ。考えてごらんなさい、どれほど多くのものを諦めることになるか」

「たとえば、女とか」

そのひとことが、一発の銃弾のようにエスリンの説教にとどめを刺した。エスリンは即座に口を閉じた。それ以上その問題をつつくほど愚かではなかった。

どちらも黙りこくったが、どちらも思いを馳《は》せるところは同じだった。それぞれの立場から昨夜の出来事を思い出していた。エスリンには認めたくない心ざわめく記憶があった。バスルームの戸口にぬっと立ったグレイウルフ。裸で濡《ぬ》れたままで。その無頓着《むとんちゃく》さにたじたじとさせられた。あるいはブラを顔に押し当て、肉欲に飢えたようにその匂いを吸い込んだグレイウルフ。またいつの間にか縛った腕を解き、毛布をかけてくれたこと。思い出すと胸が苦しくなる。それらの記憶と、そして彼がすぐ隣にいることがエスリンを息苦しくさせた。

しまいにエスリンは唯一可能な方法で彼を頭から締め出した。目をつぶり、頭をシートの背もたれにもたせかけた。

「ちくしょう!」

うとうとしていたらしい。エスリンはグレイウルフの罵り声ではっと目を開けた。彼は右手の拳《こぶし》でハンドルを叩いた。

「どうしたの?」エスリンは背中を伸ばして座り直しながら、午後の太陽に目をしばたたいた。

「検問だ」グレイウルフは唇を動かさずに言った。

まっすぐに伸びるハイウェイのちかちか光る逃げ水の向こうに、道路を封鎖している州警察のパトロールカーが見えた。制服の警官が通過する車を一台ずつ止めている。

エスリンがそれを歓迎すべき光景だと気づくより先に、グレイウルフは車を路肩に寄せギアシフトを駐車の位置に入れた。彼はすばやくコンソールから身を乗り出し、エスリンに覆いかぶさるようにしてシャツブラウスのボタンをはずし、ブラを乳房の下へ押し下げた。

「何をするの」エスリンは息をのみ、彼の手をぴしりと打った。居眠りから覚めてまだぼんやりしていたところへいきなりだったから、抵抗するより驚きのほうが先に来た。彼が何をしようとしているか気づいたときには、ブラウスのボタンは半分がはずされ、大きく開いたV字から胸のふくらみがはみ出しそうになっていた。

「人間の本能を頼みにしようというわけさ」グレイウルフは細工の跡を客観的な目でチェックして満足げな顔をし、シートの背を乗り越えた。「運転しろ。うまく検問をやり過ごすんだ」

「そんな……いやよ！」エスリンは猛然と言った。「私はあなたが捕まってくれたらただひたすらうれしいのよ、ミスター・グレイウルフ！」

「車を出せ。ぐずぐずしていると気づかれて怪しまれる。早くしろ！」

エスリンは背もたれ越しに敵意に満ちた視線を投げつけたが、グレイウルフがジーンズのベルトから肉切りナイフを引き抜いて閃《ひらめ》かせるのを見て、言われたとおりにした。

「ホーンを鳴らそうなどと夢にも思うなよ」

エスリンがそう思いついたまさにそのとき、グレイウルフが警告した。

肉切りナイフがあろうがなかろうが、エスリンは検問所に突っ込んで人殺しと叫ぶつもりだった。ブレーキを踏むと同時に車から飛び出し、脱獄囚の処理は警察に任せる。

「裏をかこうなどと思っているなら、そんな考えは忘れるんだな」

「あなたに勝ち目はないわ」

「だったら君もだ。君が共謀したと僕は言うからな。君はゆうべ僕をかくまい、そしてここまで逃げるのに手を貸してくれたと」

「そんな嘘《うそ》はすぐばれるわ」

「君のベッドのシーツを調べたらわかるさ」

エスリンはどきりとしてグレイウルフを振り返った。彼はバックシートに横になっていた。片手に写真雑誌を持っている。それですっぽり顔を隠すつもりなのだろう。「どういうこと？　私のベッドのシーツがどう関係あるの？」自信たっぷりの彼の灰色の目が気に食わなかった。

「警察はシーツを調べ、セックスの証拠を見つけるだろう」

エスリンは青ざめ、関節が白くなるほど固くハンドルを握り締めた。空つばをのみ込んだ。

「具体的に説明してはしいというなら喜んでしてやるが」グレイウルフは静かに言った。「しかし君はおとなの女だ。わかるはずだ。僕は裸の女を見るのは実に久しぶりだった。ましてや一緒にベッドに入り、匂いをかいだり、息づかいが聞こえるほど寄り添うなんてことはね」彼は声を低くした。「そのことを考えてみるんだな、エスリン」

エスリンは考えたくなかった。ちらとも考えたくなかった。てのひらはじっとり汗ばみ、胃がきりきりしていた。いつ？　どうやって？　嘘よ。でたらめを言っているんだわ。でも、本当だとしたら？

逮捕する前に警察は私の言い分に耳を貸してくれるかしら？　貸してくれたとして、私はどんな反証を挙げられるだろう。ドアや窓を破って家に押し入った形跡は残っていない。しかし、私の無実が明らかになるのは時間の問題のはず。彼が嘘をついていることはじきにわかる。でもそれまでのあいだはとても面倒なことになる。それに不名誉だ。事件はのちのちまでスキャンダルとして残るだろうし、とくに父や母はどれほどの屈辱を味わうかわからない。

「それに、僕はむざむざとは捕まらない」

グレイウルフが囁《ささや》くように言うのを聞きながら、エスリンはブレーキを踏んでスピードを落とし、車の列のあとについた。

「生きて捕まることはありえない」グレイウルフのくぐもった声が言う。エスリンの前にはいまはもうたった一台の車があるだけだ。パトロール巡査がかがみこんでドライバーと話している。「まわりの無関係な人間も巻き添えになるだろう。そういう惨劇の血で自分の良心を汚したくないなら、君は全力を尽くしてこの検問をやり過ごしたほうがいい」

迷っている時間はもうない。パトロール巡査は前の車に手を振り、エスリンに前進するよう合図した。どうしてこんなことに巻き込まれてしまったの？　いったいどうしたらいいの？

奇妙なことだが、土壇場になるとエスリンは何も考えなかった。良識と良心との微妙な狭間《はざま》で心が揺れ惑うこともなかった。ただ衝動に従った。

エスリンは窓を巻き下ろし、巡査がひとことも発しないうちに言った。「あら、おまわりさん、車を止めてくれてうれしいわ。あたしの車どうかしちゃったみたいなの。このちっちゃい赤いランプがずっとちかちかしてるのよ。どういうことなのかしら？　ひどい故障じゃなきゃいいんだけど」

策略はうまくいった。エスリンは大きな目で困ったように巡査を見上げ、その目をぱちぱちさせた。少なくとも不安な速い息づかいを当惑のせいだとごまかせる。

エスリンの髪は、グレイウルフがブラシを当てる時間もくれなかったので、それに車の中で眠ったせいでいっそう乱れていた。もつれて肩にかかる金髪は、男の目には最高に魅力的だ。とくに八月の日盛りに、殺風景なハイウェイの真ん中で一台ずつ車を止め、とっくにメキシコに逃げ延びたにちがいないインディアンのお尋ね者を捜すというありがたくない任務を負わされた薄給のパトロール巡査の目にはこたえられなかった。

「やあ。かわいこちゃん」彼は汗ぐっしょりの額から帽子を押し上げ、にやけて言った。「そのおかしいってところをちょっと見てみよう」

巡査は点滅しているという〝ちっちゃい赤いランプ〟を調べるそぶりで窓からのぞき込んだが、エスリンは巡査の視線がゆっくりと乳房をなめていくのを感じた。が、バックシートにちらと目をやると、巡査の表情が変わった。

「誰？」

「ああ、亭主よ」エスリンはうんざりしたように言い、肩をすくめた。髪をひと房つまんでくるくる指にからませながら、グレイウルフがナイフでばっさりやったところが目立ちはしないかと急に気になった。

「ああやって寝かせておくのが一番なのよ。途中で起こそうものなら、あの人怒った熊《くま》みたいに機嫌が悪くなるの。運転はいつもあたし。でも、今日はあたし、運転していてよかった」まつげをぱたぱたさせ、ベビーブルーの目であだっぽく見るとパトロール巡査はまたにやりとした。

グレイウルフは人間というものをよく知っていた。しかし彼はいま、なぜエスリンがそんなにしてまで守ろうとしてくれるのかわからなかった。彼女の心理を分析している余裕もなかった。パトロール巡査がまた彼女に話しかけている。

「もう赤いランプなんてついてないぜ」巡査がささやくように言っているのが滑稽《こっけい》だ。寝ている亭主を起こしたくないのだ。相手が警官でも女房に色目を使っているのを見たら、亭主は不機嫌どころではすまないかもしれないからだ。

「あらほんと、サンキュー」エスリンの勇気は萎《な》えてきた。これでとうとう本当に犯罪者を幇助《ほうじょ》してしまったわけだ。怪しまれないうちに一刻も早く検問から逃れたい。「それじゃなんでもなかったってことね」

「あんたのモーターがオーバーヒートしているってことかも」巡査は卑猥《ひわい》な目つきで言った。「おれのは熱くなってる」彼はいっそう声を落とす。エスリンは胸がむかむかし肌が粟立《あわだ》ったが、なんとか微笑を作った。

グレイウルフがもぞと体を動かし、ぶつぶつ言った。パトロール巡査のにやにや笑いが消えた。

「じゃあね」エスリンはブレーキから足を離し、ゆっくりアクセルを入れた。焦って走り去りたがっていると思われたくなかったからだが、後続の車のドライバーがじりじりしてホーンを鳴らしていた。

パトロール巡査はその男をにらんだ。「表示ランプがまたちかちかするようだったら調べてもらったほうがいい。なんならパトカーの無線で……」

「ううん、気にしないで」エスリンは窓から顔を出して言った。「またおかしくなったら亭主を起こすわ。バイバイ」

エスリンは窓を巻き上げアクセルを踏み込んだ。バックミラーをのぞくと、パトロール巡査は長々と足止めされていらだっているドライバーに事情を説明していた。

検問のパトカーが見えなくなってからようやくエスリンは肩の力を抜いた。ハンドルを固く握り締めていた指を無理やりほどくと、食い込んだ爪の跡がてのひらに赤く三日月形についていた。彼女は震える息を長くつき、運転席のシートにぐったりもたれた。

グレイウルフは、彼ほどの長身の男にしては驚くべき身軽さでシートを乗り越えた。

「お見事。いま初めて犯罪者の仲間入りをしたとはとても思えないぞ」

「うるさいわ!」エスリンはさっきグレイウルフがやったように乱暴に車を路肩に突っ込んだ。ブレーキを踏むとタイヤの下で砂利が飛び散った。車が横すべりして止まり、エスリンはハンドルに突っ伏してすすり泣いた。「あなたが憎らしい。お願いだからもう解放して。なぜあんなことをしてしまったのかしら? どうして? あなたを警察に突き出すべきだったのに。私、怖いわ。それにくたくたでおなかはすいたし喉もからから。あなたは犯罪者なのに。私はこれまで人をだましたことなど一度もなかったのに。それなのに、警察官をだましてしまった！　きっと私も刑務所行きね。そうでしょう？　どうしてあなたを助けたのかしら？　いずれあなたに殺されるとわかっているのに」

グレイウルフは彼女の横にじっと座っていた。エスリンは泣くだけ泣いてしまうと、濡れた頰を両手の甲で拭《ぬぐ》い、腫《は》れた目をグレイウルフに向けた。

「最悪の部分は切り抜けた。そう言って君を元気づけてやりたいが、我々の苦難はまだ始まったばかりだろうな、エスリン」

彼はエスリンの胸元に目を落とした。エスリンは見苦しい格好だったのをはっと思い出し、震える手でシャツブラウスをかき合わせた。「どういう意味？」

「検問のことさ。これは予測がつかなかった。どこかでテレビを見つけなくちゃならないな」

「テレビ？」エスリンは消え入りそうな声で鸚鵡《おうむ》返しにきいた。

グレイウルフはハイウェイの行く手とうしろにすばやく目を走らせた。「そうだ。捜査状況のニュースがあるはずだ。ニュースは警察が僕を捕らえるためにどう動いているか詳しく教えてくれる。さあ、行くぞ」

彼があごをしゃくる。エスリンはうんざりしながら車を道路に戻した。「カーラジオは？　ニュースならカーラジオで聞けるわ」

「詳しいところまではわからない」グレイウルフは首を振った。「百聞は一見にしかずっってことがあるだろ」

「あなたは私にどこへ行けとか止まれとか指図するつもりらしいわね」

「そのとおり。君は言われたとおりにただ運転すればいい」

一時間ほど二人は口をきかなかった。黙ったままグレイウルフは袋からチーズとクラッカーを出してエスリンに手渡した。彼はオレンジをひとつ剥《む》き、それを二人で分けた。エスリンは彼の手から食べるのはいやだったが、彼がオレンジの房を唇に押しつけるたびにおとなしく口を開いた。

やがてさびれた町に差しかかると、グレイウルフはスピードを落とすように言った。車はハイウェイに沿って並ぶ、年増の売春婦たちのようなみすぼらしい酒場の列の前を通り過ぎた。

「そこだ」彼は短く言って指さした。「〈タンブルウィード〉で止まれ」

エスリンは嫌悪感をあらわにした。〈タンブルウィード〉という店は、安酒場の並びの中でも一番安っぽく見えた。「サービスタイムに間に合うといいわね」彼女は皮肉を言った。

「この店にはテレビがある」グレイウルフは酒場の屋根のアンテナを指した。「降りろ」

「わかりました」エスリンはつぶやき、疲れた腕でドアを押し開けた。地面に立てるのはありがたかった。両手を腰のうしろに当てて背筋を伸ばし、足踏みをして足の血行を促した。

酒場の前のほこりっぽい砂利敷きの駐車場には二、三台の車しかとまっていなかった。グレイウルフはエスリンの腕を取り、引っ立てるようにドアに向かった。錆《さび》の出た網戸は破れてフレームからたれ下がっている。そのぎざぎざした縁は外側にまくれ上がり、どこもかしこも見るからにおぞましい。エスリンは一策を練った——おとなしく言いなりになるふりをして、中に入るなり助けてと叫ぶ。

「いま考えていることは忘れるんだな」

「私が何を考えているというの?」

「逃げ出して安全な腕の中に飛び込む魂胆だろう。言っておくが、こんないかがわしい酒場じゃ僕と一緒にいるのが一番安全だ」車を降りるときナイフをブーツの内側に隠すのをエスリンは見ていたから、たいして説得力のない言葉だった。「いいか」彼は彼女の肩に腕を回した。「僕と楽しくいちゃついているふりをしろ」

「なんですって!」

「いま言ったとおり。我々は人目をはばかる午後の情事を楽しんでいるところなのさ」

「あなた頭がどうかしてるわ……やめて!」エスリンは声をあげた。彼の腕が腰に回され、手が乳房のすぐ下まで這い上がった。彼は柔らかな肉に指を食い込ませ、エスリンが逃げられないようにしっかりと引き寄せた。

「おいおい、ハニー、恋人にそんな口をきくのか？」グレイウルフが哀れっぽく言った。

彼は網戸を引き開け、ぐらぐらするドアを押して暗くて煙たい酒場に入った。ぶらぶらと、肩で風を切るというには頼りない足取りで。エスリンはよろけて、彼のシャツの前を、ちょうど胃のところをつかんだ。グレイウルフは顔をうつむけてウインクした。その調子だとほめてもらったようだった。エスリンは、本当に転びそうになったのよと叫びたかった。

けれど何も言わなかった。店内のむさくるしさに驚いて言葉もなかった。〈タンブルウィード〉のような酒場は映画ではよく見るが、足を踏み入れたことは一度もなかった。低い天井が見えないくらいたばこの煙がもうもうと渦巻いている。暗さに目が慣れるまでに少しかかったが、あたりがよく見えるようになるといっそう気が滅入《めい》った。

カウンターの前には据えつけの赤いビニール張りのスツールが並んでいた。少なくともかつては赤だったにちがいない。いまはどれも脂じみて汚い海老茶《えびちゃ》色をしている。スツールは三つだけふさがっていた。グレイウルフとエスリンのうしろでドアがきしんで閉まると、三対の下卑た目が振り向いてじろりと見た。

その中の一人は厚化粧をしたしどけない格好のブロンドの女で、裸足《はだし》の片方を隣のスツールにのせていた。彼女は足の爪にマニキュアをしているところだった。「レイ、お客さんよ」彼女は怒鳴った。

レイというのは、カウンターのうしろにいるでっぷり肥えた男のことだろう。彼は丸太のような腕で冷蔵庫に寄りかかり、その目は端の高いところにのっているテレビに釘《くぎ》づけになっていた。メロドラマを夢中で見ている。「だったら注文をきけよ」彼はブラウン管から目を離さずに怒鳴り返した。

「爪が乾いてないのよ」

レイは、港町の公衆便所の壁の落書きも顔負けの下品な言葉を並べ、樽《たる》のような腹を冷蔵庫から離してグレイウルフとエスリンにぶすりとした目を向けた。それを見ていたのはエスリンだけだった。彼女の連れは彼女の髪にすっぽり顔を埋《うず》め、舌を彼女の耳の中に入れていた。

だが、グレイウルフは油断なくすべてに目を配っているのだろう。「冷えたビールを二本くれ」彼はレイに聞こえるように大きな声で言い、エスリンを軽く小突いて壁ぎわのみすぼらしいブースの方へ押していった。その席からだとテレビとドアの両方がよく見える。

「さっさと座れ」彼はエスリンにささやいた。

どんと突かれ、エスリンは否応もなかった。シートが汚れていないかどうか確かめる暇もなかったが、どうやら大丈夫のようだ。グレイウルフはエスリンに続いてブースにすべり込み、彼女を壁に押しつけた。

「そんなにべったり寄らないでよ」エスリンは声をひそめて文句を言った。

「いや、それが狙《ねら》いなんだ」

彼がエスリンの首にキスの雨を降らせているあいだにレイが両手にビールを持ってよたよたやって来たが、その手ときたら汚い爪のついたハムのかたまりといったところだ。ビールの瓶は剥《は》げちょろけのデコラ張りのテーブルの上に荒っぽくどんと置かれた。「三ドル。代金と引き替えですぜ」

「払っといてくれよ、ハニー」ルーカスはエスリンの肩を撫《な》で回しながらでれでれと言った。「おれはいま忙しいんだ」

〝触らないで！〟〝こんなところから連れ出してちょうだい！〟〝あなたなんか地獄に堕《お》ちるといいわ！〟エスリンはそう叫びたいのを歯を食いしばってこらえた。いまはグレイウルフと一緒にいるほうがましだった。彼の言ったとおりだった。たとえレイやそこにいる連中の力を当てにできたとしても、エスリンは彼らに助けを求める気にはとてもなれなかった。グレイウルフは脱獄囚にしろ、いちおう何者かわかっている。

エスリンは財布から一ドル札を三枚取り出してテーブルに置いた。レイはメロドラマを一秒たりとも見逃したくないらしい。首をねじってテレビを見ていたが、札をつかみ取ると足を引きずって向こうへ行った。

「いい子だ」ルーカスはエスリンの耳の中に囁いた。

あまり演技に熱を入れないでほしいとエスリンはひたすら願った。レイという邪魔もいなくなったことだし、もう手を離してもいいだろうにグレイウルフの指はブラのストラップをもてあそんでいる。「次にはどうするの？」

「ネッキング」

「あなたいったい……」

「しーっ！」彼は怒った声を出した。「レイに怪しまれたいのか？　あの二人のカウボーイのほうが君の好みってわけか？　やつらは大喜びで囚《とら》われの乙女を助けるだろうな」

「やめて」エスリンは言った。グレイウルフの唇がうなじを伝い下りてくる。「あなた、テレビを見るためにここに来たんでしょう？」

「そう。しかし、あの連中にそうとは知られたくない」

「それじゃ私はただじっと座ってあなたにいやらしいことをされているわけ？」うむという声で彼が答える。「いったい、いつまで？」

「用がすむまでだ。三十分置きにビールを注文していれば、我々がこの特等席を占領していてもレイは文句を言わないさ」

とてもデリケートに唇を這わせながらどうしてそんなに冷静沈着に話ができるのだろう。エスリンはうなじをまさぐる彼の唇から逃れようと身をもがいた。「私、そんなに飲めないわ」

「こっそり床にこぼすんだ。気づかれやしない」

「そうでしょうね」エスリンはぞっとして片足を床から上げた。床はべとついていたが、何でべとついているのか知らないほうが身のためだろう。「本当にこんなことが必要なの?」

「どうした、スイートハート? 楽しんでいるんじゃないのかい?」グレイウルフの手がエスリンのブラウスのスリットを探り、ボタンを引っ張った。

「やめて」

「また検問に引っかかりたいのか? それとも、パトロール警官の気を引いてうずうずさせるのが面白かったのか?」

「あなたって卑劣もいいところだわ」エスリンは固くてでこぼこした背もたれに寄りかかり、グレイウルフの唇と手の動きにやむなく身を委《ゆだ》ねた。

「君はホットになっていない。向こうのやつらもそれに気づくぞ。もう少しお熱くいこう」彼はエスリンの口に唇を近づけた。

「よして。むかむかするわ」

グレイウルフは打たれたように頭を起こし、冷たくエスリンを見た。「なぜ?」

グレイウルフは侮辱と取ったらしい。なぜ? 私の言葉を人種的中傷と受け取ったのかしら。それとも私が彼の愛撫《あいぶ》のしかたをけなしたと思ったのかしら。どっちだっていいわ。彼が感情を害そうが害すまいが、いったいどうして私が気づかわなくてはならないの?

「私は人前で抱き合ったりするのに慣れていないの、ミスター……」

彼の名はエスリンの口からもれはしなかった。もれる暇もなかった。彼の口がエスリンの口を押しつぶしそうに覆って彼の名を封じた。そのキスはエスリンを黙らせるためだけの、それだけが目的のとっさの方便だった。彼は唇を閉じたままだった。しかしエスリンの心臓は引っくり返りそうになった。声ひとつもらせなかった。

だがそれが目的だった。グレイウルフはしばらくして唇を離すと低い声で言った。「注意しろ」

エスリンは黙ってうなずいた。心臓の轟《とどろ》きが静まってほしいと願いながら。彼女はひとつ学んだ。またキスをされたくなかったら、これ以上問いかけたり話しかけたりして彼を刺激しないことだ。

とにかく二度とキスされたくない。その理由はといえば、心がふたつに分かれて闘っていた。

誰もこっちを見もしないのが不幸中の幸いだった。〈タンブルウィード〉というこの酒場では、声でもかけられない限り他人のことに干渉しないという暗黙のルールでもあるかのようだ。

愛戯に夢中になっているように見せかけながら、グレイウルフは酒場の中の動きを油断なくつかんでいた。情欲にとろけたように半ばまぶたを落としながら、しかしその目は一瞬たりともじっとしてはいなかった。気づかれた気配はないかと一人一人の顔をうかがったが、ブースの方に注意を向ける者はいなかった。彼が酔った声を張り上げて注文すると、そのたびにレイか、爪のエナメルが乾いたウエイトレスがビールを運んできたが、あとは誰もこっちを気にしていない。

客の顔ぶれはときどき入れ替わった。たいていは二杯ほど飲んで出ていく。一人で飲んでいる者もいれば二、三人で連れ立って入ってくることもあった。一人の男がピンボールマシーンで遊んでいたが、びんびん鳴るベルと点滅するライトにエスリンは気が変になりそうだった。ようやく男がピンボールをやめると、気をそらしてくれるものはテレビだけになった。レイはいま、連続コメディーの再放送に見入っている。

エスリンには時間の経《た》ち方がひどくゆっくりに思えた。退屈しているわけではなかった。それどころか体中の神経が熱くちりちりしていた。救出してくれそうな人が入ってくるのをいまかいまかと待ちわびているからだわ。彼女はそう思おうとやっきになっていたが、心の底では、この妙な興奮はグレイウルフの前戯のせいだとわかっていた。

ほかにどう呼びようがあるだろう。髪をまさぐる彼の手や喉を伝う唇の動き。それをほかのどんな言葉で言い表せるだろう。ウエイトレスがビールを運んでくると、彼はエスリンの腿のつけ根を強く圧迫したり、唇で耳のまわりをくすぐったりした。

「だめ」両腕が粟立つような愛撫に、エスリンは思わずうめいた。

「その調子だ。もっと悩ましい声をあげろ」トラックの運転手が二人、ピンボールマシーンの方へ行こうとしてブースの横をぶらぶら通りかかるのを見てグレイウルフは囁いた。彼はエスリンの手を取って自分のシャツの中に入れ、肌に押しつけた。エスリンはおずおずと手を引き抜こうとしたが、グレイウルフはそうさせなかった。無理やり触らされているうちにエスリンは好奇心に負け、指先でそっと彼の体を探った。親指をほんの少し動かした。彼の乳首に触れた。それは電気を帯びたかのように固く立った。

グレイウルフは鋭く息を吸い込んだ。小さく罵り声をあげた。「よせ」午後のあいだずっと緊張していた体がいっそうぴんと固くなった。彼はその体をエスリンに押しつけた。

エスリンは急いで手を引き抜いた。「あなたがさせたのよ」

「しーっ！」

「まるで私が……」

「しーっ！　テレビを見ろ」

エスリンは受像機に目をやった。フェニックスのニュースキャスターが刑務所を脱走したインディアンの活動家ルーカス・グレイウルフの捜索状況に関するニュースを読んでいた。ルーカスの写真が映し出された。どう見ても別人にしか見えない。髪を剃《そ》り上げたように短く刈っていた。

「お世辞にもすてきだとは言えないわね」エスリンは冗談めかして言った。

グレイウルフは口の隅にかすかな笑いを浮かべたが、彼の目は画面に出ているアリゾナ州の地図に釘づけになっていた。彼の予想どおり、メディアは治安当局の足を引っ張ることをしていた。検問が行われている場所を詳細に示すというような情報のリークは警察の仕事を妨害することになるのだが、各テレビ局はスクープで他局を出し抜くことしか考えていない。

アナウンサーがほかのニュースに移るやいなや、ルーカスは座席の端へ体をすべらせた。

「オーケー、行くぞ。千鳥足で歩け。君はビールを何杯も飲んでいることになっているんだ」

彼はエスリンに手を差し出したが、目は折しも開いたドアに吸い寄せられた。客が一人入ってきた。グレイウルフは小さく罵り声をあげた。ぶらりと入ってきたのは、制服の男だった。

# 第三章　荒野を逃げる

制服の男は無頓着《むとんちゃく》に帽子を脱ぎ、袖《そで》で額の汗を拭《ぬぐ》った。エスリンは息をのんだ。郡保安官の、保安官でないとしても少なくとも保安官補の制服だった。

「ステラ、ビールをくれ」背後でドアがばたんと音たてて閉まると同時に彼は大声で言った。

ブロンドのウエイトレスが振り返り、懇ろな仲だとひと目でわかる笑顔を見せた。「あら、誰かと思ったらあんたなの」両肘をうしろに突いてカウンターに寄りかかる。豊満な胸をいっそう目立たせるポーズだ。保安官は舌なめずりするような微笑を浮かべた。

「おれのこと思っててくれたんだろ？」

「ぜーんぜん」彼女はわざとらしく物憂げに言い、男がスツールに腰を下ろすとその日焼けした首に腕を巻きつけた。「あたしがどんな女か知ってるでしょ。顔を見なきゃすぐ忘れちゃうの」

「おれはおとついの晩からこのかた、どっかへ消え失《う》せたくそいまいましいインディアン野郎捜しさ。たまには冷たい物でもきゅうっとやって、優しくしてもらわなきゃ、やってられないぜ」

「その順番でいくの？」ブロンド女は保安官に顔をくっつけて甘ったるくきいた。保安官はキスをし、それから彼女の大きな尻をぴしゃりと叩《たた》いた。

「まずビールだ」

ステラがビールを取りに行っているあいだ、保安官に追われている当の男はブースの中でエスリンにぴったりと体を押しつけていた。「くそっ」グレイウルフはテーブルの下の腿を拳《こぶし》で打った。「あと二、三分で出られたのにな」低く罵《ののし》りながら、彼はペッティングでもしているようにブースの隅でエスリンに覆いかぶさっていた。「やつの注意を引くようなことはするな。君が騒げばやつはいやでも調べに来なきゃならなくなる」

「どうするつもり？」

「これまでどおりにやるしかない」グレイウルフはエスリンの首にキスしながら言った。

「やつもいずれ出ていくだろう」

しかし保安官はたっぷり楽しんでいくつもりらしかった。彼の言う〝きゅうっと一杯〟は二杯になり、三杯になり、四杯に及んだ。ステラはほかの客の注文を聞きにしぶしぶ腰を上げる以外は彼のそばにべったりはべっていた。彼らは卑猥《ひわい》な当てこすりを言い合ったり軽口を叩いたりあたりかまわずいちゃついていたが、やがてひそひそ声になり、ときどきステラの低くあだっぽい笑い声が聞こえるだけになった。保安官の両手は片ときもじっとしていなかった。絶えずステラを撫《な》で回し、ステラもすっかりその気になっている。

保安官が入ってきたとき希望の灯《ひ》がともったエスリンの胸に、いまや疑念が兆していた。あの人は脱獄囚が捕まろうが捕まるまいがかまわないと思っているのではないだろうか。インディアンの人々ばかりか白人の中にもルーカス・グレイウルフは濡《ぬ》れ衣《ぎぬ》を着せられたのだと、彼の有罪判決に同情を寄せる人々が大勢いた。超過勤務をさせられているあの保安官もその一人なのかもしれない。グレイウルフが目の前を通ってもあえて見逃すつもりかもしれない。

とはいえ、すぐそこにいる保安官はエスリンには唯一希望のよすがだった。なんとか彼の存在を役立てたいと思った。たとえ保安官にとっては、ステラと一緒に過ごすつもりの夜をふいにされて迷惑千万にちがいないとしても。

「折りを見て外に出る。いいな?」

「ええ」エスリンは言った。が、相づちの打ち方が早すぎたかもしれない。

グレイウルフは少し頭を起こし、エスリンの目を見据えたままテーブルの下に手を伸ばした。淀《よど》んだ明かりの中で刃が光るより先に彼がブーツからナイフを引き抜くのがわかった。

「僕にこいつを使わせるな、エスリン。とくに君には」

「なぜ私にはなの?」

彼はエスリンの体に含みのある視線を伝わせた。「いいところを触らせてもらって楽しい午後だった。だから君を傷つけたくない」

「あなたなんか地獄の火に焼かれるといいんだわ」エスリンはひややかな軽蔑《けいべつ》をこめ、ひとことひとことを吐き捨てるように言った。

「君の願いどおりになるだろうさ」彼はそう言ったきりカウンターの二人に注意を戻した。

彼は灰色の目をちらとも揺るがさず、鷹《たか》のように二人を見ていた。保安官の手がステラの胸を這《は》い、やがてひとところをまさぐりだすと、グレイウルフは「いまだ」と言った。

エスリンは彼がこそこそとブースを抜け出し外へ忍び出るのだろうと思っていた。ところが彼はいきなりエスリンの腕をつかんで立たせた。それが計算外の功を奏し、ことは実に彼に都合よく運んだ。エスリンがよろけて倒れかかったので彼は片腕を腰に回してしっかりと抱き込んだ。エスリンは両手の拳で彼の胸を突き声をあげようとしたが、息をのんだだけに終わった。グレイウルフが二人の体のあいだにナイフをすべり込ませたのだ。

「おとなしくしろ」恐ろしいほど静かで、冷たく、落ち着き払ったその声が、逃げるのはいまだというエスリンの考えをあっけなく封じた。

グレイウルフはすっかり酔っ払ったように頭をたれてエスリンに覆いかぶさり、二人はもつれ合いながらドアに向かった。

「よう、大将」

　エスリンの足は止まったが、グレイウルフの足は止まらずに進んだ。

「おい、あんたに言ってるんだよ、酋長《しゅうちょう》」

グレイウルフはエスリンの頬に怒りの息を吐きかけて足を止め、頭を起こした。「なんだ？」

「裏に部屋があるよ」レイは親指で肩のうしろを差した。「あんたはかわいこちゃんとちょっとしけ込みてえんだろうが？」

「それがだめなのさ」ルーカスは言った。「亭主が帰ってくる前におうちに届けなきゃならないってわけがあってね」

レイはくっくっと下品に笑い、派手な音をたてているテレビの探偵ものを見に戻った。

保安官はといえばありったけの熱情をキスにこめてステラの口に吸いついており、目も上げなかった。外へ出ると、エスリンはむさぼるように新鮮な空気を肺に満たした。鼻の奥にこびりついたビールの湿った匂《にお》いとたばこの不潔な匂いは永遠に消えそうもないように思えた。グレイウルフは深呼吸をする暇も惜しんでエスリンを車にせき立てた。

あっという間に〈タンブルウィード〉はうしろに去った。数キロ走ってからグレイウルフはようやく大きく息をついた。窓を下ろし、顔に当たる風を楽しんでいるようだ。

「警官の目をごまかすのがずいぶんうまくなったな」

「わき腹にナイフを突きつけられるのはいい気分じゃないわ」エスリンは言い返した。

「そうだろうな」

どこに向かっているのかグレイウルフはよく知っているらしい。だがエスリンにはさびれたハイウェイを走っているということしかわからなかった。車線が狭い。標識がない。人家の灯ひとつ見えない。両側は無人の荒野だ。走っている車もまれで、それも遠くに見えるだけ。たまにすれ違うときには正面衝突するのではないかとエスリンは肝を冷やした。

グレイウルフはスピードを上げていたが、運転は確かだった。どこまでも続く白いセンターラインを見つめているうちに、エスリンは催眠術にかかったように眠気に襲われた。うつらうつらしたとたん、グレイウルフの罵り声が静寂を引き裂いた。「ちくしょう！」

「誰かが追ってきたの？」エスリンはどきんとして背を伸ばし、うしろを振り返った。

「オーバーヒートのランプがついた」

エスリンはがっかりし、疲れた肩を落とした。つかの間期待したのだ。さっきの保安官かあそこにいた誰かがグレイウルフに気づいていたのではないか、だが安全を期して応援が到着するまで逮捕に踏み切らなかったのではないかと。「午後も点滅してたわ」彼女はぐったりとシートに背中を埋《うず》めた。

グレイウルフは顔を振り向けてエスリンをにらんだ。明かりといえばダッシュボードのライトだけだ。その緑色の光に浮かび上がった彼の顔はぞっとするほど恐ろしかった。色の薄い目が怒りに燃えて銀と化していた。「午後すでにエンジンがオーバーヒートしていたってことか?」

「私、検問のおまわりさんにそう言ったでしょう。聞いていなかったの?」

「あれも演技だと思っていた」

「そうじゃないわ」

「だったら、こんな人家ひとつない道に入る前になぜ言わなかった?」

「あなたがきかなかったのよ!」

グレイウルフはひと声の罵りで怒鳴り合いに終止符を打った。エスリンは雷に打たれたようにすくみ上がり、口をつぐんだ。彼が突然ハンドルを切った。エスリンは衝撃で投げ出されそうになった。車は道路からわきに突っ込んだ。

「どこへ行くつもり?」

「車を冷やす。エンジンが完全に焼き切れる前にな。この暗闇《くらやみ》じゃどのみち修理もできない」

車は道路をはずれて数百メートル走った。地面はでこぼこで、エスリンは車の床に叩きつけられないように両手でダッシュボードにしがみついた。ようやく止まった時には、エンジンはやかんが沸騰するような音をたてていた。

「くそっ! 今日はずいぶん時間を無駄にする。最初はあの酒場で、今度はこれだ」グレイウルフは足止めを食ったのがいまいましくてたまらないようだった。ボンネットのところへ歩いていくと、大声で悪態をつきタイヤを蹴《け》った。

エスリンは助手席から外に出て、こわばった腕や脚の筋肉を伸ばした。「いつまでにどこかに着かなくてはならないというデッドラインでもあるの？」

「ああ、まさにデッドラインさ」グレイウルフの口調は険しく、エスリンはそれ以上追及しないのが身のためだと思った。しばらくすると彼は諦《あきら》めたように大きく息を吐いた。

「当分身動きが取れないとすれば、そのあいだに眠っておこう。バックシートに乗れ」

「私は眠くないわ」

「いいから中に戻れ」

グレイウルフの声は砂漠にずんと響く不穏な遠雷のようだった。エスリンは思い切り彼をにらんだが、言われたとおりにした。車のドアは後部のひとつを除いて全部開け放たれた。彼はエスリンのうしろから乗り込むと閉じたドアの隅に体を寄せて大きく脚を開き、彼女を脚の間に引きずり込んだ。あっという間の出来事だった。

「放して」エスリンは怒ってもがいたが、ヒップが彼のジーンズのジッパーにこすればかりだと気づいてやめた。

「僕は寝る。君も寝ろ」

グレイウルフはうしろ向きにエスリンを抱え込んだ。乳房の下に回された彼の腕は鋼鉄の帯のようだった。その位置にはひるむが苦しくはなかった。楽といえるかもしれなかった。もし体の力を抜いて彼にもたれかかれば。だがエスリンは断固としてそうはしなかった。

「荒野にさまよい出るなんて無謀はしないわ、グレイウルフ。だから放してちょうだい」

「だめだな。それとも、ハンドルに縛りつけられるほうがいいのか」

「逃げたとして私がどこへ行けるというの？」

「君についてわかったことがひとつある。君が臨機の才に富んでいるってことだ」

「ここはどことも知れない無人の荒野の真ん中なのよ。それに夜よ」

「月が出ている」

月。エスリンは気づいていた。それに星も。それは見たこともないような星空だった。星々は町で見るのとはまるで違う。とても大きく、煌々《こうこう》と輝き、手を伸ばせば触れそうだった。こんな場合でなかったらこの夜空を心ゆくまで堪能《たんのう》しただろう。荘厳で美しい宇宙の胸懐に抱かれながら、我が身のちっぽけさを楽しんだことだろう。

しかしいまエスリンはこの夜を美しいとはけして思いたくなかった。あとで思い返したとき、ただ恐ろしかったとだけ思いたかった。「一人でここから動くなんてばかはしないわ。たとえここがどこかわかっていて、あなたから逃げられる見込みがあったとしても」

「君がそんなばかをしないようにしっかり捕まえておくさ。さあ、もうおとなしくしろ。

それが身のためだ」

　張り詰めたその声にエスリンはどきりとし、別のことにもどきりとした。乳房の下にあてがわれた彼の腕からどくどく伝わってくる脈搏《みゃくはく》。腰に当たる固いもの。エスリンはつばをのみ込んだ。それが何を意味するのか考えるのを拒否した。

「お願い、こんなことやめて」プライドをこらえて哀願した。ひと晩中こんなふうに体と体を接しているのは耐えがたかった。それがひどく不快だからではなく、むしろ不快ではなかったから。「お願いだから放してちょうだい」

「だめだ」

　どう言っても無駄だ。エスリンはグレイウルフの気を変えさせるのを諦めた。けれど体の力を抜くことは断じてしなかった。彼の胸に触れる背中を板のように固くしていた。そうやってわずかでも体を離していようとすると、じきに首が痛くなった。しばらくすると彼は眠りに落ちたらしい。エスリンはようやく頭を彼の肩にもたせかけた。

「君はまったく強情っぱりだな、エスリン・アンドリューズ」

　エスリンは目をつぶって歯軋《はぎし》りした。グレイウルフは私がどこまでもつか読んでいたのだ。そしてわざとぎりぎりまで待っていたにちがいない。

「腕を緩めてほしいの。息をするのが楽になるわ」

「そしてナイフに手が届く」二人はしばらく黙っていた。やがてグレイウルフが言った。

「君はごく少数の一人だ」

「少数って、何の？」

「女さ。僕がひと晩以上一緒に過ごした女」

「私がうれしがるなんて思わないで」

「ああ。君のような白人の処女には、百合《ゆり》のように白い脚のあいだにインディアンを入れるなんて悪夢以外の何ものでもないだろうからな」

「あなたって低俗きわまりないわ。それに私はバージンじゃありません」

「結婚したことがあるのか？」

「いいえ」

「じゃあ、同棲《どうせい》していた？」

「いいえ」

「遊びか？」

「あなたには関係ないことよ」

たった一度の経験しかないことを知られるくらいなら死んだほうがましだと、エスリンは思った。話す価値もなかった。好奇心に引きずられてのことだったが、ひどくがっかりした。

その彼とのあいだはごく淡々としたものだった。心の震えはむろん、親密さも、興奮する要素も、情熱のかけらすらなかった。寝たあと幻滅と失望をなめながら、エスリンは彼もさぞかし興ざめだったろうと思った。

ぶざまな目には二度と遭いたくなかったし、近ごろ自分はセックスに興味がないたちなのかもしれないと思い始めていた。交際する男たちは退屈で、ディナーデートをしてときたまおやすみのキスをする以上の気持は起こらなかった。

なきに等しい異性関係についてつつかれるよりはましだと思いエスリンは彼にきいた。

「あなたはどうなの？　あなたはどれくらい女性と経験があるの？」

彼は眠ってしまったのかそれとも黙殺したのか、返事は返ってこなかった。

エスリンはぬくもりに体をすり寄せた。

大きな猫が喉を鳴らすような低いうめきが目覚めかけた脳裏をくすぐった。彼女はもぞもぞと身動きした。五感から伝わる感覚が脳の中でしだいにひとつの情報にまとまってきたと思ったとたん、彼女ははっと目を開いた。

「どうなっているの！」

「それは僕が言いたいせりふだ」彼がぶすりと言う。

エスリンはルーカス・グレイウルフの上にいた。

夜のあいだに寝返りを打ったのだろう、エスリンの頬はシャツがはだけた裸の彼の胸にのっていた。乳房は彼の胃の上に、そして下半身は……。「まあ……」脚のあいだにあるものはとても固かった。

頬が火のようになった。エスリンはあわてて体を起こし座席から這い下りた。「失礼」顔をそむけたままつぶやいた。

「こっちこそ」

グレイウルフは不機嫌に言い、横のドアを開けて転がるように外へ出た。しばらくのあいだ彼は車のそばにじっと立っていた。エスリンは何もきかなかった。きかなくても、わかっていた。

やがて彼は車の前部に歩いていき、ボンネットを開けた。彼はその陰で何かをいじっていたが、やがて戻ってきて、開け放しのドアから体を斜めに入れた。「ブラをはずせ」

「えっ？」空を飛べと命じられたとしてもそれほどには驚かなかっただろう。

「聞こえたはずだ。ブラウスでもいい。早くしろ。もうさんざん時間を無駄にしている」

夜はとうに明けていた。二人して正体もなく眠りこけてしまったことに気づき、エスリンの頬はいっそう熱くなった。たしかに昨日はひどい一日だったけれど……。

「自分で脱ぐか、それとも脱がされたいか、どっちだ？」

「向こうを向いて」

「まったく……」グレイウルフは背中を向けた。

エスリンは急いでシャツブラウスを脱ぎ、ブラを取り、再び着て手早くボタンをかけた。

「はい」ブラを彼の方へ突き出す。

彼はそれを黙って引ったくるとボンネットのところへ戻った。数分間汗だくで作業しながら悪態を並べ立てたあと、ばたんとボンネットを閉めて運転席に乗り込み、両手をジーンズにこすりつけて拭《ふ》いた。

彼が口にした説明は「しばらくはもつだろう」のひとことだった。

しかしそう長くはもたなかった。三十キロかそこら走っただけで、ボンネットの下から白い煙が細く吹き出した。そしてじきにもくもくと。

「爆発しないうちに止まったほうがいいんじゃないかしら」エスリンはためらいがちに言った。出発してからひとことも口をきいていなかった。彼が黙りこくっているのは、目覚めたときのあの状態にやはり狼狽《ろうばい》しているのだろうか。

あんなこと、記憶から消し去ってしまいたい。それなのに、繰り返し繰り返し思い出してしまう。たとえば唇に触れていた彼の胸毛の温かでくすぐったい感触を。まだうつらうつらしていたあいだ、ヒップを包み込むようにして優しく撫でていた彼の手を。それに気づき、びっくりして目覚める前の心地よさを。

何を考えているのかわからないひややかな横顔を見せたまま、グレイウルフは再び車を道からそらした。車はぜいぜいあえぎながら止まった。

「あのブラは君の乳首を隠すのがせいぜいだったってわけだ」

エスリンは唖然《あぜん》として彼を見たが、彼は知らん顔で運転席のドアを開け外に出た。「行くぞ」

「行くって、どこへ？」

「最寄りの町へ」

「歩いていくってこと？」エスリンは耳を疑った。

見渡す限り荒涼とした大地、その何もない真ん中に二人はぽつんといた。遙《はる》か遠くに紫色の山脈が影のように横たわっている。その山々といまいるところのあいだには、灰色のハイウェイがひと筋細々と頼りなく伸びているほかは、母なる自然の荒れたてのひらのようなごつごつした岩だらけの荒野の広がりがあるばかりだ。

「誰かが我々を拾ってくれるまではな」それがエスリンの問いに対するグレイウルフの答えだった。彼はさっさと歩きだした。選択の余地はない。エスリンは車を離れ、小走りになって彼を追った。

一人で取り残されたくなかった。彼は戻ってきはしないだろう。ほかの車が通りかかるのを待つといっても何日かかるか知れたものではない。さっきから喉が渇いていた。グレイウルフが彼女のキッチンから調達してきたクッキー二、三枚を食べたこともますます喉の渇きに拍車をかけていた。

二人は歩いた。何時間も歩いたような気がした。エスリンは彼に遅れまいとして、半分は小走りだった。太陽は無帽の頭に容赦なく照りつけた。こんな荒野に住みついているのは、ときおりこそこそと行く手を横切る有毒大とかげや爬虫類《はちゅうるい》の仲間ぐらいなものだ。ようやく、本当にようやく、車のぶるぶるというエンジンのうなりが聞こえてきた。振り返るとピックアップトラックが近づいてくるのが見えた。それはゆらゆらしたまぶしい陽炎《かげろう》の赤錆《あかさび》色の幻のように見えた。グレイウルフが両腕を上げて振るよりも先にドライバーは速度を落とした。三人の禁欲的な顔をしたナバホの男が、古びたトラックの運転台に肩と肩をくっつけ合わせて座っていた。短い言葉を交わしたあとで、グレイウルフはエスリンを荷台にほうり込むようにして自分も乗り込んだ。

「あの人たちあなたに気づいたかしら」

「たぶん」

「密告されるかもしれないわよ。心配じゃないの？」

グレイウルフは顔を振り向けた。焼けつく熱さにもかかわらず、投げつけられた冷たい視線にエスリンはぞくりとした。

「いや」

「ああ、そうなのね。彼らは名誉にかけて沈黙を守るのね」

彼は答えようともせず、目を北東の地平線に向けた。彼が目指しているのはその方向だと、エスリンにもすでに見当がついていた。

乗っているあいだずっと二人はとげとげしく黙りこくっていた。どのみち話をするのは無理だった。叩きつける熱風でエスリンは息もできないくらいだった。やがて小さなほこりっぽい集落が見えてきた。

集落に差しかかったところで、グレイウルフはピックアップの後部の風よけガラスを叩いた。するとドライバーはスピードを落とし、ガソリンスタンドの前で車を止めた。グレイウルフは地面に飛び降り、エスリンに手を貸した。「恩に着る」彼はドライバーに言った。男は二人の方を見て麦藁《むぎわら》のカウボーイハットを頭からちょっと持ち上げ、再びエンジンをかけて走り去った。

「これからどうするの？」エスリンは疲れきっていた。うんざりしていた。ナバホの男たちがグレイウルフに同情を寄せていることは直感でわかったが、村に寄るのならひょっとしてと、かすかな望みも抱いたのだった。

だがあたりを眺めて、希望はついえた。通りはがらんとしている。道路の向こう側でにわとりが数羽荒れた地面をつついているほかには、生きものの影もなかった。村はそれを取り囲んでいる荒野と同様に無愛想に人を拒んでいるように見えた。

グレイウルフはガソリンスタンドの安っぽい建物の方へ歩いていく。エスリンは足を引きずりながら、やっとついていった。こんなにひどい思いをしたのは生まれて初めてだ。

ハイウェイを歩いているあいだに体も服も汗でぐしょ濡れになったが、いまそれが乾いて塩が浮いたようにざらつき、気が狂いそうにかゆかった。暑くて恐ろしく不快だった。日差しに痛めつけられて唇はひび割れ、髪はくしゃくしゃだ。

エスリンはガソリンスタンドの汚れた窓に立てかけてある掲示を見てうめいた。「昼《シエ》寝《スタ》！」

「四時までは開かないな」グレイウルフは空を仰いで太陽を調べた。

エスリンは建物の壁ぎわのあるかなしかの日陰に体を張りつけた。頭をもたせかけ目をつぶったが、それもつかの間、ガラスの割れる音で目を開けた。

グレイウルフが石でドアのガラスを叩き割ったのだ。彼は平然とした顔で内側に手を入れ、鍵《かぎ》をはずした。ドアは軋んだ音をたてて渋るように開き、彼は中に入っていく。わざと窓を割るなんて考えたことすらあったろうか。まして他人の家に侵入するなんて。だが、エスリンは彼のあとを追って、いくらかは涼しい屋内に入った。

暗さに目が慣れると、そこがただのガソリンスタンドではなく、小さな雑貨屋も兼ねていることがわかった。木の棚にポテトチップスや缶詰、トイレットペーパーや洗剤の類《たぐ》いが並んでいる。

ほこりで汚れたガラス張りのカウンターの中にはさらにほこりっぽいアリゾナの土産物が詰まっていた。カウンターの上にはチョコレートやたばこやチューインガムの箱がのり、うしろの壁に車用のこまごました部品がずらりとかけてあった。

グレイウルフは軋んでうめき声をあげる古びた床を横切り、清涼飲料の昔風の販売ケースの方へ歩いていった。泥棒よけの錠前をかなてこでこじ開け、蓋《ふた》を上げてコーラの瓶を二本出すと、栓を抜いて一本をエスリンに手渡しながら、自分の分をごくごくと喉に流し込んだ。

「私、自分の分は払うつもりよ」エスリンは当てつけがましく言った。

グレイウルフは瓶から口を離した。「僕の分も君に払ってもらう。壊したガラスの弁償金とウォーターホースの代金も」

エスリンは冷えたコーラを飲み、この世にこんなにおいしいものがあったかしらと思った。「ウォーターホース？」

彼は壁にかかっている部品に目を走らせた。「交換するのさ。裂けちまったから。こんなやつだ」彼はフックからひとつはずしてエスリンに見せた。

もう一方の手でカウンターの引き出しを開け、中身を調べる。かき回すと工具類ががちゃがちゃ音をたてた。その音はあたりの静けさをいっそう痛いほど感じさせた。

エスリンは異星から落ちた迷子のような気分だった。みじめさとわびしさが胸に迫ってくる。グレイウルフのほうはそんな不安にまるで悩まされていない。彼は工具を見つけて取り出した。絶望感に打ちひしがれそうになったとき、エスリンは公衆電話を見つけた。

グレイウルフは気づいていないだろう。彼はまだ工具の引き出しを探っており、壁掛け電話のあるコーナーの方は見なかった。電話は日付の古い雑誌が並ぶラックの陰に半分隠れていた。

彼をしゃべらせておければ、その隙《すき》にあそこへ行ってこっそり電話をかけられるかもしれない。でもここはどこ？　この、神にも見捨てられたような村の名前は？　それに延々歩いてきたあのハイウェイは？　標識ひとつ見た記憶がない。そもそもハイウェイだったのだろうか。しかもどこかで州境を越えてしまって、ここはもはやアリゾナではない可能性だってある。

「飲み終わったか？」

グレイウルフの声にエスリンは飛び上がった。「ええ」空になった瓶を彼に渡す。ついさっきまでほうけたようになっていたエスリンの頭はいまフル回転していた。どうやって彼の注意をそらそうかと。

「金をくれ」グレイウルフが手を差し出した。

ここは彼の機嫌を取っておくのが肝心。エスリンはバッグをかき回し、二十ドル札を取り出した。「これで足りるわね」

彼は札をたたんでカウンターの灰皿の下に置いた。「裏に手洗いがある。行くか？」

行きたかった。が、エスリンは次の行動をすばやく計算した。行きたくないと嘘《うそ》を言い、待っているからどうぞと言おうか。でもそれはいかにも見え透いている。当然彼は怪しむだろう。いまは小細工をせず、逃げる気をなくしたと思わせておいたほうがいいかもしれない。

「ええ」と、エスリンはおとなしく言った。

グレイウルフは黙って彼女を外に連れ出した。建物の角を曲がると、男用女用のマークのついたドアが二つ並んでいた。エスリンは中を想像してたじろいだ。彼は女性用トイレのドアを開けた。悪臭で息が詰まりそうだったが、エスリンは中に入り、スイッチをひねって小さな電灯をつけた。

恐れたほどではなかったが、やはりひどかった。けれどずいぶん長くトイレに行かなかったのを思い出すと急に生理現象が襲ってきて、不潔だとかいやだとか言っていられなくなった。用をすますと彼女は錆の浮いた洗面台で手と顔を洗った。生ぬるい水のはずだが、太陽と熱風に痛めつけられた肌にはひんやりと感じられた。

濡らしたところを自然に乾くに任せ、エスリンはドアの掛け金をはずして戸を押した。ドアはびくともしなかった。

押すのではなく引くのかと思ってやってみたが、やはり動かない。ありったけの力でまた押した。だめだった。彼女はパニックに陥りドアに体をぶつけた。

「グレイウルフ！」彼女は半狂乱で叫んだ。「グレイウルフ！」

「なんだ、エスリン?」

「ドアが開かないの」

「開かなくていいんだ」

エスリンは息をのんだ。閉じこめられてしまったのだ!

「開けて!」彼女は金切り声をあげ、両の拳でドアを叩いた。

「できるだけ早く戻る」

「戻る? 戻るって、どこへ行くつもり? 閉じこめたまま置いていくなんてあんまりよ!」

「しかたないのさ。あの電話を使われたくないからな。君は必死で気づかないふりをしていたが。戻ったらすぐに出してやる」

「どこへ行くの?」エスリンは繰り返した。いつまでともわからずトイレに監禁されているなんてたまらない。

「車のところだ。ウォーターホースを取り替えたら迎えに来る」

「車? あの車に戻るつもり? どうやって?」

「駆けていく」

「駆けてですって」エスリンは言ったが声にならなかった。ああそうだわ——私の頭が空っぽじゃないことを教えてやろう。「四時になって店主がこのむさくるしい店を開けに来

たら、彼だか彼女だかは私を見つけるわよ。私、壁が割れるほど大きな声で叫びますから
ね」

「四時前には戻る」

「ひとでなし！　ここから出して！」エスリンは体重のありったけをかけてやっきになってドアを押したが、それでもびくともしない。「窒息するわ。閉じこめられたまま死んじゃうわ」

「汗はかくだろうが死にはしない。ゆっくり休んでいるんだな」

「あなたなんて地獄に堕《お》ちればいいわ！」

彼は答えなかった。エスリンの声はトイレの壁にむなしく響いた。ドアに耳を押しつけたがなんの音も聞こえなかった。「グレイウルフ？」エスリンは心細げに呼んだ。次に大きな声で。「グレイウルフ！」

なんの応答もない。彼女は一人ぼっちだった。

エスリンはドアに寄りかかり両手で顔を覆った。涙がこぼれた。こんな災難にどう立ち向かってよいかわからない。深窓育ちの彼女には、生死が背中合わせの状況など、遙か遠い世界の出来事だった。彼女はいたれり尽くせりの環境で、我が子に〝最良のものを〟と望む両親に大事に育《はぐく》まれたのだった。

公立学校にさえ、〝社会の好ましくない分子〟と遭遇する危険があるという理由で一度

も行かなかった。上流階級の娘を対象にした女子大では、いざという場合のサバイバル訓練もなかった。こんな窮地を映画で見るのはわくわくするが、現実に自分の身に降りかかるとは誰も思っていない。だがそれが起こったのだ――この私の身に。

二十六歳にして初めて、エスリン・アンドリューズは真の恐怖に直面した。それは固い物体のように指に触れた。空気のように肺に入ってきた。味すらついていた。

もしグレイウルフが戻ってこなかったら？　それに、このガソリンスタンドが四時に開くという保証がどこにあるだろう。もしかしたらあのボール紙は、店主が商売を続けるのは割りに合わないと廃業を決めてから忘れられたまま何カ月も立てかけられっぱなしなのかもしれない。

渇きで死ぬかもしれない。

いいえ、水はある。お世辞にもきれいだとは言えないけれど、水は水。

餓死するかもしれない。

でも飢えて死ぬまでには長い時間がかかる。その前にきっと誰かが来るだろう。常に聞き耳を立てていて、エンジンの音が聞こえたらドアを叩いて大声を出そう。

窒息して死ぬかも。

窓があるわ。小さなのがひとつ高いところに。天井のすぐ下に。窓は数センチ開いていた。むっとして暑いが、空気は充分にある。

怒りのあまり死んでしまうかも。

それが一番可能性がありそうだった。よくもこんなひどいところに置き去りにしてくれたわ。エスリンは狭いトイレを歩き回りながら、グレイウルフに思いつく限りの罵りを浴びせた。

結局エスリンの脳を刺激し奮起させたのはその怒りだった。グレイウルフでさえ私には臨機の才があると言った。頭を使えばきっとここから逃げ出せるわ。必ず！　でも、どうやって？

何度も何度も、エスリンはドアに体をぶつけた。だが、びくともしない。何をつっかい棒にしたのか揺るぎもせず、体力を消耗させるだけだった。滝のように汗が出る。汗が髪の下の頭皮を伝い落ちるのが感じられた。髪は重くて暑苦しかった。

疲れ果て、がっくりし、彼女は天に救いを求めるように天井を仰いだ。するとそこに答えがあった。窓！　そうだわ。なんとかしてあそこに。

隅にドラム缶がひとつ立っていた。このトイレが使用され始めてからずっとごみ入れの役を果たしているらしい。悪臭を放つ中身には目をつぶり、それを引っくり返そうとエスリンは格闘した。ものすごく重く抱えるのに苦労したが、やっとのことで逆さにし、窓の下に押していった。

ドラム缶の上に立つと窓枠の下がつかめた。腕の力だけで体を引き上げようと頑張る。

足がかりになるものは何もない。コンクリートブロックの壁をむなしく足で引っかき、力の限りを振り絞って必死にもがくこと数分、ついに窓枠に肘をかけ上体を持ち上げた。窓の隙間から頭を突き出し、何度も大きく空気を吸う。顔に当たる風がうれしかった。しばらくそのままの格好で、しびれてわなわな震えている腕を休ませた。

次にエスリンは両肩でできる限り窓を押し上げた。充分な広さはなかったが、運と努力でなんとかすり抜けられるだろうと思った。片方の膝を窓枠に引き上げ、体を回して足から外へ出ようとした。

もう一方の膝を窓枠にのせた瞬間、バランスが崩れた。エスリンはとっさの判断で外に向かって体を倒した。はずみで体が窓の隙間をするりと抜けた。落ちる途中、腕が窓枠の釘《くぎ》に引っかかった。古釘は彼女の腕の肉をわきの下まで引き裂いた。

奇跡的に足から着地した。だが地面は平らではなかった。激痛の走る腕を押さえながらのけぞりざまに倒れ、斜面をごろごろと転がり落ち、岩にしたたか頭を打ちつけた。

エスリンはぎらぎらした太陽の円盤をぼんやりと見上げた。太陽は彼女を嘲《あざけ》っているように見えた。だがそれは一瞬のことで、たちまち目の前が真っ暗になった。

# 第四章　ナバホの小屋

彼は帰路を急いでいた。彼の目は地形の特徴をしっかり記憶していた。何ひとつ見逃さなかった。あと二、三キロだ。多く見積もっても五キロ。彼はアクセルをいっぱいに踏み込んだ。

車はそれに応《こた》えた。いいぞ。最高のコンディションだ。ホースのつけ替えは造作もなかった。苦労したのは重たい工具を両ポケットに入れ、もれた水の補給のために一ガロンのポリタンクを持って車まで走らねばならないことだった。遠距離を走るのは慣れている。真夏の暑さの中を走るくらいはなんでもないが、体の左右にアンバランスな重量をくっつけて走るのはきつかった。

残り数キロの道のりに車を走らせながら、グレイウルフは考えごとをする時間が持てたのをありがたく思った。熱い風が頰を打ち、髪を吹き乱す。彼は窓を開けたまま運転するほうが好きだった。荒野の風や空気を満喫できるのにエアコンなんてくそくらえだ。これまで窓を閉めていたのはあの女のためだ。

あの女。

暑くて不潔なトイレに彼女を閉じこめてきたことを思い、彼の良心はちくりとした。だが、ほかにどうすればよかったんだ？　彼女が最寄りの郡警察に電話するのを黙って見過ごすのか？　一緒に連れてくればよかったのか？　車まで歩いて戻るのも彼女には無理だろう。たとえ歩けたにしろ、それではあまりに時間を食ってしまう。いまはいっときも無駄にできない。

彼らはいつ追いつく？　それまでにどれくらいの時間があるんだ？　間に合うように向こうに着けるだろうか？　なんとしても間に合わせねば。

脱獄が高くつくことはわかっている。その償いは潔く引き受けるつもりだ。ただ、ほかの人間を巻き添えにしたことは悔やまれる。友達だと信用してくれていた男を殴って気絶させたのは気持のいいことではなかった。女を脅すのもだ。あの女のすべてが彼が嫌悪するものの象徴だった。まず白人であること。それに加えて裕福な白人であること。だったとしても、彼女を巻き添えにせずにすませたかった。だがしかたなかった。

しかたなかった？

グレイウルフは腹立たしげにラジオのスイッチを入れ、音量をいっぱいに上げた。ニュース速報を聞くためだと自分に言い聞かせる。実際は、がんがん鳴る音楽で彼女のことを頭から吹き飛ばしたかった。

どうしてあんな荷物を背負い込んじまったんだ？　なぜあごに一発食らわせて、侵入したときのようにすばやく静かにずらからなかった？　彼女が意識を回復して、警察を呼ぶまでに逃げ延びる時間は充分にあった。

それなのに愚かにもぐずぐずと白人女にかかずらって。シャワーを浴びたかったんだ。ああ。だがそんな贅沢《ぜいたく》はなしですますこともできた。睡眠をとる必要があった。たしかに。だが彼女のベッドのいい香りのするシーツや柔らかな枕《まくら》より快適度は落ちるが、ほかで寝場所を見つけられたはずだ。

まあそれくらいの贅沢は許そう。しかし、夜が明ける前に、目を覚ましたときなぜすぐに出発しなかった？　彼女が目覚めて警察に通報するのはわかりきったことだが、それまでに何時間かあっただろう。それまでに姿をくらますことができた。

ところが、自分が何をすべきかわかっていながらおまえはベッドに横たわり美しいブロンドに見惚《みほ》れていた。彼女があまりにも目に快く、見ていたい誘惑に逆らうことすら忘れていた。久しく女を見ていなかった目は彼女をむさぼった。長いこと禁じられていた匂《にお》い、女の体の甘い匂いに鼻は喜びむせび、彼女の匂いを胸の底まで吸った。

こっそり抜け出すべきだとわかっていながら、彼女を道連れにするというばかをしてしまった。

そうか。だが、彼女に危害を加えるつもりは初めからなかった。それじゃなぜナイフで脅した？

用心のためだ。

女の服を脱がせる必要があったのか？

必要はなかった。認めるよ。ただ彼女を見たかったんだ。

ほう！

嘘《うそ》じゃない。無理やり彼女を奪う気はなかった。彼女は白人だ。白人女なんてごめんだ。

食指も動かない。

おまえはあの女が欲しかったんだ。

長い間刑務所にぶちこまれていたんだぞ！　どんな女でもいい女に見えるさ！

彼女と寝たくなかっただって？

ああ。

おまえは大嘘つきだ。

とにかく何もしなかった。これからもするつもりはない。

彼は欲望を抑えようと固く決めていた。たとえそれが死ぬ思いでも。ただあの女をそばに置いておきたかった。それだけだ。良心の嘲《あざけ》り声を寄せつけまいと、ブロンドの人質の気に食わない点を並べ立ててみた。

彼女が甘やかされた金持の娘であることは間違いない。彼女には例の〝あなたなんか汚らわしい〟という雰囲気がある。それはインディアンの若者が大学で白人の女子学生たちから思い知らされるものだ。それはインディアン居留地を出て進学したおまえが真っ先に学んだことのひとつだった。エスリン・アンドリューズのような娘は、おまえといちゃつきはしてもけして一線は越えない。もし越えたとしたらそれはスリルや物珍しさからで、インディアンと寝たのを女の子たちどうしで自慢するためだ。〝嘘!〟〝ほんと!〟〝すごかった?〟次の日にはつんと知らん顔で無視する。

しかし、あの白人娘は度胸がある。それは認めてもいい。べそをかいたりだだをこねたりして厄介きわまりないことになっていても不思議はなかったのに、彼女は違った。どんなときにも泣き言ひとつ言わなかった。

彼女がハイウェイパトロールの巡査をはぐらかしたときのことを思い出し、グレイウルフのいかつい顔にちらと微笑がよぎった。なぜ彼女はあんなことをしたんだ?

あれで彼女にひとつ借りができたな。

昨夜を境に、彼女に手を出さないという決意を守り通せるかどうか自信がぐらついてきた。〈タンブルウィード〉で過ごした時間は天国であると同時に地獄だった。本気でキスをしたかった。舌で彼女の唇を開き、彼女の口を味わいたくてたまらなかった。彼女の服を開き彼女の体に触れたかった。何度理性が危機にみまわれたことか。

今朝眠りながら彼女が僕に寄り添っていた。いい感じだった。彼女の静かな息が僕の胸にかかり、彼女の乳房はふっくらと柔らかく、彼女の腿の……。

ちくしょう！　彼女を解放しなくてはいけない。

ガソリンスタンドに着いたら車を満タンにし、彼女の無事を確かめ、あとで助け出してもらえるように店主宛《あ》てにメモを置いておこう。警察に通報されても、彼女は僕が立ち寄ったところを告げることはできるが、どこへ行くつもりかは言えない。少なくとも、具体的にどことは言えない。もっとも警察はすでに僕がどこへ行こうとしているか見当をつけ、捜索の手を伸ばしているにちがいない。あとはただ時間の問題だ。

彼の望みはただひとつだった。間に合ううちに果たすべきことを果たしたい。

集落が見えてきた。グレイウルフはスピードを上げた。女を置いていくと決めた。決めたからにはさっさと片づけて先を急ぎたかった。この車はもらっていくことになるが、新しく車を買うことぐらい彼女には痛くもかゆくもないだろう。

給油ポンプの前で車を止め、降りてノズルをタンクに差し込んだ。満タンにするあいだにラジエーターに水を足す。時間を気にしながらフロントガラスを洗い、タイヤも点検した。ガソリンスタンドの主が戻ってくる前に遙《はる》か遠くへ去っていたい。また検問やら面倒やらに引っかかるのはごめんだ。

最後に彼は建物の角を回ってトイレに行った。ドアに立てかけた廃物の鉄の梁《はり》の上に手を伸ばし、がんがん叩《たた》いた。返事がない。彼女の名前を呼んだ。

「返事をしろ。そこにいるのはわかっているんだからな、エスリン。子供じみたまねはよせ」

彼はドアに耳を押し当てた。数秒じっと耳を澄ましてドアの向こうが空っぽだとわかった。

冷たい手で心臓をつかまれたような気がした。不安になった。夢中で鉄の梁を押しのけ、ドアを開けた。中に飛び込む。これが計略で、彼女が素人くさい手段で襲いかかろうと企《たくら》んでいるのならいいとすら思いながら。

だが彼を襲ったのは熱気とむかつくような悪臭で、中は空だった。開いた窓の下にドラム缶が引っくり返っている。それが何を意味するかを瞬時にのみ込むと、不安はどす黒い怒りに変わった。

あのお転婆め、逃げたな！

グレイウルフはトイレから飛び出して建物を回った。店に駆け込んだがエスリンの影も形もない。彼女にしろほかの誰かにしろそこに入った形跡はなかった。

割れたガラスがまだ床に散らばっていた。二十ドル札は灰皿の下にはさまっている。電話に積もったほこりもそのままだ。

どういうことだ？　グレイウルフは両手をジーンズの尻ポケットに突っ込んだ。彼女はいったいどこへ行った？　彼は落ち着きなく歩き回りながら頬の内側を噛《か》んだ。彼女は当然、真っ先に電話をかけるはずじゃないか？　そして警察はこの店を彼女の尋問や捜索の仮本部にするはずじゃないか？　いったい、どうなっているんだ？

　グレイウルフはトイレに取って返した。

「焦るな。ゆっくり飲まないとむせるぞ」

　エスリンの渇いた喉は少しずつ口に注がれるコーラをむさぼった。彼女は体を起こそうとしたが、激痛に頭を貫かれてうめいた。

「じっとしていろ」穏やかな声が言う。「いまはそれが一番だ」

　エスリンは薄く目を開けた。グレイウルフがかがみ込んでいる。彼の顔は暗くて見えなかった。あたりが暗いのは日が沈んだからだろう。目を動かすと頭がずきずきしたが精いっぱい見回すと、車のバックシートに横たわっているのがわかった。窓は全部開け放されて荒野の風が入ってくる。グレイウルフは前後のシートのあいだに体を割り込ませ、しゃがむように浅く腰かけていた。

「ここは……」

「ガソリンスタンドから約五十キロ離れたところさ。包帯を巻かなくちゃな」

「包帯？」

「君は昏睡《こんすい》状態でうめいていた」彼はそれですべてを説明したかのようにそっけなく言った。

エスリンはあらん限りの力を振り絞り、腕を伸ばして彼のシャツをつかんだ。「ちゃんと話して。ものを言うのも惜しむインディアンの流儀にはうんざりだわ。ここはどこなの？　なぜ包帯が必要なの？　あなたがついにナイフをふるったということ？」

そう言っただけでエネルギーを使い果たし、エスリンはぐったりとシートに背中をつけた。が、敵意をこめた目をグレイウルフから離しはしなかった。まるで鏡をのぞいているようだったが、彼が答えるまでにらみ続けた。

「窓を乗り越えて落ちたのを覚えていないのか？」

エスリンはまぶたを伏せた。ああ、そうだった。あのときの恐怖と絶望感、そしてそんな目に遭わせた男への憎しみ。おぞましい記憶がどっとよみがえった。

「頭が痛むだろう。アスピリンを持ってきた」

エスリンは目を開けた。彼は容器から錠剤をてのひらに振り出している。

「どこからそれを？」

「あの店さ。コーラでのみ下せるか？」

エスリンはうなずいた。グレイウルフは錠剤を渡し、彼女が薬を口に含むと肩の下に腕を差し入れて体を支え、コーラの瓶を唇にあてがった。

彼女が薬をのみ終えると、またそっと横たえた。

「唇が日焼けでやられている」彼はそう言いながら小さな容器の蓋《ふた》を開け、人差し指でリップ軟膏《なんこう》をすくった。ひんやりした軟膏を彼女の乾いてひび割れた唇に塗る。その感触にエスリンの腰のあたりがむずむずとした。ほとんどセクシーなその感覚を彼女は恥じた。彼の指が唇の端からもう一方の端へと動く。始めのうちそっけなく、やがてゆっくりと。彼の指先が上唇の形をなぞると、じっとしていられず、傷の痛みとは違う疼《うず》きにさいなまれて身悶《みもだ》えした。

彼が指を引っ込めると、エスリンは舌をそっと唇に這《は》わせた。

「なめるな」グレイウルフは彼女の口を見つめながらぶっきらぼうに命じた。「せっかく塗ったんだから」

「ありがとう」

「礼なんていらない。君のおかげで危うく捕まるところだった」

まめまめしい看護とは打って変わった冷たい口調にエスリンはたじろいだ。石でできているような男に優しさを期待したのが間違いだった。彼女の目に怒りが閃《ひらめ》いた。「あなたは逮捕されるべきだったわ、ミスター・グレイウルフ。私を不当にむごく扱った廉《かど》で。過去にあなたが何も悪いことをしていなかったとしても」

「ミス・アンドリューズ、君は生まれてこのかた一度も不当に扱われたことなどない」彼はさげすむように言った。「君はその言葉の意味すらわかっていない」

「どうしてそんなことが言えるの？　あなたは私について何ひとつ知らないのよ」

「充分に知っているさ。君は金持の白人としてあらゆる恩恵に浴して生きてきた」

「インディアンに対する不当な扱いに関して私はなんの責任も科《とが》もないわ」グレイウルフの怒りと恨みの原点がそこにあることはわかっていた。「あなたはそれを白人すべての罪だと言うつもり？」

「ああ」グレイウルフは歯を剥《む》き出した。

「それじゃあなた自身についてはどうなの？　あなたは純血のインディアンではないわね。あなたの中の白人の部分はどうなの？　それは芯《しん》まで腐っているのかしら？」

グレイウルフはエスリンの両肩をシートに押しつけた。その目が冷たい刃のようにぎらりとした。「僕はインディアンだ」彼は囁《ささや》くように言い、それを強調するようにエスリンの肩を揺すった。「そのことをけっして忘れるな」

ええ、けっして忘れないわ。グレイウルフのぎらぎらした目は、彼が態度を和らげつつあるのではないかという希望を根こそぎにした。彼は危険な男だ。のしかかられ、彼の粗暴さを思い知らされてエスリンはぞっと寒気を覚えた。

袖《そで》を引きちぎったシャツから剥き出しの腕の筋肉は花崗岩《かこうがん》のように固い。汚れたシャツはボタンが下まではずされ、怒りに波打つ胸があらわだった。自然岩を刻んだような顔、その台座にふさわしい太い喉。

グレイウルフの銀のピアスが威嚇する目のように暗い中で光った。彼の首にかかった慈悲と徳のシンボルのはずの十字架がエスリンを嘲った。彼の体は太陽と汗と男の匂いを発していた。

少しでも常識のある女なら、こんな危険な動物を刺激しようとは思わないだろう。エスリンはふつう以上に賢明だった。彼女はまばたきすらしなかった。

張り詰めた沈黙のうちに、グレイウルフは筋肉をいまにもはじけそうなコイルのように固くしていた。やがて彼は不意に力を抜き、エスリンから手を離した。「黴菌《ばいきん》が入らないうちに君の腕に包帯をしておこう」口論などなかったかのように、いっさいの感情を欠いた声だった。

「私の腕？」腕を動かしてみると左の腕に頭と同じくらいひどい痛みが走った。窓から落ちるときに釘《くぎ》で引き裂いたのを思い出した。

「僕がやろう」腕を持ち上げようとしてエスリンが顔をしかめるのを見て、グレイウルフは言った。彼女を起こしシートの隅に背をもたせかけて座らせた。シャツブラウスのボタンに手をやる。彼女がぎくりとして右手で胸元をつかんだ。「脱がなくてはしようがない、エスリン」

エスリンは目を落とし、血に染まった袖を見てショックを受けた。「まあ……こんな……」吐き気とめまいをこらえた。

「ぐずぐずしていられなかったから君をバックシートにほうり込んできた。とにかくここで手当てをしておかないと」

数秒が過ぎた。あるいは数分？　二人は互いの目の奥を見つめ合った。彼の視線がゆっくりと彼女の口へと下りていったが、彼女の口はいまは軟膏でしっとりと光っていた。彼女の目は彼の冷酷そうな唇の線をたどり、その唇が官能的にもなりうるのを不思議に思った。やがてグレイウルフが腹立たしげに頭を振ってつぶやいた。「前にも言ったが、君は僕の安全保険だからな」

彼の手が再びシャツブラウスの前に伸びてきたが、エスリンは今度はそれを遮らなかった。彼は手早く、感情抜きでボタンをはずした。ボタンがはずされて胸があらわになるにつれ、羞恥心が赤く熱い波のようにエスリンを襲った。彼はそれに気づいていたかもしれないが、何も顔には表さなかった。

ブラウスを肩から剥《は》いで脱がせるとき、彼の動きはゆっくりと優しくなった。気づかうとでもいうように。彼は傷ついていないほうの腕から脱がせ、それからもう一方の袖を少しずつ下ろしていった。布地はところどころ乾いた血で貼《は》りついており、エスリンは顔を歪《ゆが》めた。

「すまん」彼はそう言うなり残りを一気に剥がした。「悪かった。しかしこうするのが一番楽だ」

「ええ、しかたないのはわかっているわ」エスリンは目にいっぱい涙をためていたが、その涙をこぼしはしなかった。グレイウルフは一瞬その目に魅入られたかのようだった。あるいは、ただ白人の女が苦痛に負けて泣くかどうか確かめたかったのかもしれない。

彼はいきなり、ボタンをはずしたときと同じそっけなさで彼女の体を前に倒した。動かそうというのだ。エスリンは彼にもたれる格好になり、乳房が彼の胸にこすれた。

たくさんの小鳥がいっせいにはばたいたようにエスリンの胸は騒いだ。固い筋肉の壁に触れる乳首のなんて脆《もろ》い感じ。彼の胸毛がちくちくして、しかも柔らかに肌を刺す。彼の体のなんて熱いこと。

二人は瞬時の体の触れ合いに気づかないふりをしたが、シートの隅にエスリンの背をそっともたせかけるとき、彼のあごは歯を食いしばるようにこわばっていた。

傷は手首からわきの下にまで達し、新たに開いた傷口から血がにじんでいた。グレイウルフはブラウスをわきへほうり、紙袋に手を入れた。殺菌脱脂綿の箱と消毒薬の瓶を取り出す。「こいつはものすごくしみる」彼は瓶の蓋を取り、ちぎった脱脂綿に液体をしみ込ませた。「いくぞ」

エスリンがうなずく。彼は彼女の腕を持ち上げ、脱脂綿を腕の内側の傷口に当てた。エスリンの膝がぐんと飛び上がるようにたたまれた。あっと息をのむ。目から涙が吹き出した。彼は軽く叩くようにしてわきの下から手首まで傷全体に手早く薬をつけ、釘が深く食い込んだ箇所にもう一度脱脂綿を当てていった。

「ああ、お願い……」エスリンはあえぎ、激痛のあまりに固く目をつぶった。

グレイウルフは薬の瓶にすばやく蓋をしてわきに置いた。再び彼女の腕を持ち上げると、傷を静かに拭《ふ》き始めた。

エスリンは目を開け、彼のかがんだ黒い頭があまりに近いところにあるのでうろたえた。褐色の手の片方が彼女の手首を緩く握って腕を支えている。もう一方の手は広げ、彼女の頭のすぐうしろをつっかい棒のように押さえていた。

彼女はグレイウルフの刃物で削《そ》いだように鋭い頬骨の下の頬を見つめた。彼の頬がふくらんではくぼむ。そうやってそっと息を吹きかけ、焼けつく痛みを冷ましてくれている。唇が腕の肌に触れんばかりだ。彼の頭がだんだん上の方へ動いてくると、彼の口は乳房にさえ触れそうだった。

彼の息が胸にかかった。暖かく心地よく。エスリンの乳首は敏感に反応した。ピンク色の小さな真珠の玉のようになった。

それを見るとグレイウルフの頭がぴくりとした。顔を起こすかと思われたが、動きはそこで止まった。彼は頭を下げた。彼は再び息吹をエスリンにかけた。前よりも優しく、今度は乳房の先端に。

そして彼は身動きを止めた。飢えた目をエスリンに据えた。ごくりとつばをのんだ。体が彼女の方へ吸い寄せられていく。が、目に見えない引き綱が首に巻かれているかのように、彼はエスリンに触れぬまま身を引いた。

エスリンは身動きするのが怖かった。けれど逆の衝動にも駆られていた。彼の髪の中に指を入れ、彼の頭を抱き締めたい。逆らいがたいほど強い思いが胸に突き上げた。理不尽な、説明のしようのないいとしさに襲われた。それはエスリンがかつて一度も味わったことのない種類の感情だった。私の体が欲しいのなら許してもいいと心の底から思った。私も彼の体が欲しい。彼を憎んでも憎み足りないはずなのに、でも……。

なぜ彼はガソリンスタンドに私を置き去りにしなかったのだろう？　なぜ貴重な時間を、私のためにアスピリンや消毒薬をかき集めて無駄にしたのだろう？　グレイウルフにも人間らしい血の通った心があるということだろうか。彼が辛辣《しんらつ》でひややかなのは不当な仕打ちに苦しめられた反動にすぎないのだろうか。

とまどいを浮かべたエスリンの顔はひどく受け身で無防備だった。グレイウルフの目の中の火がふっと消え、彼は低くうなるように言った。「そんな目で僕を見るな」

「そんな目って？」エスリンはなんのことかわからず頭を振った。

「僕が刑務所に入っていた男だということを忘れているような目さ。僕が君を欲しがっているかどうか知りたいか？」彼は荒々しくきいた。「ああ、欲しいとも」つかんでいるエスリンの手首をぎりぎりと締めつけた。「君が欲しい。君の体中を撫《な》でまわしたい。君の胸に触りたい。君の乳首にしゃぶりついていつまでも吸っていたい。君の心臓の鼓動が感じられるくらい深く君を貫きたい。だからいいか、インディアンと寝る気がないなら二度と誘惑するような目を僕に向けるな。わかったな、ミス・アンドリューズ」

エスリンはグレイウルフのとんでもない思い違いに憤った。そんな誤解を招いた自分にも無性に腹が立ち、動かせる方の腕で胸を隠した。「いい気にならないで。そんなこと、死んだほうがましよ」

彼は短く笑った。「だろうな。きれいな白い体をインディアンに汚されるくらいなら死にたいだろう。しかし、もし君の死に僕がかかわることになるとしても、少なくとも君は出血多量で死ぬことはないはずだ」

エスリンは顔をそむけた。グレイウルフがガーゼで腕に包帯をしてくれているあいだも、ちらとも彼を見なかった。包帯をし終えると彼は応急手当ての道具を集めて紙袋にしまった。

彼がナイフを取り出した。エスリンはぎくりとしたが、シャツブラウスの袖を切るのに使っただけだった。自分のシャツの袖を切ったときもそうしたのだろう。鋭い刃で手荒く布地を切り裂き袖をむしり取ると、残りをエスリンにほうった。

「これを着ろ。ずいぶんと時間を無駄にしてしまった」

彼は車の外に出て運転席に回った。エスリンは黙ったまま彼の頭のうしろをにらんでいた。車がでこぼこの道路を精いっぱいのスピードで走っているあいだ、彼女はグレイウルフをやっつける方法を十通り以上思い浮かべたが、思いつく端から捨てた。切り落とされたブラウスの袖を輪にして背後から首を絞め上げることも考えた。でも成功したとしてそのあとは、どうするの？　どことも知れない荒野の真っただ中でどうしたらいいの？　地図も水もない。車のガソリンだっていつまでもつかわからない。グレイウルフを殺してしまったらこの荒野で生き延びられる確率はあまりない。

それでエスリンは石のように黙りこくっていたが、やがて疲労に負けて眠りに落ちた。

車はスピードを緩め、ゆっくりと止まった。目を覚ましたエスリンは、綿のように疲れきった打ち身と切り傷に疼く体をやっとの思いで起こした。まばたきして眠気を払い、闇《やみ》に目を慣らした。

グレイウルフは肩越しにちらと彼女に目をくれただけで車を降りた。何かの建物に向かって斜面をのぼっていく。暗くてかろうじて輪郭が見えるだけだったがナバホ族の小屋らしい。細長い入口からもれるかすかな明かりがなければ、六角形の丸太小屋がそこにあることすらわからないだろう。

小屋は山懐に抱かれ、その濃い影の中にすっぽりと包み込まれていた。溶けた銀のように山肌を雪崩《なだれ》落《お》ちる月光も丸みを帯びた円錐《えんすい》形の小屋の屋根には触れもしない。

好奇心もあったが、原始的で超自然的なものが迫ってきそうなこんなところに一人ぼっちで取り残されるのがいやで、エスリンは車を降りてグレイウルフのあとを追った。足元とグレイウルフのしっぽの黒い影とに目をやりながら、岩がちの道を這うようにのぼった。

彼が小屋に着くより先に、彼よりずっと小柄なもうひとつの人影が戸口の光の中に現れた。女性だった。

「ルーカス！」

彼の名前をうれしげに小声で呼ぶと、その小柄な女性は戸口を離れ、転げるように道を駆け下りてグレイウルフに身を投げかけた。グレイウルフがしっかりと抱き止める。彼女のきゃしゃな体を包み守るように頭を低く落として。

「ルーカス、ルーカス、どうして？　あなたが逃げたことをラジオで聞いたわ。テレビにあなたの写真が出たわ」

「理由はわかってるだろう。彼の具合は？」

グレイウルフは彼女の体を離し、顔をのぞき込んだ。彼女は悲しげに頭を振った。彼は彼女の腕を取ると無言のまま道をのぼって小屋の戸口をくぐった。

どういうことだろうと思いながらエスリンは二人のあとに続いた。ナバホ族の小屋に入るのは初めてだった。ためらいながら足を踏み入れると、ひと間だけの家は息が詰まりそうに暑かった。真ん中に小さな裸火がくすぶりながら燃えており、弱々しい煙が屋根の煙出し穴へようやく這いのぼっていく。ほかに明かりといえば石油ランプがひとつだけ。入口に近いところに荒削りの木の四角いテーブルと椅子が四脚、テーブルの上にはほうろう引きのへこんだコーヒーポットとブリキのひしゃげたカップが数個のっていた。部屋の隅っこに手押しポンプのついた流しがある。

床は突き固められた土間で、エスリンの足元には美しい砂絵が描かれていた。細かい複雑な図柄だ。何を描いたものかはわからなかったが、砂絵が古い癒《いや》しの儀式に使われることを彼女は知っていた。

突き当たりの壁ぎわにナバホ織りの毛布をかけた低い粗末な寝台があり、グレイウルフはそのかたわらにひざまずいていた。寝台にはインディアンの老人が寝ていた。編んだ灰色の長い髪が痩《や》せこけた頬を縁取り、毛布をつかんでいるしなびた手がわなわなと震えていた。グレイウルフは身をかがめ、エスリンにはわからないインディアンの言葉で静かに話しかけている。彼を見上げる老人の目は熱にうるんでいた。

部屋にはほかに二人いた。グレイウルフをとても親しく出迎えた女と、もう一人は意外にも白人の男だった。彼は老人の寝台の足元に立っていた。中背で、薄くなりかけた茶色の髪のこめかみに混じる白髪が感じがよかった。年齢は五十くらいだろう。彼は黙って物思わしげにグレイウルフと老人を見守っている。

名づけたくない、認めたくもないあれこれの理由からエスリンは女の方を見るのを避けていたのだが、いまようやく彼女に視線を向けた。インディアンで美しい人だった。頬骨が高く、肩先でやわらかな内巻きにした漆黒の髪、うるんだ黒い目。ふつうの洋服を着ていた。飾り気のないコットンのワンピースとヒールの低い靴、高価ではないアクセサリーをつけていた。小さな頭を上げるときのしぐさがしとやかだ。ほっそりしているが女らしい体つきで、プロポーションは非の打ちどころがなかった。

グレイウルフは老人の節くれ立った手に額を押しつけていたが、やがて顔を上げて寝台のそばに立っている男に声をかけた。

「やあ、先生」

「ルーカス、君は大ばか者だ」

グレイウルフのいかつい顔をあるかなしかの微笑がかすめた。「それはご挨拶《あいさつ》だな」

「脱獄とは。まったくなんてことを」

グレイウルフは肩をすくめ、ちらと老人に目をやった。「痛みはまったくないと言っているが」

「私はここでできる限りのことをしている」先生と呼ばれた男は言った。「病院に行くように勧めたんだが……」

グレイウルフは首を振って遮った。「彼はここで死にたがっている。それは彼にとって大事なことなんです。あとどのくらい?」彼はしわがれた声できいた。

「夜明けが峠だろう」

女は声をもらさぬまま肩を震わせた。グレイウルフはそばに行き抱き締めた。

「母さん」

母さんですって！　エスリンは驚いた。女はとても若く見える。ルーカス・グレイウルフの母親にしてはどう見ても若すぎる。

グレイウルフは彼女の耳に口を寄せて何か囁いた。慰めの言葉だろう。一緒にいた二日間冷淡きわまりなかった男が見せたそんな優しさに、エスリンは深く胸を打たれた。彼が固く目をつぶる。その顔を照らすランプの火が、揺らめく光と影が、彼の悲しみの深さをいっそう浮き彫りにした。しばらくして彼は目を開けた。薄灰色の目が、戸口に所在なく立っているエスリンを捕らえた。

彼は母親からそっと体を離し、エスリンの方へあごをしゃくった。「人質を連れてきた」無造作な言い方だった。彼の母は驚いて振り返り、初めてエスリンに気づいた。彼女はきゃしゃな手を胸に当てた。「人質？　まあ、ルーカス！」

「気でも違ったのか」先生が怒り声をあげた。「警察が血眼で君を捜しているぞ」

「わかっていますよ」グレイウルフの返事は無頓着《むとんちゃく》そのものだった。

「君はたちまちまた刑務所に叩き込まれる。今度は二度と出られないかもしれないぞ」

「覚悟のうえだ」グレイウルフは怒鳴り返した。「祖父が死ぬ前にひと目会いたいと一時出獄を願い出た。正式に許可を求めたのに拒絶された。僕は彼らのルールに従ったが、なんの埒《らち》も明かなかった。いつもそうだ。今度のことで僕は身にしみて学んだ。要求しても無駄だ、やるしかないってね」

「ルーカス……」彼の母はため息をつき、倒れるように椅子に腰を下ろした。「父さんはあなたが来られないわけを理解していたわ」

「僕には理解できなかった」グレイウルフは歯を剥いて吐き出すように言った。「二、三日僕を出したからって、いったいどんな不都合があるんだ？」

三人は黙り込んだ。その問いに対する答えがなかったのだろう。やがて先生がエスリンに歩み寄り、穏やかに言った。「私はジーン・デクスター。医者です」

エスリンはたちまち彼に好感を抱いた。平凡な風采《ふうさい》の男性だったが、その物腰には人の心を和ませ安堵《あんど》を与える心強いものがあった。あるいは、この四十八時間いつ爆発するかわからないルーカス・グレイウルフと一緒だったせいでそう思えるのだろうか。「エスリン・アンドリューズです」

「あなたはどこから……？」

「スコッツデイルです」

「疲れているようだね。かけなさい」

「ありがとうございます」エスリンはすすめられた椅子にほっとして腰を下ろした。

「こちらはアリス・グレイウルフ」ジーン・デクスターは女の肩に手を置いて言った。

「ルーカスの母です」彼女は座ったまま少し身を乗り出した。その黒い目には誠実さがあふれていた。「こんなことになって、どうか私たちを許してください」

「あの方はあなたのお父様?」エスリンは寝台の上の老人を指して静かにきいた。

「ええ、ジョセフ・グレイウルフです」アリスは答えた。

「お気の毒に……」

「お気持、ありがとう」

「何か私にできることがあれば」デクスターがエスリンに尋ねた。

エスリンはふっとため息をもらし、弱々しく微笑した。「うちへ送っていただけるでしょうか」

グレイウルフが冷笑するように鼻を鳴らした。「ミス・アンドリューズはおとといの夜帰宅して、冷蔵庫の食べ物をあさっている僕を発見した。彼女にはとんだ災難だったわけだ」

「まあ、泥棒に入ったの!」アリスが信じられないように言った。

「母さん、僕は犯罪者だ。忘れたのかい?　僕は脱獄囚なんだ」グレイウルフはテーブルの上のポットからコーヒーを注《つ》いで飲んだ。「すまなかったな」彼はエスリンに向かってかすかにほほ笑み、死の床にいる老人のそばに戻った。

「脱走して私の家に侵入し、私を人質にしたのはお祖父《じい》様が亡くなる前にひと目会いたかったからなの？　ただそのために？」エスリンはあっけにとられ、思わずきいた。

ナイフで脅されたり、罵《ののし》られたり、背筋が寒くなるような目に遭わされたことを思い出すと、土間を突っ切っていって、彼の長い髪をつかみ思い切り横面を殴りつけてやりたくなった。

脅しに屈したのは彼が平気で暴力をふるう男だと思ったからだった。いま、老人の上に身をかがめ、優しく言葉をかけながら、皺《しわ》の刻まれた額を撫でているグレイウルフを見ると、彼には虫一匹殺せないのではないかと思えた。

エスリンは珍しいものでも見るように黙ってこちらを見ているほかの二人に目を戻した。

「私には理解できないわ」

アリス・グレイウルフはほほ笑んだ。「とても理解しがたい息子なの。どんなむちゃをしでかすかわからないし気が短いし。でもね、すぐに怒鳴るけれど本心は口ほど悪くはないのよ」

「私はあいつの尻に鞭《むち》をくれてやりたいところだ。このお嬢さんを巻き込むなんて」デクスター医師は言った。「なぜ誘拐などしたんだ？　なぜわざわざ自分を難しい立場に追い込むようなことをしたんだろう？」

「ルーカスは一途《いちず》なたちなのよ。知っているでしょう、ジーン。どうしてもおじいさんの死に目に会いたい。そう思い込んだらもう何ものも彼を阻めないわ」アリスは諦《あきら》めきったように言い、気づかわしげにエスリンを見た。「まさかあなたを傷つけるようなことはしなかったでしょうね？」

エスリンはためらった。シャワーを浴びたとき私の目の前で裸になり見たくもないものを見せつけた。眠るとき私の服を脱がせてベッドに縛りつけた。突き飛ばしたり、乱暴に腕をつかんだりした。みだりに体に触った。罵ったり嘲ったりした。けれど、彼に傷つけられたとは言えない。

「ええ」エスリンは静かに言った。困惑し、握り締めた両手に目を落として頭を振った。

私はまた彼を庇《かば》っている。なぜなの？

「その腕の包帯は？」デクスターが目をとめて言った。

「トイレから抜け出そうとして釘に引っかけたんです」

「トイレから？」

「ええ。あの……彼に閉じこめられて」

「なんだって？」

エスリンは一部始終を語った。他人に知られたくない部分は省き、検問をはぐらかしたときのことなどは適当にごまかして。「一時間ほど前にルーカスが手当てしてくれたんです」

「ちょっと診たほうがいいな」デクスターは流しのところへ行くとポンプを押して水を汲《く》

み、黄色い固形石けんで手を洗い始めた。「アリス、鞄《かばん》を取ってくれないか。破傷風の予防に注射を一本打っておいたほうがいいだろう」

三十分ほどのちには、エスリンはだいぶ気分がよくなっていた。診察の結果は切り傷のややひどい程度ということだった。流しで顔を洗い、借りたブラシでもつれた髪を解いた。袖のちぎれたシャツブラウスと汚れたジーンズを脱ぎ、アリスが壁ぎわのトランクから出して貸してくれたチュニックブラウスと長いスカートに着替えた。これはナバホの女性の伝統的な衣装らしい。

「ありがとう。感謝します。父の……父の最期までここで待ってくださるのね」アリスは言った。

「私、無法者の隠れ家にでも連れていかれるのかと思っていました」エスリンはブラウスのボタンをかけながら、ジーン・デクスターとグレイウルフがつき添っている寝台へ目をやった。「なぜ彼は脱獄したわけを言ってくれなかったのかしら。わからないわ」

「めったに人に心を明かさない息子なの」

「そして人を信じない」

アリスはエスリンの腕にそっと手を置いた。「スープが作ってあるの。まだ温かいわ。いかが?」

「ええ、いただきます」エスリンは死にそうに空腹なことに気がついた。スープを飲んでいるあいだアリスは一緒にテーブルにいた。エスリンはそのチャンスにグレイウルフのことを、さっきからききたくてうずうずしていたことを尋ねた。

「彼は本当は無実なのに懲役三年の刑を言い渡されたそうですね？」

「ええ」とアリスは答えた。「ルーカスに何か科があるとすれば、フェニックスの郡庁舎の階段でデモと集会をしたことだけ。でも、それもちゃんと届けが出してあったのよ。合法的なデモだったの。あれは予期せぬ出来事だったわ」

「何があったんですか？」

「デモの参加者の中に好戦的な人たちがいて暴力ざたを引き起こしたの。ルーカスは整然とした集会に戻そうとしたのだけれど、その前に建物の破壊や殴り合いが始まり、ついに乱闘。警官を含めて数人が負傷したわ」

「重傷を？」

「ええ。ルーカスは以前から反体制のレッテルを貼られていたから、真っ先に逮捕されたの」

「彼は主張しなかったんですか？　乱闘を食い止めようとしたことを」

「ルーカスは、本当は責任を問われるべき人間の名前を明かそうとしなかったわ。裁判には自分一人で臨み、誰にも弁護をさせず。でも私が思うに、裁判官も陪審員も審理の前に判断を決めてしまっていたのよ。マスコミの影響もずいぶんあったでしょうね。彼は有罪になった。どう考えても不当に重い刑を言い渡されたわ」

「弁護士に弁護を頼んでいればもっと軽い判決ですんだのじゃありません?」

アリスは微笑した。「息子は自分のことをあまり話さなかったようね」エスリンがうなずくと彼女は言った。「ルーカスは弁護士なの」

エスリンは唖然《あぜん》として彼の母を見つめた。「弁護士?」

「いまは資格を剥脱《はくだつ》されてしまったけれど」アリスは悲しげに言った。「彼の腹の虫がおさまらない理由のひとつはそれなの。彼は法律を活用して私たち先住民を助けたがっていたのに、それができなくなってしまったから」

エスリンはアリスの話をとてもいっぺんにはのみ込めなかった。ルーカス・グレイウルフは思っていたよりずっと複雑な人らしい。寝台の方に目をやると、折しも彼は立ち上がり、二人がいるテーブルの方へやって来た。ジーン・デクスターが慰めるように彼の肩に手を置いた。

「いま〝私たち先住民〟とおっしゃいましたね」エスリンはアリスに言った。「あなたはインディアンの伝統文化をとても大事にしていらっしゃるのですね。それで、あなたとルーカスはグレイウルフという名を名乗っていらっしゃるのかしら?」

「ほかにどう名乗れと?」アリスは明らかにどぎまぎしていた。

「あの……デクスターでは?」そう言いながらエスリンもどぎまぎした。「ジーンがルーカスのお父様なのでは？」

三人は雷に打たれでもしたようにエスリンを見つめた。アリスがつと目をそむける。彼女の浅黒い頬に見る見る血がのぼる。ジーン・デクスターは居心地悪げに空咳《せき》をした。そして、グレイウルフの返事はひどくぶっきらぼうだった。

「いや、ちがう」

# 第五章　グレイウルフの悲憤

「アリス、ジョセフが君を呼んでいる」デクスターが機転をきかせて言った。アリスの肩を抱き、小屋の奥へ連れていく。

エスリンは地面がぱっくり口を開けて自分をのみ込んでくれたらと思った。「あの……あなたは半分インディアンで半分白人でしょう、だから……だから……」

「君の憶測ははずれだ」グレイウルフはテーブルの前の椅子にどさりと腰を下ろした。

「ところで、君はここで何をぐずぐずしているんだ？　ジーンにねだってとっくに文明社会に送り帰してもらう手はずを整えていたと思ったが」

「彼にはもっと大事な仕事があるわ。あなたのお祖父《じい》様についていてさしあげなくては」

グレイウルフはうしろに傾けた椅子の二本脚でバランスを取りながら、目に冷笑を浮かべた。「あるいは、君はこういう犯罪者の生き方が面白くなった。で、家に帰りたくなくなったのかもしれない」

エスリンは彼をにらんだ。「帰りたいに決まっているわ。ただ私は、あなたが思っているほど軽薄でも冷淡でもないということよ」

「どういう意味だ？」

「私にはあなたやあなたのお母様の気持がよくわかるという意味よ。ナイフを突きつけたり縛ったり脅したりせずに、脱獄したわけを話してくれればよかったのに。そうしたら、私、あなたの力になったわ」

グレイウルフはひと声笑いとも聞こえる声をあげたが、それはけして笑いではなく、疑心と非難がぎっしり詰まっていた。

「法を尊ぶお上品でご立派なＷＡＳＰ《ワスプ》――白人アングロサクソン系プロテスタントの君が脱獄囚に、それもインディアンの脱獄囚に力を貸すだって？　とてもじゃないが信じられない。いずれにしろ君のお情けにすがる気はなかったよ。僕が人生から学んだのは他人を信じるなってことだ」彼は皮肉っぽく言い、その話に終止符を打つかのように椅子の前脚ががつんと土間に当たった。「スープはまだ残っているか？」

エスリンはくすぶる火の上の鍋《なべ》でとろとろ煮えているスープをボウルによそった。グレイウルフの父親が誰なのかは謎《なぞ》のままだ。彼の中の白人の血に関する話はどうやらおおっぴらに口にしてはいけないらしい。そう思うとよけいに知りたくなった。

グレイウルフは湯気の立つスープをむさぼるように飲んでいる。エスリンは黙って彼のカップにコーヒーのおかわりを注《つ》いだ。ほんの少し前までこの危険な男から離れたいとばかり願っていたのに、いまは彼と差し向かいでテーブルについている。彼は怪訝《けげん》そうに眉を動かしたが、何も言わずにまたボウルに顔を伏せた。

彼はもう冷酷きわまりない男には見えない。ここの静けさが、この小さな小屋が彼の心を和ませているのだろうか。生死の境にいる祖父のそばにひざまずき、あんなに優しく話しかける彼を見てしまったいまは、恐ろしく感じるほうが難しかった。

グレイウルフの外観は変わらない。漆黒の、反抗のたてがみのように長く伸ばした髪。凍《い》てつく朝の湖水のように冷たい目。腕の筋肉が赤銅色のなめらかな肌の下で荒々しさを秘めて波立っていることも。ひややかでよそよそしい表情も。

だが、彼は前と同じではなかった。

もうそれほど怖くない。怖さより興味をかき立てられた。彼はエスリンの父や母が交際をすすめる青年たちとはまるで違っていた。両親の眼鏡にかなった青年たちは同じクッキー型で抜いたように似ていた。揃《そろ》いも揃って注文仕立てのグレイのスーツに堅苦しく身を固め、どこかに違いがあるとすればグレイの色の濃淡くらい。みんな上昇指向のエリートタイプで、市場分析や成長株についてしゃべりまくり、テニスの勝ち負けや外国製のスポーツカーの自慢が気のきいた話題だと思い込んでいる。カクテルパーティでもてはやされるのは最近誰と誰が離婚したとか、誰が国税局ともめているとかいうゴシップだ。

この男――片方の耳に銀のピアスをつけ、缶詰のスープをたいそうなごちそうのように実においしそうに飲んでいるこの男。汗にも汚れにも、死という人生の重大事にもびくともせずにいるこの男。彼に比べるとあの人たちはなんて色褪《あ》せて見えることか。

正直なところ、エスリンはルーカス・グレイウルフに心をひかれた。

「あなたが弁護士だということを話してくれなかったわね」彼は無駄なおしゃべりはしない人だ。彼と話を始めるには単刀直入に本題に突っ込むしかないとこれまでの経験で学んだ。

「君には関係のないことだ」

「言ってくれればよかったのに」

「なぜ？　ナイフを突きつけている男が弁護士だとわかれば安心するっていうのか？」

「そうではないけれど」エスリンはやれやれと思った。彼はまたスープに戻り、話はとぎれる。彼から何か聞き出すのは奥歯を抜くのと同じくらい大仕事だ。彼女はもう一度試みた。「あなたは陸上競技の奨学金を得て大学に行ったそうね。お母様から聞いたわ」

「よけいなおしゃべりをしてくれたらしいな」彼は空になったボウルをわきへどけた。

「そうだったの？」

「なぜそんなことを聞きたがる？」

エスリンは肩をすくめた。「なぜって……ただ……ちょっと興味が」

「貧しいインディアンの子がいかにして白人社会に食い込んだか、君はそれを知りたいってわけだ。そうなんだろ？」

「あなたがそんなにひがみっぽいとは思わなかった。もういいわ」

エスリンは腹を立て、椅子を引いて立ち上がった。空のボウルを流しに下げようと手を伸ばすと、その手をやにわに彼がつかんだ。

「座れ。そんなに聞きたいなら話してやる」

グレイウルフと腕ずもうをして勝てる見込みはない。たとえ彼の指が腕に食い込んでいなくても。エスリンは椅子に戻った。彼はテーブル越しにひとしきりエスリンをにらみつけてから手を離した。怒りと軽蔑《けいべつ》がくすぶるその目にエスリンは体がすくんだ。

「僕はこのインディアン居留地の学校を卒業した」グレイウルフはほとんど口を動かさず、唇をこわばらせて語り始めた。「奨学金をもらうことになったのは、陸上コーチのスカウト係になった同窓生がいて、その男が競技会で走った僕に目をとめてくれたからだ。で、僕はツーソンに出て大学に入った。運動は苦もなかったが、学力はほかの一年生に比べて恐ろしく劣っていた。居留地の学校の先生はみな献身的でよく教えてくれたが、僕は大学へ進学するなんてこれっぽっちも考えたことがなかったし、そのための勉強をまったくしなかったからね」

「そんな目で私を見ないで」

「どんな目だ？」

「金髪と青い目を私がうしろめたく思わずにはいられなくなるような目よ」

「すべてに恵まれている君にはとうてい理解できないだろうが、最初から見捨てられた存在の僕らは何かに秀でるしかない。それがわずかでも世間に認めてもらう唯一の道なんだ。君の同類の男の子や女の子が学友会のパーティで浮かれているあいだ、僕はがむしゃらに勉強した」

「みんなを抜きたかったのね」

グレイウルフは冷笑した。「対等でいたかったのさ。授業に出ているか、図書館にいるか、トラックで練習しているとき以外は働いていた。キャンパス内で仕事を二つ請け負ってね。僕がインディアンで走るのが速いというだけの理由でただで勉強をさせてもらっているなんて言われたくなかったからな」

彼はテーブルの上に組んだ手をじっと見た。「君には混血児という意味がわかるか？」

「ええ。いやな言葉ね」

「そう呼ばれる者の立場が君にわかるか？　いや、ただ言葉のうえできいただけさ。君にはわかりっこないからな。僕は陸上競技で結構名を上げた。走るのは得意だった」

グレイウルフはふと遠くを見つめるような目をした。競技場の歓声がまだ耳の奥に聞こえるかのように。

「優等で卒業するころまでには……」

「ではあなたはみんなを抜いたのね」

グレイウルフは無視して続けた。「僕は少しばかり有名になり、新聞に僕の記事が載ったりもした。ただし……インディアンにしてはよくやっているという書き方さ」彼は射るような目をエスリンに向けた。「わかるか？　常にそれがついて回るんだ。〝インディアンにしては〟っていうただし書きが」

エスリンは彼の言うとおりだと知っていた。だから黙っていた。

「僕はストレートで法律大学院《ロースクール》に進んだ。弁護士になりたかった。鉱山会社やその他のあらゆる場面で搾取されているインディアンの地位の向上のために働きたかったんだ。弁護士になって僕はいくつかの訴訟で勝ったが、それでは焼け石に水だった。僕はしだいに法のシステムに幻滅した。つくづくわかったのは、法もまたおためごかしの方便にすぎないってことだ。正義なんてどこにもありはしない」グレイウルフはそこで少し間を置き、また続けた。「で、僕は正攻法ではない手も使い始めた。いっそう辛辣《しんらつ》に、歯に衣《きぬ》を着せずにものを言った。先住民が声をあげやすくするために抗議団体を組織した。非暴力のデモを指揮した。そうした活動の中で僕が得たのは要注意人物というレッテルさ。機会を狙《ねら》っていた当局は、待っていたとばかりに僕を逮捕して刑務所にぶち込んだ。不当に長い期間」グレイウルフは椅子の背にもたれかかってエスリンを見据えた。「というわけだ。満足したか？　知りたいことは全部わかっただろ？」

エスリンは彼がそこまで話してくれるとは思っていなかった。穴が埋まるようにいろいろなことがわかった。彼はどちらの社会からもはみ出した存在なのだ。純粋なインディアンではないし、純粋な白人でもない。彼が両方の側からつまはじきにされたことは容易に想像できた。頑張り屋で自尊心の強い若者にとって、その血をあげつらわれるのはさぞつらいことだっただろう。

彼は頭脳明晰《めいせき》で肉体的にも秀でている。インディアンの不満分子がグレイウルフをリーダーと仰いで彼のもとに集結したのは当然だ。一方白人社会から彼は危険人物とみなされるようになった。でも、とエスリンは思う。ルーカス・グレイウルフの人生を生きにくくしているのは、その原因の大部分は、彼の激しい気性と頑固さではないだろうか。

違法行為に走った者たちの名前を明かせば彼は何年も刑務所に入らなくてすんだはずだ。石のようにあごをこわばらせて警察の尋問に黙秘を続けるグレイウルフが目に見えるようだった。

「あなたはいつも喧嘩《けんか》腰なのね」エスリンは率直に言った。

意外にもグレイウルフは微笑した。だがそれは背筋が寒くなるような笑い方だった。

「そのとおり。むかしはそうでもなかったさ。居留地を出て大学に入ったころの僕は素直で純粋で理想に燃えていた」

「世間ずれしたわけね」

「なんとでも言うがいい。こき下ろされるのには慣れている」

「あなたが受け入れられなかったのはインディアンだからではなく、お世辞にも人当たりがよいとは言えない性格のせいだと考えてみたことはなくて？」

グレイウルフは再びぐいとエスリンの手首をつかんだ。「君に何がわかる？　何もわかっちゃいない。君は名前からして生粋のアングロサクソンの血をぷんぷんさせてる。君はこんな目に一度でも遭ったことがあるか？　パーティに呼ばれてアルコール攻めにされる。インディアンが、どれくらいの酒でぐでんぐでんになるか見物しようってわけさ。〝あいつ、どのくらい飲むかな？〟〝いまに羽根飾りを頭につけて出陣のダンスを踊ってくれるかもよ〟〝弓矢はどこにあるんだ、酋長《しゅうちょう》？〟」

「やめて！」エスリンはつかまれた腕を振り離そうともがいた。

二人とも気づかぬうちに立ち上がっていた。グレイウルフはエスリンをねじ伏せるようにテーブルにとめつけた。彼は歯を食いしばりながら、蜜《みつ》のように優しい声で、優しいだけにぞっとするほど敵意に満ちた声で言った。「君もそんなふうにさんざんからかわれてみるんだな。僕が突っかかりやすい性格だなどと言うのは、それからにしてもらいたい。いいか、ミス・アンドリューズ、君は……」

「ルーカス！」

彼の母の鋭いひと声でグレイウルフの演説はとぎれた。彼はいま一度エスリンの目をじっと見つめてから、彼女の手を放して振り返った。

「お祖父さんが呼んでいるわ」

ぴりぴりした気配を感じ取ったのだろう、アリスの美しい目が息子とエスリンへ交互に注がれた。彼女はルーカスの腕を取り、ベッドの方へ連れていった。

エスリンは二人を目で追った。アリスの頭の頂はようやくグレイウルフの肩に届くくらいだ。彼は母親の細い肩を抱いて病床の老人に歩み寄っていく。そのしぐさには愛情と優しさがにじんでいた。彼にそんな人間らしいこまやかな感情があるなんて、信じられなかったが。

「ルーカスを許してやらなくてはいけないよ」

ジーン・デクスターの静かな声にエスリンは我に返った。「なぜですか？　彼はおとなよ。自分の行為に責任を持つべきです。どんな理由があろうと不作法は不作法だわ」

医者はため息をつき、自分でコーヒーを注いだ。「むろん君の言うことは正しい」コーヒーをすすりながら、彼も死に瀕《ひん》した老人のそばにひざまずく母親と息子を見やった。

「私はルーカスを子供のころから知っている。むかしから気性が激しく喧嘩早かった。アリスの母親はナバホ族だったが、ジョセフはアパッチだ。ルーカスは戦士の魂を受け継いでいるんだな」

「先生はそんなに以前から彼らを？」

デクスターはうなずいた。「私は病院での実習を終えるとすぐにこの居留地に来たんだよ」

「なぜですか？」エスリンはデスクターに見つめられて赤くなった。彼は微笑を浮かべる。まあ、私ったらグレイウルフの不作法がうつったのかしら。「ごめんなさい。よけいなことをうかがってしまいました」

「かまわんとも。喜んで答えよう」医者は胸中の思いをかき集めるかのように眉根を寄せ、言葉を選びながらゆっくりと言った。「〝使命感〟を感じたと言ったらいいかな。私は若く、理想に燃えていた。金儲《もう》けではない何か意味のあることをしたかったんだ」

「立派になさっていらっしゃるわ」エスリンは少し間を置いてから言い添えた。「とくにアリスやルーカス・グレイウルフにとって先生は大事な……」目の隅からデクスターをうかがう。彼は微妙な探りにちゃんと気づいたらしい。

「私がアリスに会ったのは、彼女が腕を折ったルーカスを診療所に連れてきたのが最初だった。しばらくするうちに友達になり、私は彼女に診療所を手伝ってくれないかと頼んだ。彼女に看護婦としての知識や技術を教えた。それ以来、我々は一緒に仕事をしている」

アリスに対する彼の感情には医者と看護婦の間柄より深いものがありそうだった。けれどエスリンはそれ以上探りを入れられなかった。そのときアリスが顔を引きつらせて振り返った。

「ジーン、早く来て！　父の様子が……」

医者はベッドに駆けつけ、ルーカスとアリスのあいだに割り込んだ。ジョセフ・グレイウルフの骨の浮き出た胸に聴診器を当てる。老人の苦しげな息づかいはテーブルのそばに立っているエスリンの耳にも届いた。紙やすりをこすり合わせるような、聞いているだけでもつらいざらざらした呼吸音は夜を通して続き、空が白み始めるころやんだ。

急に静かになった。突然訪れた静寂は、それまで聞こえていた荒いあえぎにも増して耳を突き刺した。エスリンは震える唇に手を当て、背を向けた。目をそむけることが、ベッドのそばにつききりで老人の最期を看取ったグレイウルフとアリスとデクスターへのせめてもの心づかいだった。エスリンはそっと椅子に腰を落とし、頭をたれた。

ひっそりした動きの気配やアリスの忍び泣き、低い声でささやかれる悔やみや慰めが聞こえた。と、不意に土間にどかどかと重たいブーツの音が響いた。ドアがきしんで開く音がした。エスリンが顔を上げると、岩がごろごろした道を足早に歩いていくグレイウルフが見えた。

彼の姿はいつもどおり力強く身のこなしもしなやかだった。だが、怒らせた肩の筋肉が突っ張っている。ありったけの意志をかき集めて耐えているように。うしろ姿なので顔は見えなかったが、固く歯を食いしばった険しい表情が目に見えるようだった。

彼はエスリンの車のそばを過ぎ、デクスター医師が乗ってきたにちがいない四輪駆動のトラックのそばを通り過ぎて大股に歩いていく。決然とした足取りで峡谷の底を横切り、ごつごつとした山腹をのぼり始めた。

エスリンは立ち上がった覚えがなかった。何かを考えた覚えもなかった。気づいたときには、はじかれたように戸口に向かっていた。ちらと振り返ると、デクスターがアリスを抱き締めその黒髪に慰めの言葉をつぶやきかけていた。

エスリンは静まり返った朝の中に踏み出した。小屋を抱き込んだ山の背のうしろの空がうっすらと白んでいた。太陽が岩を焼き始める前のこの時間、山岳地帯の空気はひんやりとして爽《さわ》やかだった。

エスリンは風景に目もくれなかった。日がのぼるにつれ刻々と紫の色を変えていく東の空の美しささえ目に入らなかった。彼女の目は岩山を身軽にのぼっていく、どんどん遠く小さくなっていく男の姿に注がれていた。

エスリンの足ははかどらなかった。あの朝グレイウルフが選んで投げてよこしたブーツはここで役立ったが、借りたスカートは脚にまつわりついて動きを阻んだ。ひどく邪魔だった。何度も膝をすり剥《む》き、両手は傷だらけで血がにじんでいた。

頂まで半分ものぼりきらないうちに息が切れ、苦しくなった。だがエスリンは無我夢中でのぼり続けた。自分でもよくわからない感情に駆られていた。とにかく行かねばならないのだった。どうしてもグレイウルフのそばへ行かなくてはならない。

ようやく、テーブル状の頂までもうひと頑張りというところへたどり着いた。エスリンは心を励まし、のぼる足を速めた。見上げると、一片の雲もないラベンダー色の空を背景に、頂にすっくと立つグレイウルフの黒いシルエットが見えた。

エスリンはついに頂上に着いた。最後の数歩は文字どおり這《は》い上がり、のぼり詰めると平らな岩に倒れ込んだ。出る息も入る息もひゅうひゅう鳴っている。心臓が激しく打って痛い。手を見てびっくりした。てのひらがずたずただった。爪も割れていた。

ふだんこんな怪我《けが》をしたら震え上がったことだろう。だが、いまは痛みも気にならなかった。感じもしなかった。彼の心の苦痛に比べたらこんな傷ぐらいなんだろう。

グレイウルフは向こうを向いて身じろぎもせずに立っていた。反対側の崖《がけ》をひたと見つめている。足を肩幅に開き、両の拳《こぶし》を腿のところでぎりぎりと握り締めて。

不意に彼は頭をのけぞらせた。固く目をつぶり大きな声をあげた。その声は遠吠《とおぼ》えのように不気味にあたりの山々にこだました。それは彼の魂が発した獣の叫びだった。悲しみと絶望と怒りのほとばしりだった。その声はエスリンの胸をえぐった。エスリンは彼の痛みに刺し貫かれた。涙が頬を伝った。身を乗り出し彼に向かって両腕を差し伸べたが、彼が立っているところには届かなかった。エスリンが差し出した慰めは彼の目にも届かなかった。

なぜだろう、彼の魂を引き裂くような感情のほとばしりに反発を感じないのは。エスリンが育った家庭では感情を剥き出しにすることは禁じられていた。それはけっしてしてはならないことだった。悲しみ、怒り、喜びでさえ、表に出す時には品よく控えめでなければならなかった。あらゆることにルールがあり、感情の発露さえルールに従わねばならなかった。感情を野放しにすることは、きわめて下品でたしなみに欠けることとされていた。

人が素直に、赤裸々に感情を吐き出すのをエスリンはいま初めて目にした。グレイウルフの魂の生の叫びはエスリンの心の底まで貫き、大きな穴を開けた。たとえ槍《やり》で突いたとしても、それほど鋭く深く彼女を刺し貫くことはできなかっただろう。

グレイウルフは両膝を地面に落とし、身をかがめ、深くたれた頭を両腕で覆った。体を前後に揺すって哀歌を歌った。エスリンにはその言葉はわからなかった。けれど、彼が大きな悲しみに浸っていること、その悲しみの中で彼がたった一人ぼっちだということだけはわかった。

エスリンは少しずつグレイウルフににじり寄り、そっとその肩に手を触れた。彼は手負いの獣のようにびくっとし、頭を振り向けて低くうなった。彼の目に涙はなく冷たく乾いていたが、瞳孔は地獄の底のように真っ黒に燃えていた。

「ここで何をしている?」グレイウルフは噛《か》みつくように言った。「ここは君の来るところじゃない」

彼はこの頂にエスリンがいることを拒否しただけではなかった。君にこの悲しみがわかるはずがない、わかってたまるかと言いたかったのだ。

「お祖父様のこと、お気の毒だったわ。お悔やみを言います」

グレイウルフは細めた目をぎらりとさせた。「いったい君のどこに年寄りで役立たずのインディアンの死を悼む気持がある？」

あんまりな言い方だ。涙がエスリンの目を刺した。「あなたってどうしてそうなの？」

「何がだ？」

「なぜいつも邪険に人を締め出すの。あなたの力になりたいと思っている人だっているのよ」

「人に助けてもらう必要はない」彼は怒りと軽蔑をこめて言った。「とくに君にはな」

「あなたは、この世で自分だけが理想をくじかれたり、傷ついたり、裏切られたりしていると思っているの？」

「君はそんな思いをしたことがないだろう？　象牙《ぞうげ》のお城に住む君は」

そんな侮蔑的な問いは答える価値もなかった。エスリンは彼に言ってやりたかった。悪口や罵《のの》りのバラエティは無限にあるが、愚痴と一緒くたにするのはばかげていると。哀悼の気持をにべもなくはねつけられたことにも腹が立っていた。

「あなたは人生の苦渋を盾にして持ち歩いているのね。そのうしろに隠れて人情に触れるのを恐れている臆病《おくびよう》病者だわ。人の優しさをあなたはひねくれて哀れみだと思い込む。でも、誰にしろ人の哀れみを必要とするときがあるのよ」

「それなら」グレイウルフは気味が悪いほど静かに言った。「僕を哀れんでくれ」

彼の動きは夏の稲妻のようにすばやく、彼の手はびりびりと電気を帯びているようだった。彼はエスリンの髪に手を入れ、わしづかみにした髪を拳にからませて引き寄せた。乱暴に顔を仰向けにされ、エスリンは首の骨が折れるのではないかと怖くなった。

「君はインディアンに優しい気持を持っているわけか？　え？　だったら、それがどの程度か見せてもらおう」

彼の口が罰を加えるようにエスリンの口を押しつぶした。エスリンは喉の奥で怒りの声をあげたが何の効き目もなかった。かえって髪をつかむ彼の手に力が加わり、唇がいっそう荒々しく押しつけられただけだった。

頭を動かすことなどできもせず、エスリンは彼の上腕をつかんで押しのけようとした。てのひらに当たった彼の肌は熱くなめらかだった。筋肉は鋼のケーブルを編んだように固い。抵抗はまったく無駄だった。

グレイウルフは唇を少し離してひややかに微笑した。「インディアンにキスされたのは初めてだろう、ミス・アンドリューズ？　今度お茶の会を開いたときには、格好のおしゃべりの種になるぞ」

彼は再び唇を奪った。エスリンはどこかに落下していくような感じがした。背中に岩が食い込み、はじめて地面に押し倒されたことに気づいた。彼が覆いかぶさる。彼は喉に猛烈なキスを浴びせだした。

「やめて！」エスリンは驚いて息をのんだ。蹴《け》って逃れようとしたが、グレイウルフの長い脚がエスリンの脚を腿の下に押さえ込んだ。

「どうした？　もう哀れみの味に飽きたのか？」彼は嘲《あざけ》った。「こんなのはどうだ」

彼はまた唇を重ねてきた。エスリンは唇を固く閉じ、侵入しようとする舌を拒んだ。グレイウルフは髪を放し、その手であごをつかんだ。指にぎりぎり力をこめる。あごの骨が砕かれそうだ。エスリンは否応《いやおう》なく口を開いた。

強奪するように彼の舌が入ってきた。エスリンは固い地面の上で背を弓なりにし、屈辱と怒りの声にならない叫びをあげながら、彼を押しのけようと必死にもがいた。

結果はなお悪かった。彼の膝が脚のあいだに割り込み、腰と腰が重なった。こんな野蛮な抱擁は許せなかった。エスリンは爪を鉤《かぎ》のようにして彼の顔を襲おうとした。

だが指先が触れた瞬間、彼の頬が濡《ぬ》れているのに気づいた。驚き、いっぺんに怒りが引いた。指から力が抜けた。その指でエスリンはのみで彫ったような彼の頬骨を、その下のげっそりとこけた頬を探った。

エスリンが抵抗をやめるとグレイウルフの荒々しさも静まった。彼は唇を離し、二人は黙って互いの目を見つめた。彼の目はいかつい顔とは不釣り合いにとても美しかった。エスリンの青い目も涙で濡れていた。

エスリンの指は彼の頬の濡れたところをたどった。指は涙の跡をなぞってあごへ伝い下りた。石のようなグレイウルフを泣かせるほどの悲しみ。その悲しみを思うと、心臓が疼《うず》いた。

グレイウルフは彼女の顔を見て、たちまち後悔に襲われた。彼女の唇は怒り任せのキスで紫色に腫《は》れていた。女性を痛めつけたのは生まれて初めてだった。胸が悪くなった。

体を離そうと、彼は少し身動きした。だがエスリンの両手はまだ彼の頬に置かれていた。彼女はじっと彼の口を見ている。

「そんな目で見るなと警告したはずだ」グレイウルフはぶすりと言った。

彼女は目を離さない。

「どんなことになるかわからないと言ったはずだぞ」

彼女は表情すら変えない。

それは心臓がひとつ打つほどの間だった。けれどエスリンには彼の一瞬のためらいが、彼が飢えたように低く喉を鳴らして再び唇を近づけてくるまでの間が、永遠ほど長く感じられた。

今度のキスはまったく違っていた。彼の口は別のもののようだった。焦がれるような音をたてながらも優しく重ね合わされた。そして慰撫《いぶ》するように、許しを求めるように、そっとエスリンの唇をこすった。

エスリンは少し、ほんの少し口を開いて応《こた》えた。彼の舌が唇の合わせ目に触れ、それから優しく唇をこじ開けて柔らかな内側に入ってきた。

彼は低く長くうめきながら舌でエスリンの口中を隅々まで探り、奥へ奥へ、螺旋《らせん》を描くような動きで深いところに侵入した。

彼が頭の角度を変える。エスリンも応えて首を傾ける。二つの口はぴたりと合わさった。欲望を剥き出しにしたこんなキスは初めてだった。セックスそのもののような舌の動き。

エスリンは息も絶え絶えになりながら、それでももっと欲しかった。

エスリンは彼の顔に手を這わせた。右耳の銀のピアスに指が触れた。そこを静かに撫《な》でると、彼は小さくとぎれとぎれの声をあげた。もう一方の手を彼の長い髪に差し入れヘッドバンドをそっと抜く。黒い絹のような髪がてのひらにこぼれた。

グレイウルフは重なり合った体のあいだで手を動かし、ブラウスのボタンをまさぐった。胸元がはだけられたが、エスリンは押さえようともしなかった。

何も考えまい。考えてはだめ。エスリンは自分に命じた。考えたらここで終わってしまうから。何があってもこのなりゆきを止めたくない。

キッチンに侵入したグレイウルフに遭遇してからずっと、胸騒ぎと興奮の来襲にさらされていた。それは自動拳銃から発射される弾丸のように飛んでくる。ときにエスリンはよけ切れず、脳に、心に、体にその衝撃が突き刺さった。グレイウルフに出会ってから矢継ぎ早に味わったあり余るほどの感情。それに比べると、三晩前までのエスリンの日々は不毛の砂漠だった。いま彼女は感情が行き着くところまで、そのきわみまで、彼とともに行き着きたいと、胸が焦げるほど思った。

彼の口がエスリンの喉をついばむ。彼の熱い息。今度は胸にキスが。彼の手が許しもこわずに乳房を愛撫し始めた。力強い褐色の手が自分の白い肌の上を動いていると思っただけで、エスリンは体の芯《しん》が疼くように熱くなった。

彼の指先が乳首を探る。エスリンは声をあげまいと唇を噛んだ。彼は乳首をもてあそぶ。輪を描くようにまるく優しく撫でる。そこに熱い口が触れた。エスリンはこらえきれずに震え声をもらし、グレイウルフの頭を抱き寄せた。

グレイウルフはテクニックになど無頓着《むとんちゃく》だった。舌を使い、歯を使い、なぶり、吸い……。エスリンはもっと与えたかった。彼はもっとむさぼりたかった。エスリンは体を弓なりに彼に押しつけた。愛撫のひとつひとつが、想像したこともなかった高みと深みへエスリンをいざなった。

エスリンは彼のシャツを剥《は》ぐように開き、両手を胸に広げた。筋肉の下の浅いくぼみを探り、胸毛に指をくぐらせて固い乳首にそっと触れた。

グレイウルフはうめき、エスリンの胸の谷間に顔を埋《うず》めた。スカートをつかんで押し上げる。エスリンの脚の内側に手をすべり込ませる。

頭の中で血ががんがん鳴っていた。グレイウルフの両脚のあいだにかっと熱が広がった。彼は女が欲しかった。女なら誰でもいいのではなかった。この女が欲しい。金髪碧眼《へきがん》の、彼が憎むべきもののすべてを象徴しているこの女が欲しくてたまらなかった。

寝室のスタンドの光に裸身を金色に染めて立った彼女。あのときから、彼女を求めて五感が波打っていた。眩《まぶ》しい肌を隅々までくまなく指で探り、次に目で確かめ、匂《にお》いをかぎ、舌で味わいたくてたまらなかった。

小さな形のよい乳房、きれいな丸いピンクの頂がたまらなく欲望をかき立てた。彼女はほっそりしているが、体の線はとても優美だった。その曲線に両手をすべらせ、てのひらにその形を感じたいと夢見た。

服を脱いだ彼女の姿をありありと思い出すことができる。震えながらもプライドを失わなかった彼女。無防備でありながら勇敢だった。肌はなめらかでクリームのようだった。そして隠された部分、想像力が目の裏に描いて見せる部分が彼の体を疼かせた。

彼はいまそこに手を触れている。そのデルタは夢見たとおり熱く柔らかだった。パンティにもっと深く手を入れる。絹の手触りの巣をかき分け、彼女の中心を探り当てた。彼は衝動を抑えきれずパンティを引き下ろした。

二人は一瞬身動きを止めた。二人の息だけが弾んでいた。グレイウルフは半身を起こしエスリンの顔をのぞき込んだ。彼女の顔は静かだった。彼はその顔に表れているものを読み取った。そこに湛《たた》えられた挑戦を。

彼女の乳房はのぼったばかりの太陽と大空の下に惜し気もなくさらされていた。眺め下ろしても彼女はひるまなかった。めくられたスカートは腰のまわりに寄っていた。彼は彼女の下腹に目を落とした。彼女は美しかった。彼は不意にとてつもなく大きな喜びに襲われ、ぎゅっと目を閉じた。

彼はジーンズの前を開き、彼女の脚のあいだに体を埋めた。身をかがめ、唇で彼女の口をふさいで彼女の中に入っていった。クリームのようななめらかさを、優しく包み込み締めつける感覚を味わい尽くしながらゆっくりと。

そしてすっかり埋め尽くしてから、ようやく体の重みを彼女に預け、顔を彼女の肩と喉のあいだのかぐわしいくぼみに伏せた。

彼はこのまま死なせてくれと祈った。

なぜなら、生きていてもこれ以上すばらしいことはもう起こりえないだろうから。

エスリンは目を閉じ、シャツの下に手を入れて彼のしなやかな背中を撫でた。彼の腰は細く締まっていた。てのひらで胴のくぼみをすくうように愛撫した。もっと下まで探る勇気はなくて伸ばしかけた手を引っ込めた。本当はジーンズの中に手をすべり込ませ、ヒップの固いまるみに触りたかった。もっと深く自分の中へ彼を埋めたかった。けれどそれは無理。もう満たされきっていて、彼を迎え入れた体はうっとりしていた。

首を巡らし彼の耳にキスをした。銀のピアスのところに。喉の奥を震わせるように彼がうめく。彼の顔が胸に下りてきて、乳房の頂を唇でぐっしょり濡らした。舌でもてあそんだ。

重なり合った腰にひくりと震えが走った。彼は動き始めた。ゆっくりと、リズミカルに。彼はなめらかで固くて熱い。彼は獣。彼は人。彼はすばらしかった。こんなすばらしさを知らずに、彼を知らずにどうしていままで生きてこられたのか不思議だった。

彼が何か囁《ささや》いた。インディアンの言葉で。彼はやにわに両腕を突っ張って半身を起こした。そして叫んだ。「僕の名はルーカスだ」「ルーカス」エスリンはあえぎながらつぶやき、それからもっと大きく言った。「ルーカス」

「僕は……ああ、ちくしょう……僕は見たい。これを……こうしている君と僕を」彼は二人の体が合わさっているところに、褐色の肌と白い肌が、男と女が合わさっているところに目をやった。彼は腰を回した。臼《うす》の動きのように。エスリンは息を奪われ、喉をそらした。けれど目をつぶることはしなかった。エクスタシーにのみ込まれていくさなかでさえ。

エスリンはルーカスをひたすら見つめ、彼の顔を記憶に刻みつけた。その顔は黒く、荒荒しく、美しかった。彼の動きが激しくなる。彼の額に汗の粒が吹き出す。

「僕は忘れない、忘れない、忘れないぞ」彼はエスリンを貫きながら歌うように繰り返した。「やつらにまた捕まっても……ああ、ちくしょう……」

彼は頭をのけぞらせた。灰色の目が一瞬エスリンの目を射抜いて閉じられた。彼は顔を歪《ゆが》め、クライマックスの陶酔に体を硬直させた。彼は両手をエスリンのヒップの下に入れ、がっしりと彼女を引き寄せた。痙攣《けいれん》の波が彼を襲う。

エスリンは彼の首に両腕をからませ、顔を胸毛に埋めて喜びに身を震わせた。

やがて彼はエスリンの上にくずおれた。彼の唇が耳の上で動いていたが、もし何か言っているのだとしても言葉は聞き取れなかった。エスリンは頬をくすぐる彼の髪の感触をいとおしみながら、彼のうなじをそっと撫でた。

どのくらいそうして汗に濡れた体を重ねたまま横たわっていたのだろう。あとになるとエスリンはまるで覚えていなかった。至福に萎《な》えた体を起こしたのは何がきっかけだったのかも思い出せなかった。

けれど、頭を上げてエスリンを見たときの彼の顔だけはけっして忘れなかった。その一瞬、彼の顔は恐ろしく悲しげだった。この世の終わりのような諦《あきら》めと一抹《いちまつ》の感謝とがよぎり、そして表情はぱたりと閉じて、またもとのひややかさに戻った。

彼は離れていった。立ち上がり、ジーンズのジッパーを上げる。シャツの前はとめなかった。彼は崖の端に歩み寄り、ジョセフ・グレイウルフの小屋を見下ろした。

「服を着たほうがいい。やつらが僕を捕らえに来た」

その言葉は重い石のようにエスリンの胸を押しつぶした。いやよ！　と叫びたかった。だが、叫んでなんになるだろう。彼をどこに隠したらいいの？　どうやったら彼を守れるの？　ルーカスときたらまるで他人事のような顔をしている。目前に迫っていることも、その先のこともうどうでもいいような顔をしている。まして私のことなど忘れてしまったような。

気温は上がっているのに骨の髄まで寒かった。エスリンは急いで身繕いした。震える足で立ち上がり、背中の土をできる限り払った。頭がくらくらするほど動揺していた。なんてことをしてしまったのだろう。恥ずかしさで頬が熱くなったが、体はまだ余韻に震えていた。

エスリンにとってそれはまだ終わっていなかった。その終わり方はあまりにもそっけなかった。不完全だった。もっと優しい終わりの儀式が欲しかった。互いを与え合ったあとの親密な何かが欲しかった。

でも、いったい何を望んでいるの？　愛の告白？　ありがとうと心をこめて言ってもらうこと？　それともぎこちなさをほぐすジョーク？　ルーカスは感情のかけらもない目でちらとこちらを振り返っただけで、岩がちの道を下り始めた。

エスリンは泣くまいと両手で顔を覆った。わなわなする足でやっと崖の縁まで行った。

眼下の光景はいっそうエスリンを震え上がらせた。

赤と青のライトを点滅させたパトロールカーが小屋を包囲していた。ちっぽけな建物を、巣にたかる蜂《はち》の群れのように制服警官が取り囲んでいた。警官の一人がエスリンの車を調べている。

「グレイウルフ、両手を頭の上に上げろ」拡声器が怒鳴った。

ルーカスは命令に従った。両手を上げた格好で険しい道を下りるのはいかにも危険そうだった。

エスリンはなすすべもなく見下ろしていた。サイレンを鳴らしてきた救急車が一台小屋の前で止まった。じきに毛布で覆われたジョセフ・グレイウルフの遺体が担架で運び出された。ジーン・デクスターに支えられたアリスがそのうしろに従っていた。

警官が二人ルーカスの方へのぼってきた。彼らは左右からルーカスの腕を捕らえ、乱暴にうしろへねじ上げた。一人が手錠をかける。そして再び斜面を下り始める。

ルーカスは悠然と歩いていた。恩でも着せるように大きな態度で。周囲で何が起こっていようと意に介さずという様子だった。けれど祖父の亡骸《なきがら》をおさめた救急車のドアがばたんと閉じられたときだけ、彼の背中がこわばるのが見て取れた。アリスが息子に駆け寄って抱きつく。ルーカスは身をかがめて母の頬に口づけしたが、郡保安官補が乱暴に背中を小突き、待っている車の方へ彼を引っ立てた。

車に押し込まれる寸前、ルーカスは顔を上げ、崖の縁に立ち尽くすエスリンをまっすぐに見た。もしその一瞬がなかったなら、エスリンはルーカス・グレイウルフに完全に忘れ去られたと思っただろう。

# 第六章　エスリンの秘密

「いつ結婚してくれるんだ？」

「いつになったらあなたはそうきくのを諦《あきら》めるのかしら？」

「君がイエスと言ったら」

　アリス・グレイウルフは使っていた布巾《ふきん》をたたんできちんと水切りかごにかけた。ため息をついてジーン・デクスターを振り返る。「あなたは不屈の精神の持ち主なのかしら。それともただの頑固？　どちらかわからないけれど、なぜ諦めないの？」

　ジーンは彼女のほっそりした腰に腕を回して引き寄せた。「なぜなら、君を愛しているからだ。ずっと。君が初めて診療所に来たときから」

　それは本当だった。医者はまさにその日に彼女に恋をしたのだった。彼女は非常に若く、信じられないほど美しく、そしてやんちゃな息子が腕の骨を折ったというので半狂乱になっていた。ジーン・デクスターは一時間とかからずに男の子の腕の骨をくっつけ……一方彼の心はアリス・グレイウルフから離れられなくなった。それから長い年月が経《た》ったが、彼の恋心は少しも摩滅《まめつ》していなかった。

恋に苦しんだ日々もあった。どうしようもない焦慮から、結婚するか、でなければ二度と会わないかだと最後通牒《つうちょう》を突きつけそうになったことも何度かある。熱烈にくどいても、思いの丈をぶつけても埒《らち》が明かなかった。彼女は彼の求婚をしりぞけ続けた。彼女に近寄るまいとし、ほかにロマンスを求めてみたこともある。だが長続きはしなかった。いずれにせよ、嫉妬《しっと》心を当てにしたつまらない駆け引きをする気はとうになくした。ほかの女性たちに対して失礼でもあった。アリスこそ生涯でただ一人の恋人だった。彼女が結婚してくれないとしてもそれは変わらない。彼は運命を甘受するつもりだった。

アリスは彼の胸に頬を寄せ、二人が出会ったあの日を思い出してせつなくほほ笑んだ。ジーン・デクスターはこの長い年月、彼女にとって真の友だった。彼という心の拠《よ》り所《どころ》なしの人生は想像することもできない。初めて会ったときのこと、そのときの彼の優しい声をいまも忘れはしない。けれどあのときは息子のことも心配でたまらなかった。

「ルーカスが喧嘩《けんか》をしたのだったわ」アリスはむかしを思い出して言った。「学校で上級生があの子をからかったの。あの子に忌まわしい悪口を言って」息子が二重の汚辱を背負って育たなければならなかったことを思うと、いまでも胸が痛んだ。

「ルーカスのことだ、猛然と悪がきどもに組みついていったんだろう」

「ええ」アリスは笑った。「あの子の腕が心配だったわ。むろん何より。でも、なんと言われようと聞こえないふりをしていればいいのにとあの子に腹を立てていたのも覚えているわ」

自分の悪口だけならルーカスは聞こえないふりをしただろうとジーンは思った。アリスを辱しめるようなことも言われたにちがいない。ルーカスが子供時代も思春期も喧嘩ばかりしていたのは母親を庇《かば》うためだった。だが、ジーンはそう口に出すのは控えた。

「あの子が学校で問題を起こすのには本当に困ったわ。そんなことをすればいっそう白い目で見られるだけですもの」アリスは続ける。「それにあのときは、新任の白人のお医者様に払う治療費をどう工面したらいいかわからなくて、とても気を揉《も》んだわ」

彼女は頭を傾《かし》げてジーンを見上げた。彼はもはや初めて会った日のように若くはなかった。けれど、ハンサムとはいえないかもしれないが穏やかな感じのよい顔をしていた。

「私が治療費を払える見込みがないことをあなたは知っていたのでしょう？　なぜあと払いでいいと言ってくれたの？」

「君の体が欲しかったからだ」ジーンは彼女の喉に鼻をこすりつけ、獣がうなるような声をあげてからかった。「あと払いで診ていれば駆け引きのチャンスがあると思ったのさ」

アリスは笑って彼を押しのけた。「嘘《うそ》ばっかり。あなたはそんな人じゃないわ。それどころか、私が治療費を払えるようにしてくれたわ。ルーカスの腕が治るとすぐに私を雇ってくださった」

ジーンは両手で彼女の顔を包み、愛をこめて見つめた。「あのときもいまも確かなのは、二度と会うチャンスがないかもしれないのにあのまま君を去らせることはできなかったということだ。君がまた来なければならないように手を打ったのさ」彼は優しく、情熱をこめて唇を重ねた。「アリス、私と結婚してくれ」

彼の声には必死の思いがこめられており、アリスはそれが心底からのものだと知っていた。

「父が……」

「お父さんは亡くなった」ジーンは両手をわきに落とし、じれったそうに髪をかき上げた。「亡くなってからまだひと月足らずだということはわかっている。君の悲しみもわかる。しかし君は、私と結婚できないのはお父さんがいるからだと言い続けてきたね。それは納得できた。お父さんの世話をしなければならなかったのだから。だが、彼は亡くなった。今度はそれを言い訳にするつもりなのか？」

アリスは彼の横を抜けてキッチンから居間へ移った。小さいながらきちんと片づいた家だ。

「お願い、いまは結婚をせかさないでほしいの、ジーン。ルーカスのことも考えないと」

「ルーカスはおとなだ」

「彼にはまだ家族の支えが必要だわ。そして彼には私しかいないんですから」

「私もいるじゃないか！」

アリスは彼を見上げ、すまなそうな顔をして手を差し伸べた。ジーンは腹を立てていたが、彼女に導かれるままに一緒にソファに座った。

「ええ、そうね。あなたをのけものにするつもりじゃなかったのよ」

ジーンは口調を和らげた。「アリス、ルーカスはもう子供じゃない。いまも喧嘩早いところは変わらないがね。彼はまるで、わざと人生を酷なほうへ酷なほうへと追いやっているようだ。あと三カ月で出られるというのに脱獄したり、女性を人質にしたり」

「あのことはいまだに謎《なぞ》だわ。ほかの人を巻き込むなんて、ルーカスらしくないことですもの」

「私が言いたいのはまさにそこだよ。彼は君にも私にも相談しなかった。刑務所から脱走すべきかどうかなんてね。ルーカスが自分で決めたことなんだ。それなのに君はなぜ彼に気兼ねするんだ？ 私との結婚を決めるのに。私が君をどう思っているかルーカスは知っている。私が最初にプロポーズしたときに結婚してくれていたら、彼はあんなに荒れなかったかもしれない」アリスは傷ついたらしい。ジーン・デクスターはため息をついた。「ひどいことを言ってしまった。すまない」

「子供時代ルーカスはそれでなくてもいやというほど負い目を背負っていたわ。白人のあなたを義理の父親に持ったら……居留地の水準からすればあなたはお金持だし、もうひとついじめの種を背負い込むことになったはずよ」

「わかっている」ジーンはしぶしぶ認めた。「君は最初ルーカスを口実にしていた。彼が大きくなって大学に入ると、今度はお父さんを私と結婚できない理由にした」彼はアリスの両手を自分の手で包んだ。「どちらもさしあたっての見え透いた口実だった。そしてもはやそれらは口実にならない」

「私たち、いままでどおりに続けていかれないのかしら?」

ジーンは頭を振った。「だめだよ、アリス。私は死ぬまで君を愛するだろう。しかし私も男だ。私は君のすべてが欲しい」彼は身を乗り出した。彼の声は低く、真剣だった。

「君が私との結婚を恐れる理由はわかっている」

アリスは首をたれ、銃殺隊を前に覚悟を決めるように大きく息を吸い込んだ。ジーンは優しい目をして彼女の顔から黒髪を払った。「君はセックスというとつらいことを連想するんだろう。前にひどい仕打ちを受けたから。しかし誓ってもいい、私はけして君を傷つけはしない」

アリスは涙をためた目で彼を見上げた。「何が言いたいの?」

「もっと以前にこのことを話し合うべきだった。だが、私から言い出して君の気持を逆撫《さかな》ですることになってはいけないと思ってね」彼はちょっと口ごもってから思い切ったように先を続けた。「君は再び男を愛するのを恐れている。とくに白人の男を」

アリスがきつく唇を噛《か》み締める。ジーンは推測が的中したのを知った。

「距離を保っている限り傷つかずにすむ。君はそう思っているんだ」彼は彼女の手を唇に運び、指の関節のひとつひとつにくちづけした。「誓って言う。私は絶対に、何があろうと君を傷つけはしない。私にとって君がどんなに大事な人か、君にはとっくにわかっているはずだ。そうだろう？　私は君を愛している。君をつらい目に遭わせたりするものか。私の命の一部である君に、どうしてそんなことができる？」

「ジーン」アリスは涙をこぼしながらそっとささやき、彼に体を寄せた。彼が抱き締める。長い年月抑えてきた情熱の限りに抱擁し、長く、思いをこめてくちづけをした。

そのくちづけが終わると彼はきいた。「いつ私と結婚してくれる？」

「ルーカスが刑務所から出たらすぐに」

ジーンは顔をしかめた。「いつになることか」

「お願い、ジーン、それまで時間をちょうだい。彼がいないあいだに結婚したら、あの子は永遠に私たちを許してくれないわ。それに、また脱獄でもされたら困るし」アリスはくすっと笑った。

ジーン・デクスターは微笑した。その理屈は受け入れよう。本当のところは、母親が幸福な結婚をしたと知ったほうがルーカスの心の荷は軽くなるだろうと思った。しかし彼女からやっといちおうの約束をもらったいまはそのことを議論したくなかった。「わかった。

だが約束したよ。ルーカスが出所したらすぐにだ。それまでのあいだは……」彼はアリスの目をじっとのぞき込んだ。

「それまでのあいだは……？」

「それまでのあいだ、私はこれまでしてきたようにしていよう。じりじりしながら君を待っているよ、アリス・グレイウルフ」


「入りたまえ、ミスター・グレイウルフ」

ルーカスは所長室のドアをくぐった。

「ドアを閉めて、そしてかけなさい」大きなデスクのうしろに座った刑務所長のディクソンは立ち上がって受刑者を迎えることこそしなかったが、横柄な態度も見せなかった。所長はその男を興味を持って眺めた。

ルーカスは室内を横切り、所長が示した椅子にどっかりと腰を下ろした。ディクソンは男の態度が実に堂々としているのに驚いた。おずおずしたところはまったくなかった。それどころか誇らしげで豪胆ですらある。ひややかな灰色の目を落ち着きなく動かすこともしない。罪を犯したというううしろめたさのかけらもその目には浮かんでいなかった。その目は所長の目をまっすぐに見た。卑下も敬意も認められなかった。

「数週間の試練は君の体にはこたえていないようだね」所長は見て取ったとおりを口に出

した。ここに連れ戻されて以来、この男はあらゆる特典を剥奪《はくだつ》され、他の受刑者とも引き離されて独房に収監されていた。

「ぴんぴんしてますよ」ルーカスはそっけなく言った。

「少し痩《や》せたかな。食堂で食べるようになれば二、三日でもとに戻るだろう」

ルーカスは膝の上にもう一方の脚を引き上げ、踵《かかと》をのせた。「説教があるなら、早くすませてくれませんか。独房に戻りたい」

ディクソン所長は立腹を抑えた。長年手に負えない受刑者と接してきて、どんなに腹が立つときでもこらえる修練を積んでいたのだ。彼はデスクを離れて窓辺に行き、ルーカス・グレイウルフに背中を向けて立った。それをこの男が信頼のしるしと受け取ってくればいいと思いながら。「我々が決定した処分は、脱獄という罪状にしてはごく軽いものだ」

「それはどうも」ルーカスは皮肉っぽく言った。

「脱走するまで君は模範囚だった」

「ベストを尽くす主義なのでね」

所長は再びじっと耐えた。「評議会と私は、君の記録を充分に調べたうえで、すでに君が務めた禁固刑に加えて六カ月の延長と判定を下した。裁判所も我々の決定を承認した」

ディクソンはすばやく振り返り、ルーカスが急いで驚きを隠すのを目にとめた。所長は窓の方に向き直り微笑を隠した。ルーカス・グレイウルフは無関心を装おうとしているが、彼にも人間らしい気持があるのだ。ひょっとしたら人並み以上に。刑期の延長もいとわず祖父の死に目に会いに行こうとする男。そんな囚人にでくわしたのは初めてだった。ディクソンはめったにないことだったが胸に熱いものを感じた。同じ状況に置かれたとして、自分は果たしてルーカス・グレイウルフのように行動するだろうか？　そう我が胸に問うてみないではいられなかった。

「君は、服役期間が半年以上延びてもお祖父《じい》さんの死を看取りに行ってよかったと思うかね？」

「ええ」

所長はデスクに戻った。「なぜだ？」

ルーカスは膝にのせていた足を下ろし、いくらかの敬意を示した。「ジョセフ・グレイウルフは誇り高い男だった。祖父は僕が投獄されたことを僕以上に怒《いか》っていた。酋長《しゅうちょう》の孫が鉄格子の中に入れられていることが我慢ならなかった」

「彼は酋長だったのかね？」

ルーカスはうなずいた。「だからといってとくによいことはなかった。我々先住民の男の多くと同様、祖父は失意と挫折《ざせつ》と貧困のうちに死んだ」

所長は目の前の書類をめくった。「彼は地主だったと書かれているが」

「土地の四分の三はだまし取られた。結局祖父は諦めた。戦うのを放棄した。いよいよ病が重くなるまではインディアンの儀式の踊りを観光客に見せて金をもらうまでに零落していた。かつては厳粛な宗教儀式であったものを見せ物にしていた」

ルーカス・グレイウルフはやにわに立ち上がった。所長はデスクの下の警報ボタンに手を伸ばしたが、乱暴を働く気配がないのを見て取り、手をデスクの上に戻した。体をこわばらせ、怒りにさいなまれるように歩き回っているルーカスを彼は食い入るように眺めた。

「祖父は僕に望みのすべてをかけていた。僕の中の白人の血を許してくれたばかりか愛してさえくれた。祖父というよりおやじのように僕を育ててくれた。僕が投獄されたことは祖父にとって耐えがたい屈辱だった。怒りだった。だから僕は自由になった姿をなんとしても祖父に見せたかった。それくらいでくじけていないことを告げたかった。そのことを知って安らかに眠ってほしかった。それが理由だ」

ルーカスはまっすぐに所長を見た。ディクソンはこの男の言葉に心を揺さぶられない陪審員は一人もいないだろうと思った。彼の姿には迫力がある。彼は弁が立つ。信念と情熱がある。この男が弁護士として活動できないのはなんとも惜しい。

「ディクソン所長、僕は脱獄したくはなかった。僕にも頭がないわけじゃない。祖父に会いに行くために二日間の出所の許可を求めた。たったの二日だ。しかし却下された」

「そうした慣例はないのだよ」ディクソンは穏やかに言った。

「慣例などくそくらえだ！」ルーカスは叩《たた》きつけるように言った。「実に愚かな規則だ。ここを管理している連中には、多少の自由を与えることが受刑者が人間としての尊厳を取り戻すのに、社会に復帰するためにどれほど大事かわかっているのか？」彼は怒りをあらわにデスクに身を乗り出した。

「座りたまえ、ミスター・グレイウルフ」ディクソンはその態度は出すぎだということをわからせる程度に声を強めた。二人は一、二秒にらみ合った。やがてルーカスはどすんと椅子に腰を落とした。精悍《せいかん》な顔をむすりとさせて。

「君は弁護士だ」所長は言った。「今度の処分が異例に軽いことに気づいているだろう」彼は銀縁の眼鏡を鼻にのせ、デスクの上の報告書に目を走らせた。「若い女性がいたね。ミス・エスリン・アンドリューズ……」語尾にそれが質問であることをにおわせ、彼は眼鏡の縁越しにルーカスを見た。

ルーカスは何も言わずにらみ返しただけだった。その目からは彼の心の動きは読み取れない。所長は報告書に目を戻した。「彼女が君を告発しないというのは不思議だ」ルーカスの頬の筋肉がぴくりとしたが、依然無言のままだった。所長は諦めてファイルを閉じ、眼鏡をはずした。「ミスター・グレイウルフ、君は通常房に戻ってよろしい。話は以上だ」

ルーカスは立ち上がりドアに向かった。ノブをつかんで回したとき、所長が呼び止めた。

「ミスター・グレイウルフ、乱闘で警官が負傷した事件の責任は君一人にあるのかね？

君が郡庁舎の建物の破壊を命じたのか？」

「僕は抗議行動を組織した。裁判では裁判官も陪審も僕を有罪にした」彼はそっけなく言い、ドアを開けて出ていった。

ディクソン所長はルーカスが出ていったドアを長いこと見つめていた。彼は犯罪者が嘘をついているときにはそれがわかった。また無実の人間は勘でわかった。彼はルーカス・グレイウルフのファイルをもう一度丹念に読み、心を決めると、電話に手を伸ばした。

監房に連行されるあいだ、ルーカスの心臓は激しく鳴っていた。しかし表面にはちらとも動揺をもらさなかった。

家宅侵入、脅迫、暴行、誘拐、それに山とある州法や連邦法違反の罪に問われると覚悟していた。彼はもう一度裁判に引き出されるのを恐れていた。このうえまた母を困惑させることになる。また悲しませることになる。

脱獄に対してたった六カ月の刑期延長。ルーカスは非常に驚いた。それまでのあいだ忙しくなる。彼の房の小さなテーブルには、法的な助言を求める手紙が山積みになっていた。料金は取れない。公式にはもはや弁護士として活動することはできないからだ。しかし無料で相談に乗ることはできる。インディアンのあいだでは、ルーカス・グレイウルフは一《いち》縷《る》の希望の光なのだ。彼は助けを求めてくる者は誰であれ拒むつもりはなかった。

それにしても、エスリン・アンドリューズはなぜ僕を告訴しなかったんだ？　警察当局は起訴に持ち込もうとやっきになったにちがいない。しかし彼女の証言なしには、やつらは僕が牢を破ったこと以外何も立証できない。彼女はどうして警察に協力しなかったんだろう。ルーカス・グレイウルフは人に借りを作るのが大嫌いだった。しかしエスリン・アンドリューズには感謝した。

エスリンはそっと部屋を出て、音をたてないようにドアを閉めた。呼び鈴がまた鳴った。彼女はほつれた髪をポニーテールに押し込みながら玄関へ急いだ。玄関ホールの鏡をのぞく。それほど見苦しくはない。ちょっと愛想笑いを浮かべてドアを開けた。

その微笑は結局それ以上広がらなかった。訪問者を見たとたん凍りついてしまった。頭がくらくらし、エスリンは体を支えようとドアにすがりついた。一瞬気を失うかと思った。

「なぜここに？」

「また君を脅かしてしまったのかな？」

「あなた……出てきたの？」

「ああ」

「いつ？」

「今日。今度は脱獄じゃない。晴れて出所さ」

「おめでとう」

「ありがとう」

なんだかばかげたやりとりだった。でも、心臓が止まるほど驚いたにしては上出来ではないかしら、とエスリンは思った。ルーカス・グレイウルフの姿を見ても失神しなかった。ドアにすがってとはいえ——てのひらはにじむ汗でいまにもすべりそうだが、とにかく立っている。口がからからだが、なんとか話はできた。たとえ突然世界が逆さまに引っくり返ったとしてもこれほど驚きはしなかっただろう。そう考えればエスリンの対応は見事だった。

「入っていいかな？」

エスリンは震える手を喉にやった。「あの……それは……」ルーカス・グレイウルフを家に入れるですって？　とんでもない！

彼はブーツの爪先をちょっと見つめ、それから、あの忘れようもない灰色の目を上げてエスリンをじっと見た。「大事なことなんだ。さもなければ君を訪ねて煩わせたりはしなかった」

「あの……」

「長居をするつもりはない。頼む」

エスリンは彼の顔は見ず、あちこちへ目をさまよわせた。ジブラルタルの岩山のように一歩もこの場を動くつもりはないことをわからせようとして。ルーカスの口調はいくぶん謙虚だったが、そのうしろにはインディアンの不屈の精神が控えていた。

　彼女はついに折れてわきへ寄った。ルーカスは中に入り、エスリンはドアを閉めた。玄関ホールが縮んで周囲から迫ってくるような気がした。彼が入ってきて十秒と経たないうちにもう息が苦しくなった。

「何かお飲みになる？」エスリンはかすれた声できいた。いらないと言って。いらないと言って。

「ああ、ありがたいな。どこへも寄らずまっすぐここに来たんだ」

　エスリンはよろめきながらキッチンに行った。なぜここに？　なぜまっすぐ私の家に？　キャビネットからグラスを出す手が震えた。

「ソフトドリンクでいいかしら？」

「うん」

　エスリンは冷蔵庫から清涼飲料の缶を出して開けた。こぼれて手にかかる。タオルを取り、ぎこちない動作でべとつく手とカウンターを拭《ふ》いた。指が突然ひどく不器用になってしまったのを意識しながらフリーザーから氷を出し、グラスに落とし入れた。氷の上に飲み物を注《つ》ぎ、振り返ると、目の高さに彼の胸があった。彼がまだ立ったままなのに気づいてびっくりした。

「ごめんなさい。どうぞおかけになって」エスリンはテーブルの方を示した。

彼は椅子を引き出して座り、冷たい飲み物を受け取って「ありがとう」と、ひとこと言った。彼の目がキッチンをさまよう。その目が包丁類のラックのところで止まり、ゆっくりとエスリンの方へ動いた。「本気でナイフを使う気はなかった」

「知っているわ」エスリンは膝がくずおれないうちに向かい側の椅子に腰を落とした。

「いまはという意味よ。あのときは死にそうに怖かった」

「君の度胸はたいしたものだったよ」

「私が？」

「そう思った。何しろ君は僕の初めての人質だったし」

「私も人質になるのは初めてだったわ」

ふつうはそこで笑うはずだが、どちらも笑わなかった。

「髪は伸びたかい？」

「え？」

「君の髪さ。僕がひと房切り落としたのを忘れた？」

「ああ……ええ」エスリンは落ち着きなく言い、無意識にそのところへ手をやった。「このへんに押し込んであるわ。もうほとんどわからないくらい」

「よかった」

彼は飲み物に口をつけた。エスリンはきつく組み合わせた両手を膝のあいだにはさみ、震えそうな腕を補強した。胸が絞め上げられるようだ。心臓発作というのはきっとこんなふうじゃないかしら。息ができなくなりそうで怖かった。

不安は刻々増し、いつ取り乱してしまうかわからなかった。黙っているのは、ぎこちない会話よりなおいっそう耐えがたかった。

「家にはもう？　お母様には会ってきたの？」

彼はかぶりを振った。「さっき言ったとおり、真っ先にここに来たんだ」

母親に会うより先に私のところへ？　パニックを起こしてはだめよ、エスリン。「ここへはどうやって？」

「母とジーンが先週面会に来てくれて、ジーンが僕のトラックを置いていってくれたんだ」

「そう」エスリンは両手を腿にこすりつけ、ジーンズで手の汗を拭いた。両手は冷たく、裸足《はだし》の指先はかじかんだようになっていた。「なぜここへ？」

「君に礼を言いたくて」

びっくりし、エスリンはまっすぐに彼を見た。彼に見つめ返されると、心臓が引っくり返りそうになった。「私に礼？」

「なぜ君は僕を告訴しなかったんだ？」

エスリンは詰めていた息を大きくふっと吐いた。彼が知りたがっているのがそれだけなら、助かった！「あなたを捕らえに来た保安官や警官は最初私に気づきもしなかったわ」彼が捕まったあとの出来事をひと通り話した。「あなたが連れていかれたあとで山から下りたとき、彼らは初めて私に気づいたの」

二人の目がちらと合った。あの山の頂で起こったことはどちらも忘れてはいない。

エスリンは急いで先を続けた。「彼らは……彼らは尋問したわ。私が何者で、あなたと一緒に何をしていたのかって」何をしていたかを見抜かれたかもしれないと、ひどくどぎまぎしたのを思い出し、頬が熱くなった。髪は乱れていたし、唇はキスでふくれまだ燃えていた。胸もまだ疼《うず》いていた。そして腿も……。

「なんと答えたんだ？」

「嘘をついたわ。途中であなたに会って乗せたと。あなたが脱獄囚だとは知らなかったし、お祖父様が危篤だと聞いて気の毒に思い、家まで送ってあげたと言ったの」

「やつらは信じたのか？」

「そうみたいね」

「逃亡幇助《ほうじょ》の罪に問われたかもしれないんだぞ」

「でも、問われなかったわ」

「君は僕をなんとでも訴えることができたはずだ、エスリン」その名を言ったほうも呼ばれたほうもぎくりとした。彼らはちらと互いを見た。目がぶつかり、ほんの一瞬見つめ合った。「なぜ警察に本当のことを話さなかったんだ？」

「その必要があったかしら？」エスリンは立ち上がり、落ち着きなくキッチンを歩き回った。「私は無事だったし、あなたは刑務所に連れ戻された」

「しかし君は……苦痛を」

その婉曲《えんきょく》な言い回しの意味するところはどちらにもわかっていた。彼女はレイプされたと訴えることもできたのだ。彼はおそらく有罪になっただろう。彼の言い分と彼女の言い分が対立したとして、誰が彼のほうを信じるだろう。

「腕の傷はたいしたことなかったわ。それにあなたが傷つけたわけではないし」彼がその傷について言ったのではないことは百も承知だったが、そこへ逃げておいたほうが安全だった。「私、あなたがお祖父様に会いに行くのを許可しなかった刑務所の対応が間違っていたと思うの。私の目にはあなたの脱獄が正当だと映ったの。実際、なんの被害も受けなかったのだし」

「みんなが君の行方を捜していたんじゃないのか？」

答えるのはかなり自尊心が傷つくことだったが、エスリンは事実を言った。「いいえ」

あのとき、警察の調べがすむとエスリンはまっすぐ家に帰った。ルーカス・グレイウルフが逮捕された現場に報道関係者は一人もいなかったので、彼女が事件に巻き込まれたことは誰も知らなかった。

「スタジオの人たちは？」

「人たち？」

「フォトスタジオの人たちが不審がると言ったろう」

「ええ、そう言ったわね」

「そうか」ルーカスは悔しそうに頭を振った。「本当は誰もいなかったんだな」

「あのときは。でも、いまは二人雇っているわよ」

彼はにこりとした。「心配するな。またナイフを突きつけたりはしない」

エスリンは微笑を返し、ふと、彼はなんてハンサムなのだろうと思った。ショックもだいぶおさまり、いまようやくつくづくと彼を眺めた。前髪を少し短くしていたが、うしろは相変わらず襟にかかる長さだった。肌はブロンズ色で、長く刑務所に入っていたのに生白さはどこにもなかった。もし彼女がその理由を尋ねたなら、彼はこう答えただろう。刑務所の庭を毎日一定の目標を課して何周も走っていた、体調がきわめて良好なのもそのおかげだと。

銀のピアスは今も右の耳たぶに嵌《は》まっている。十字架も柔らかな黒い胸毛の中におさまっているのが開いたシャツの襟からのぞいて見えた。出所に備えて彼の母とジーンが衣類を整えたのだろう。シャツもジーンズも真新しい。カウボーイブーツと、細く締まった腰のトルコ石を嵌め込んだベルトだけは前と同じだった。

「さて」ルーカスは腰を上げた。「長居はしないと約束した。君のおかげで罪が軽くてすんだ。その礼を言いたかっただけなんだ」

「そんな、わざわざよかったのに」

「手紙を書きかけたんだが、やはりじかに会ってありがとうと言いたかった」

ひとことありがとうと書いてくれたら、こんなに神経がすり切れる思いをしなくてすんだろうに！

「出られてよかったわね」

「僕は借りを作るのが嫌いだ。しかし……」

「あなたは私にひとつも借りなんてないわ。私は自分が正しいと思ったことをしただけ。あなたと同じように」

「とにかく、ありがとう」

「どういたしまして」これですんでくれればいい。そう願いながらエスリンは先に立ち、居間を通って玄関へ出た。

ルーカスは彼女との再会を恐れていた。彼女がどんな態度を示すか見当もつかなかった。ドアを開けた瞬間、彼女は悲鳴をあげて逃げ出すかもしれなかった。そうされても無理はない。

あの晩、彼はせっぱ詰まって彼女の家に侵入した。彼女の家を選んだのは偶然だった。食べ物が欲しかった。二、三時間隠れる場所が欲しかった。せっぱ詰まった人間はふつうなら考えもしないことをする。罪もない白人の女性を人質にするというような。彼女が告訴しなかったことがいまだに腑《ふ》に落ちない。

だがとにかく義理は果たした。彼女に会って礼を言った。用はすんだ。ところがいま、彼は去りがたい気持に襲われていた。どういうことなんだ? 言うべきことだけ言ってすぐに暇《いとま》を告げるつもりだった。人生のこのエピソードはこれで終わりにし、以後二度とエスリン・アンドリューズには会わないつもりだった。

認めたくないことだったが、刑務所にいるあいだ彼女のことを考えていた。あの朝の出来事、山の頂での出来事から長いこと経っている。あのとき彼女は体を許してくれた。あれが本当に起こったことだとはいまなお信じ難い。脱獄する前、彼は女が欲しかった。女なら誰でもよかった。

脱獄のあと、彼の欲望の対象には顔が現れた。名前と声とよい香りがついた。それは全部エスリンのものだった。監房の狭いベッドに横たわりながら幾夜自分に言い聞かせたことだろう。彼女は実在しない。彼女は想像の産物にすぎないのだと。

しかし肉体はそれは違うと告げていた。いま、気取らないジーンズ姿の彼女のヒップや脚を見ると、いっそうその声は強くなった。彼女は覚えているより背が低かった。たぶん裸足だからだろう。シャツの裾《すそ》は、ジーンズにたくし込んでいない。古いシャツで、やや窮屈そうだった。そう、さっき彼は飲み物に口をつけながら、彼女の乳房を吸ったことを思い出していた。古いシャツの胸元がはち切れそうにふくらんでいるのにいやでも気がついた。

彼女は先に立って歩いていく。少女っぽいポニーテールが揺れ、ルーカスは頭がくらくらした。絹のような手触りを思い出す。まぎれもない白人のしるしであるこの豊かな金髪は、インディアンの手でかき乱されたことを忘れてしまっているのか？　そして彼女の口、うわべだけの微笑を浮かべているこの口は、奥深くまで激しく探った舌の感触を覚えていないのか？　たしかに僕はそうしたんだ。

「幸運をお祈りしているわ、ルーカス。すべてがうまくいきますように」彼女が別れの挨《あい》拶《さつ》の手を差し出した。

「ありがとう」彼はその手を握った。二人の目が合った。見つめ合った。

と、そのとき、それが聞こえた。

家の奥の方からそれが。あまりにも意外だったので彼は空耳かと思った。だが、また聞こえた。彼はとまどった顔でそれが聞こえてきた方を振り向いた。

「あれは……？」

エスリンが握手の手を引ったくるように引き抜いた。ルーカスは驚いて彼女を振り返った。彼女の顔を見た瞬間、彼はそれが空耳ではなかったことを知った。彼女は幽霊のように青ざめ、恐ろしい罪に問われでもしたような顔をしていた。彼は身を固くした。食い入るようにエスリンを見た。その剃刀《かみそり》のように鋭い目はエスリンの体の皮を剥《は》ぎそうだった。ましてや嘘など簡単に。

「あれはなんだ?」

「なんでもないわ」

ルーカスはエスリンを押しのけ、趣味のいいリビングルームを大股で横切った。

「どこへ行くつもり!」

「わかっているだろ」

「やめて!」エスリンはブルドッグが食らいつくように強く彼のシャツをつかんだ。「勝手に歩き回らないで。ここは私の……」

ルーカスは振り返りエスリンの手を払いのけた。

「僕は前にも勝手に歩き回った」

「だめよ」

「だめもくそもあるか!」

ルーカスはどうしても探り出す気なのだ。エスリンは半分べそをかきながら追いかけ、行かせまいとしがみついた。彼は蠅《はえ》を叩くようにひと払いでエスリンを振り払った。

ルーカスはエスリンの寝室のドアを開けた。部屋は記憶に刻まれているとおりだ。きちんと整えられた女らしい部屋。彼はちらとのぞいただけで通り過ぎた。廊下の端のドアの前に来た。彼はためらいもなくノブをつかんでドアを開けた。

アパッチの戦士の血を引くルーカスだったが、その彼にしても一瞬ひるんだ。

部屋の三方の壁は淡い黄色に塗られ、残りの一面にはマザー・グースの壁紙が張られている。厚いクッションをのせたボストン型ロッキングチェア。低い整理だんすの上にはキルトのパッドが敷かれ、綿棒や軟膏《なんこう》の瓶が並んでいる。白いブラインドが午後の日差しを遮っていたが、隙間《すきま》からもれる光が窓辺に置かれたベビーベッドの形を浮かび上がらせていた。

ルーカスは目をつぶった。これは夢に決まっている。目を覚ましてから大笑いして頭から吹き飛ばさなきゃならないとんでもない夢だ。彼は目を開けた。しかしさっきと何ひとつ変わっていない。そして、今度こそ間違えようもないこの声。

彼は部屋の中に入った。我知らず足音を忍ばせ、ベビーベッドに歩み寄った。ベッドはクッションで縁取りされていた。テディーベアのぬいぐるみが彼に笑いかけた。シーツは壁の色と同じ黄色だった。柔らかな毛布も。

そして、その毛布の下に赤ん坊がいた。ちっぽけな拳《こぶし》を不機嫌に振り回し、もがきながら泣き声を張り上げていた。

# 第七章　脅されて

赤ん坊は泣き続けている。ベビーベッドのそばに立っている背の高い赤銅色の肌をした男の胸に大衝撃を与えたことなど露知らず。

エスリンはルーカスのうしろに立ち、渦巻く感情を、つのる不安と恐怖を抑えようと手で口を覆った。

とっさに、ベビーシッターをしているのだと彼に言おうと思った。友達か親戚《しんせき》の子供を預かっているのだと。けれどそんな嘘《うそ》をついても無駄だ。赤ん坊の父親はルーカス・グレイウルフであり、この子を見ればそれは一目瞭然《りょうぜん》だった。

安産だったので形が損なわれなかったかわいいまるい頭。その柔らかな頭皮には漆黒の毛がぴったり張りついている。眉の形、あごの線、頬骨の傾斜の具合、すべてがルーカス・グレイウルフの顔のミニチュアだった。

ルーカスが長い褐色の指で赤ん坊のほっぺたにそっと触るのを見て、エスリンはいよいよ不安になった。彼の灰色の目に畏怖《いふ》と愛情があふれる。彼の口元がかすかに引きつれる。

それは感動に襲われている証拠だった。赤ん坊を抱くたびにエスリンも頬がぴくりと軽くつれる。赤ん坊に触れるとき、愛情と感動に胸が震え、それが顔に伝わってしまうのだ。ルーカスも同じ心の震えを感じたのだと思うと、エスリンはいたたまれないほど怖くなった。

彼が赤ん坊の毛布をさっとめくる。エスリンは飛び上がりそうになった。彼が紙おむつのテープをびりっと剥《は》がす。エスリンは母性本能に駆られ、飛びかかるようにルーカスの腕をつかんだ。が、彼は簡単に彼女の手を払いのけておむつをはずした。

「息子だ」

彼の錆《さ》びついたような声がエスリンには弔いの鐘に聞こえた。耳を押さえたかった。半狂乱の叫びをあげそうになった。こんなことが現実に起こっているのではありませんようにと必死に祈った。

しかし、それは現実だった。彼はスナップどめのベビー服を脱がせ、赤ん坊の下に両手を入れてベッドから持ち上げた。エスリンはなすすべもなかった。彼が赤ん坊を抱き上げるのを声もなく見ているしかなかった。ルーカスが胸に抱いたとたん、赤ん坊はぴたりと泣きやんだ。

そのことでエスリンの胸はいっそう乱れた。火がついたようにもっと泣き叫んでくれたほうがよかったのに、なんと赤ん坊は父親の肩先であぶあぶと愛らしい声をたてている。

ルーカスは裸の赤ん坊をロッキングチェアに抱いていった。長い脚を折り曲げ、おそるおそる座ろうとする腰つきがあぶなっかしい。ほかのときなら笑ったかもしれないが、エスリンの顔はこわばりついていた。これは最悪の展開だった。

これが悪い運命を暗示するのでさえなければ、ルーカスの赤ん坊への優しさはエスリンの心を激しく揺さぶったはずだ。黒いいかつい男の手が、不思議なものに触れるようにこわごわ赤ん坊を撫《な》でている情景に、深く胸を打たれたはずだった。血の通った人間なら、初めてまみえた父と子がたちまち愛情を通い合わせるのを見て感動の涙を流すはずなのだから。

ルーカスは赤ん坊をそっとあっちへ向けこっちへ向けし、いとしげにしげしげと眺めた。くるりと引っくり返して大きなてのひらで支え、もう一方の手でちっぽけな背中とおしりを撫でる。両足の爪先に、透き通った小さな爪のひとつひとつに触り、耳を調べる。

しばらくしてルーカスはようやく赤ん坊を膝に横たえ、エスリンを見た。「この子の名前は？」

あなたには関係のないことよと、エスリンは言いたかった。だがあいにくと関係があるのだ。「アンソニー・ジョセフ」それを聞いてルーカスの灰色の目に感情が走るのが見て取れた。「私にもジョセフという名の祖父がいたのよ」エスリンは弁解がましく言った。

「私はこの子をトニーと呼んでいるわ」

ルーカスは赤ん坊に目をやった。赤ん坊は握った小さな手を不機嫌に振り回し始めた。

「いつ生まれた?」

エスリンは返事をためらった。日にちをごまかそうか。でたらめを言ってルーカスが父親であることを暗に否定しようか。が、彼のまなざしは真実を要求していた。「五月の七日」

「僕には何も言わないつもりだったんだな。そうなんだろう?」

「言う必要ないでしょう」

「僕の息子だぞ」

「この子は知らないことよ」

ルーカスは吠《ほ》えるように短く笑った。「いまこの瞬間から、そうではなくなった」

トニーは泣きだした。さっきとは違って喉の奥から絞り出すような声で、おなかがすいたと訴える泣き方だった。ルーカスが胸に抱くと、ちっちゃな口が懸命にお乳を探る。ルーカス・グレイウルフが穏やかな笑い声をたてた。エスリンはびっくりした。彼がそんなふうに笑うのを聞いたことがなかった。

「おまえにはなんでもしてやるがそれだけは無理だ、アンソニー・ジョセフ」ルーカスは立ち上がり、赤ん坊をエスリンに差し出した。「これは君でなくちゃ」

エスリンは赤ん坊を受け取ってベビーベッドに寝かせ、ルーカスが剥いだおむつを急いでつけた。赤ん坊が手足をばたばたさせるのと、ルーカスがじっと見ているせいで手が思うように動かない。おむつをつけベビー服を着せてから、トニーをロッキングチェアに抱いていった。座って静かに揺すり、背中を軽くたたきながら優しく話しかけてなだめた。だが、赤ん坊は泣きやまない。

「この子はおなかをすかしているぞ」ルーカスが言う。

「知ってるわ」エスリンはひややかに言った。私の赤ちゃんが何を求めているか、私にわからないとでも思っているのかしら。

「じゃあ、なぜやらないんだ?」

エスリンは胸の赤ん坊を盾のようにしてルーカスを見上げた。「ちょっとはずしてくださらない?」

「僕に部屋を出ろというのか?」

「ええ」

「いやだね」

二人はにらむように見つめ合った。信じられないことだったが、ルーカスが先に折れた。彼は背を向け、窓ぎわへ行ってブラインドを目の高さまで上げ、外を見た。そのときエスリンは知った。頑固で不屈なルーカス・グレイウルフにひとつ泣きどころがあるとすれば、それはこの子だと。ほんの数分前まで赤ん坊の存在など露ほども知らなかったのに、彼とトニーはすでにしっかりと断ちがたい絆《きずな》で結ばれている。ずっと知らないでいてくれたらよかったのに。彼は私の人生を地獄に突き落とすかもしれない。

「なぜ僕に隠していた？」

エスリンは質問を無視し、ブラウスのボタンをはずして授乳用のブラのカップを押し下げた。トニーが元気に乳首にしゃぶりつき、音をたてて吸い始める。エスリンは軽いフランネルの肩掛けをはおり、胸元と赤ん坊の頭を覆った。

「僕はきいているんだぞ」ルーカスは命令口調になった。

「トニーは私の赤ちゃんだからよ」

「僕のでもある」

「あなたはそう確信は持てないわよ」

ルーカスがきっと首を振り向けた。良心に咎《とが》めはなくても、突き刺すようなその灰色の目にエスリンはひるんだ。

「いや、確信を持てる」

彼があまりにきっぱりと言ったので、その意味を議論してもしかたなかった。それに屁《へ》理屈《りくつ》で彼に勝ったとしてなんの意味があるだろう。事実は事実。トニーは彼の子だ。

「トニーは……生物学的なアクシデントよ」エスリンは一歩譲って言った。

「だったらなぜ処置してしまわなかった？」

エスリンは体が震えた。〝なぜ早く処置しなかったの？〟妊娠を打ち明けたとき、母はそう声を張り上げた。エスリンは故意に、中絶するには手遅れになるまで待って告げたのだった。両親が〝窮地〟の打開にそういう結論を出すことがわかっていたからだ。

私はなぜ中絶しなかったのだろう？　午後気分がすぐれず、それが続くようになったとき、心の奥の方でもしやと思った。やがて朝、吐き気に襲われるようになり、突然猛烈な食欲が出たり、食べると胸やけがしたりした。前には経験のなかったことだった。

その可能性を喜び迎える気はなかった。そんなことは自分に許せなかった。しかし病院に行き、妊娠検査の結果を告げられたとき、ショックも受けなかったし驚きさえしなかった。真っ先に胸に込み上げたのはとてつもないうれしさだった。

最初の歓喜から現実に目覚めると、エスリンは未婚の母として子供を育てることのさまざまなマイナス面を冷静に考慮した。由々しい噂《うわさ》に悩まされるのは火を見るより明らかだったが、それなら堕《お》ろしてしまおうとはただの一度も考えなかった。

赤ん坊がおなかにいることを知った瞬間から、エスリンは心からこの子を愛していた。彼女の人生に突然、意味と目的ができた。将来への希望が生まれた。進むべき道や目指すゴールが見えた。

そうなのだ。ルーカスの質問に躊躇《ちゅうちょ》なくきっぱりとこう答えられる。「私はどうしてもこの子を産みたかったの」エスリンは肩掛けの下のトニーの柔らかな髪を優しく撫でた。

そうされているあいだもトニーは夢中で乳房を吸っている。

「僕にもその子のことを知る権利があるとは思わなかったのか?」

「知りたいとも思わないだろうと思ったわ。関心ないだろうと」

「はっきり言うぞ。僕は知りたかった。関心がないどころじゃない」

「あの……それで、あなたはどうするつもり?」エスリンは不安に駆られた。声が震えてしまうのがいまいましい。

「僕はその子の父親になるつもりだ」

トニーが催促するように小さな拳《こぶし》を乳房に打ちつけた。エスリンはやっとルーカスの厳しい視線から目をそらすことができた。「替えてあげないと」

ルーカスの目が乳房に落ちる。エスリンは彼の喉が反射的にごくりと動くのを見た。彼はすぐに目をそらした。

エスリンは赤ん坊を抱き直し、反対側のお乳を与えた。トニーが落ち着いてまたしっかりと吸い始めるのを待ってから言った。「ミスター・グレイウルフ、私はあなたに何も求めません。私はトニーを九カ月間おなかに入れていたわ。妊娠中も産むときもあなたから、いえ、誰からもいっさい援助は受けなかったわ。経済的にも私は充分……」

ルーカスがいきなり振り向いたので、エスリンはすくんで口をつぐんだ。頬を打たれるかと思った。

「君は小切手帳で子供が必要とするすべてを与えられると思っているのか?」

「そんなこと言っていないわ」エスリンは言い返した。「私はこの子を愛しているわ」

「僕だってそうだ!」

ルーカスが大声を出したので、お乳を吸う赤ん坊の口が一瞬止まった。

「静かにして。トニーが怯《おび》えるじゃないの」

ルーカスは声を落としたが、口調の激しさはいささかも変わらなかった。「いいか、僕が息子にいっさい関知しないと思っているなら、息子が殺伐とした白人社会で育てられるのを僕が知らん顔で見ていると思っているなら、それは大間違いだ」

「どういう意味?」エスリンは赤ん坊を守ろうとするようにきつく抱き締めた。

「明日、僕は居留地に帰る。そのときには息子も一緒だということだ」

エスリンは蒼白《そうはく》になった。唇まで真っ白になった。彼女の顔の中で色といえば深いブルーの目だけで、その目は異様なほど大きく見開かれ、再び恐ろしい敵となった男を見つめた。

「そんなことさせないわよ」

「僕はする。必ず」

「だめよ!」

「止めようとしても無駄だ」

「あなたがこの子を奪ったら犯罪者としてどこまでもあなたを追跡させるわ」

ルーカスは口を曲げ冷笑を浮かべた。「その気になれば、僕は見つかるようなどじはけして踏まない、ミス・アンドリューズ。しかし万が一見つかった場合は、僕は息子を勝ち取るために最高裁判所まで君と闘うつもりさ。闘い方は知っている。君は忘れているかもしれないが、僕は弁護士だ。さて、おっぱいはもういいらしいな」

エスリンは凍りついた。その宣戦布告が胸の底に落ちるより先に、部屋を横切ってきたルーカスが目の前にかがみ込んだ。止める暇もなく彼が肩掛けを取った。

トニーは安らかにエスリンの腕に抱かれていた。ふっくらとした頬を彼女の胸にもたせかけて。乳首を放した格好のままの小さな口は、母乳で真珠色に光っている。赤ん坊は眠っていた。三日三晩の酒宴を堪能《たんのう》した暴君のように満足しきった顔をしていた。

ルーカスは赤ん坊の頬をそっと撫でた。柔らかな口に指先で触れた。顔を寄せ、赤ん坊の頭の頂にキスをした。

エスリンは石のようになった。どきんとして動けなくなった。息すら止まった。ルーカスの手が胸の下からすべり込む。くさびのように赤ん坊とエスリンのあいだに。そしてトニーを奪って抱き上げた。彼は立ち上がり、赤ん坊をベビーベッドへ連れていく。トニーがげっぷをするとルーカスは笑った。さっきも驚かされた、あのさもうれしそうな声で。

エスリンはやっとのことで放心状態から抜け出した。ルーカスが間近に来ると動けなくなってしまった。彼の息を肌に感じると体が麻痺《まひ》してしまった。急いでブラを直し、シャツのボタンをとめた。立ち上がると頭がくらっとした。「もう眠らせないと」ルーカスを押しのけるようにしてベビーベッドに寄り、赤ん坊をおなかを下にして寝かせた。

「うつぶせに寝かせるのか?」

「ええ」

赤ん坊は両膝を曲げ、小さなお尻を突き出した。お乳を吸うように口を二、三度動かし、じきにすやすやと寝息をたて始めた。

「この子は満足しきっているようだな」

「いまのところはね」エスリンは赤ん坊に毛布をかけてやりながらそっと言った。

「しかし、僕は違う」

エスリンはルーカスの断固とした表情を見てぎくりとした。「まさか本気で私からトニーを奪うつもりではないでしょう?」哀願調にだけはなるまいと思いながらきく。

いくらルーカスが策謀を巡らしたところで、愛情があり、経済力があり、充分に世話のできる環境にある母親が親権裁判で父親に負けることはありえない。けれど係争中トニーは公の保護下に置かれ、決着がつくまで里親に預けられることになるのだ。裁判が何年にもわたることだってある。

「トニーのことを考えてやって」

「考えているさ」ルーカスは両手をエスリンの肩に置いた。「君の周囲の人々が……白人社会が、トニーを受け入れると思うか？」彼女に答える暇を与えず彼は続ける。「エスリン、絶対にそれはない」

彼が固く肩をつかむ。熱く強い手。前に触れられたときの記憶がさまざまにエスリンの頭をよぎった。思い出したくない記憶だ。

彼が言う。「僕にはわかっている。白人社会の通念では、少しでもインディアンの血が混じっている者は紛れもないインディアンなんだ。トニーは白人の血をたくさん引いているからインディアンの社会からも疎外されるだろう。どちらの社会からもつまはじきにされるだろう」

「私が守るわ」

ルーカスは口の端に軽蔑《けいべつ》と哀れみの混じった微笑を浮かべた。「本当にそんなことを思っているのなら、君は世間知らずかあるいは自分をごまかしているんだ。片足でインディアンの文化、もう一方の足で白人の文化を踏まえて立つのがどういうことなのか、僕はよく知ってる。いやというほどな！　僕の人生は常に二つの文化のはざまで引き裂かれてきた。息子にはそんな思いをさせたくない」

「どうやって？　あなたはどんな解決法を考えているの？　ほかの人々とまったく接触のない遠く離れた居留地にでも連れていくつもり？」

「それで解決がつくならそうする」ルーカスは険しい顔で言った。

エスリンはあきれて彼を見た。「あなたはそれが公平なことだと思うの？」

「あの子の生まれそのものが公平じゃない。人生は公平じゃない。僕はとっくのむかしに公平なんてものに見切りをつけた」

「そうね。そしてあなたは世の中に対する恨みつらみをこれ見よがしに引きずって歩くのよね」エスリンは怒りをこめて彼の手を振り払った。「私はトニーを怨恨《えんこん》に浸して育てるつもりはないわ。恨みつらみはあの子を歪《ゆが》んだ世界観の中に閉じこめることになるだけ。あなたのようにね、ルーカス・グレイウルフ。そうなったら、将来トニーがもっとも憎むのは誰かしら？　あなたよ！　外の世界から切り離されたことをトニーが感謝するはずないわ」

ルーカスは一理あると思ったのだろう、考え込むように頬の内側を噛《か》んだ。しかし、エスリンに言い負かされたままになってはいなかった。「じゃあ、君はどうする？　インディアンの顔つきに生まれたのはまったくの偶然だとでもあの子に言うのか？　僕のことを……父親は誰かということを絶対にもらさないつもりか？」

「私……まだそんな先のことまで考えていないわ」

「じゃあ、考えておいたほうがいい。トニーはいつか必ず父親のことを尋ねるぞ。僕も尋ねたからな」

ひりひりするような沈黙が流れた。やがてエスリンは低い声で言った。「それで、あなたはどんな話を聞かされたの？」

ルーカスはエスリンを見つめたまま長いあいだ黙っていた。話してはくれないだろうとエスリンは思った。彼はつと向こうへ離れていき、再び窓辺に立った。窓の幅が隠れそうに広い肩だ。彼は地平線のかなたの山脈を眺めるともなく眺めながら話し始めた。

「僕の父親はフォート・ワチューカに駐留していた兵士だ。母は十六歳だった。居留地の学校を卒業してからツーソンに出て、祖父の友達の家に下宿しながら簡易食堂のウエイトレスをしていた」

「そこであなたのお父様と出会ったの？」

彼はうなずいた。「彼は母に言い寄り、仕事のあとでデートしようと誘った。母は断った。しかし彼は足しげく食堂に通ってきた。彼はハンサムでさっそうとしていて魅力的だったそうだ」

彼は両手を上に向け、それをジーンズのうしろのポケットにすべり込ませた。ルーカスが父親似だとしたら、彼の父も息子のようにすらりと背が高く引き締まった体つきをしていたとしたら、アリス・グレイウルフの心は難なくその男に傾いていっただろう。エスリンにはわかる。

「やがて母は根負けして会う約束をした。ずばり言えば、ミス・アンドリューズ、彼は母をたらし込んだのさ。何度くらい会ったのか僕は知らない。母ははっきり言わない。その気持はわかる。つき合い始めてひと月たらずで彼はどこかへ移動してしまった。別れも告げずに。彼がばったり姿を見せなくなったので母は勇気を振り絞って基地に電話をした。妊娠したことを打ち明けようとした。ところが彼がすでに基地を去ったことを知らされたというわけさ」

ルーカスは振り返った。その顔はかつてのように固く閉ざされていた。彼は傷ついているのだ。エスリンは彼の痛みを察した。耐えがたい痛みを彼は懸命に胸の奥底にしまい込んできたのだ。

「それきり音さたなしだった。母も彼を捜そうとしなかった。母は白人の子を身ごもるという恥を負って居留地に戻り、十七歳になる一カ月前に僕を産んだ。母は土産物のカチーナ人形を作る内職をした。家にいて僕の世話をしながらできるからだ。祖父は馬を売る仕事で何がしかの収入を得ていたから、古いトレーラーハウスに住んで母と僕を養ってくれた。母がジーン・デクスターに出会うまで、僕らは祖父と一緒に暮らしていたんだ。ジーンが母に仕事をくれたおかげで生活水準はずいぶんと上がった。本当に助かったよ」

ルーカスはエスリンの方へ向き直った。「というわけだ。僕は小さいときから自分が母にとって大きな重荷であることをいやというほど知っていた」

「お母様はそうは思っていなかったはずよ、ルーカス」エスリンは胸がいっぱいになり声が詰まった。「あなたをとてもとても愛しているわ」

「知っている。母は自分の身に起こったことをけして恨んだりくよくよしたりしなかった」

「それはあなたがいたからよ。あなたを産んだことに悔いがなかったからだわ」

「そんな説教はしてもらいたくない」ルーカスは怒りをこめ、吐き出すように言った。「君に何がわかる！　混血の私生児の痛みは混血の私生児にしかわからない。僕は息子にそんな烙印《らくいん》を押されるのはまっぴらごめんだ。おやじが僕にしたと同じ仕打ちを僕が息子にすると思うか？」

「あなたのお父様は知らなかったのよ。もし、知っていたら……」

「ばかばかしい」ルーカスは鋭く遮った。「彼にとってきれいなインディアン娘のアリス・グレイウルフはその場限りの遊び道具だった。物珍しさも大いにあっただろう。妊娠したのを知ったとしても捨てたに決まっている。よくして州外の藪《やぶ》医者のところへ堕ろしに連れていくぐらいがせいぜいだったさ」彼は頭を振った。「白人の兵隊がインディアンの子を欲しがるはずがない。しかし僕は息子が欲しい。そして僕の息子には、父親が誰か知らないような人生は送らせない」

　エスリンはルーカスの顔を見て、彼を思いとどまらせようとしても無駄だと知った。彼は本気だ。彼はこの子を息子と認め、この子は彼を父親と認めるようになる。そうなったら私の人生は耐えがたいものになるだろう。

エスリンはルーカス・グレイウルフに二度と会うことはないと思っていた。彼があの朝の山頂での出来事を、いま聞いた話の彼の父のように、彼の父とアリスとの関係のように片づけるだろうと思っていた。つまり、単にその場限りのこととして。

けれどどうやら違うらしい。あるいはそう思ったとしてもトニーを見て気持が変わったのかもしれない。見つかってしまったのが運のつきだ。トニーの存在を彼には死ぬまで隠しておきたかった。だがこうなったからには、最悪の状況を少しでもましにするしかない。

「どうしようというの、ルーカス？　私とあなたとでトニーを半分ずつ育てるとでも？　それは物事をますます厄介にするだけのことじゃないのかしら。小さなトニーにはどういうことなのか理解できないでしょうよ。私のところに半年、あなたのところに六カ月」そんな取り決めは口にするだけでも胸が痛んだ。

「そんなやり方は考えていない」

「じゃあ、どんな？」

「僕と君が結婚する。そして三人で一緒に暮らす」

それは提案ではなかった。話し合いのための選択肢の提示でもなかった。命令だった。

あっけにとられていたエスリンは、やがて胸に手を当てて小さく笑った。「冗談でしょう」けれど決然とした彼の表情が、揺るぎもしない目が、それが本気も本気であることを告げていた。「気でも違ったの？　そんなこと不可能よ！」

「どうしてもそうしなきゃならない。僕の子に私生児の烙印を押すことはできないからな」

「そんな言葉を使わないで」

「ああ、醜い言葉だ。僕はトニーがそんな言葉をけっして聞かずにすむようにしたい」

「でも、私たち結婚なんてできないわ」

「できるもできないもない」ルーカスは苦々しげに言った。「とにかくするんだ、手はずが整いしだい。明日また来る」

彼は身をかがめてトニーのお尻を優しく叩《たた》き、ほほ笑みながら彼の部族の言葉で何か囁《ささや》いた。そして話はついたとばかりさっさと子供部屋を出ていった。

エスリンは走ってあとを追いかけ、玄関のドアを開けようとしている彼の袖《そで》を捕まえた。

「あなたとは結婚できないわ」

「もう誰かと結婚しているっていうのか？」

火を噴《ふ》くようなルーカスの言い方にエスリンは唖然《あぜん》とした。「いいえ。していないわ」

「それなら我々が結婚できない理由は何もない」

「ひとつあるわ。私はあなたと結婚したくないの」

「それはこっちもだ」彼は歯軋《はぎし》りするように言い、顔を突き出した。「だが我々は自分の感情はわきへ置いて息子のことを考えなきゃいけない。白人女を妻にするのを僕が我慢できるなら、君だってインディアンを夫に持つのを我慢できないはずはない」

「いい加減にしてちょうだい!」エスリンはかっとなった。「これは私が白人だとかあなたがインディアンだとかいう問題じゃないわ。あなた、それ以外のものの考え方をしたことがないの?」

「ないな」

「だったら今度だけはしてみるのね。私とあなたの出会い方を考えれば、結婚するなんてどうしたっておかしいと思わない?」

「誘拐は求愛行為にはほど遠いというわけだな」

「そのとおり」

「じゃあ、どうしてほしいんだ? 君の前にひざまずいてプロポーズするのか?」

エスリンは氷のような目で彼をにらんだ。「私が言いたいのは、私たちはお互いをほとんど知らないということよ。子供は作ったけれど……」自分の言葉にはっとして口をつぐんだ。あの朝のことは思い出したくない。それ以上にルーカスに思い出させたくなかった。

彼女は両手の拳を腰に当てまっすぐ彼と向き合っていたのだが、急いで腕を下ろした。その戦闘的な姿勢がシャツの胸元をはち切れそうに見せているのに気がついたのだ。落ち着きなく唇をなめながら、彼の顔から目をそむけた。

「そう、我々は子供を作った」ルーカスは静かに言った。「そこが大事な点じゃないか？　トニーが生まれたのはトニーの責任じゃない。だからあの子が僕らの行為を一生をかけて償わなきゃならない理由はいっさいないんだ。我々だ」彼は自分の胸とエスリンの胸に指を突き立てた。「あの欲望に従ったのは我々だ。起きてしまったことは取り返しがつかない。いまできるのは、誕生した新しい命に対して我々が一緒に責任を取ることだけだ」彼は人差し指でエスリンのあごを持ち上げ、顔を自分の方へ向けた。「僕が君の中に種をまいたのは確かだ。トニーの父親は確かにこの僕だ」彼はエスリンから手を離してあとずさった。「明日また来る。君が結婚に同意しようとしまいと、発《た》つときには僕は息子を連れていく」

「ナイフで脅して？」エスリンはいやみを言った。

「必要ならな」

彼の目が本気だと言っている。エスリンは恐ろしさに言葉を失った。ルーカスはそれ以上何も言わずに玄関を出ていった。

エスリンは不安のどん底にいた。ばかみたいといくら自分を責めても、物音がするたびに心臓が縮み上がる。呼び鈴が鳴った時には本当に飛び上がったが、郵便受けに入らない大型のカタログを届けにきた郵便配達だとわかって胸を撫で下ろした。我ながら滑稽《こっけい》だと思う。けれど過敏に反応する神経をどうすることもできなかった。

取り越し苦労かもしれないと心に言い聞かせてもみる。ルーカス・グレイウルフは結局来ないかもしれないと。彼はトニーを見て子供に責任を持とうと思ったかもしれない。だが、ひと晩経《た》って気が変わるということだって充分ありうる。

いえ、そんなことは考えられない。ルーカスは——その名前が苦もなく頭から出てくるのが不思議だったが、ルーカスはちょっとやそっとのことで感情を爆発させる人ではない。それに守る気もない約束をする男でもない。彼は必ず今日のうちにやって来る。そのとき私はどうしたらいいのだろう？

どんなことをしても思いとどまらせなくては。

眠れぬ長い夜、その問題はルーレットの玉のようにエスリンの頭の中をからから回り続けた。ルーカス・グレイウルフは避けられぬ現実だった。なんとか解決しなくてはならない。

考えた末の結論は、ルーカスがトニーと会えるようにフェアな取り決めを結ぶことだ。彼はまた理屈をこねるだろうが、赤ん坊にはどうしても母親が必要だ。とりわけ最初の一、二年は。ルーカスに一片の理性でもあればわかるはず。同意するはずだ。それに彼は私同様結婚など望んでいないのだから。

エスリンはいまの安定した暮らしに満足していた。妊娠五カ月目に、フォトスタジオの仕事を代わってもらえるように写真技師を一人採用し、予備寝室を子供部屋に模様替えするのに忙しくなると、受付兼経理担当者を雇った。どちらも若い女性でよく働いてくれるし、スタジオはかつてなく繁盛していた。

定期的にスタジオの様子を見に行くが、いまエスリンが一番大事に思っているのはトニーの世話とトニーに愛情を注ぐことだった。それはけっして退屈な仕事ではなかった。赤ん坊は生まれてたった一カ月だが、エスリンの毎日を生き生きと満たしてくれる。トニーのいない人生などもう想像もできない。

ひとつのことさえなかったら——両親のうるさい干渉さえなかったら、この幸福は満点なのだが。娘が私生児を産んだことをしかたなく諦《あきら》めると、次に二人は娘と赤ん坊を受け入れてくれる夫を見つけようとやっきになった。社会的に恥ずかしくない男と結婚させて、落ちた家名を回復したがっているのだ。

だがエスリンは、不自然な状況下で引き合わされる夫候補たちの寛容さにだまされはしなかった。彼らはトニーの出生の由来も、エスリンの不謹慎な行為もいっさい不問に付すという驚くべき博愛精神を発揮する。けれどわかっていた。彼らの関心はもっぱら父の銀行預金高で、それ目当てに寛大さを装っているだけなのだ。どれもこれも、手に負えない娘を引き受ける見返りを期待している男たちばかりだった。

娘を説き伏せようと迫る両親も頑固だったが、ルーカス・グレイウルフを思いとどまらせることに比べれば扱いやすい。それは確かだった。

正午少し前に玄関の呼び鈴が二度鳴った。誰が来たかすぐわかった。エスリンは両手を固く握り締め、目をぎゅっとつぶり、大きく息を吸った。呼び鈴がまた鳴った。せかすというより有無を言わさぬ響きだ。エスリンは鉛のように重い足でドアに向かった。

つまらない気を起こして〝ふつうの服〟を着てしまったことを突然悔やんだ。体形がもとに戻るまではと、これまでいつもマタニティー用の格好をしていた。今日、何気なく去年の夏のスカートをはいてみたら、うれしいことにちゃんとウエストがとまったのだ。ミディ丈のフレアスカートでとても気に入っていた。歩くとブルーの柔らかな布地が脚をくすぐる。それにヨークに白糸刺繍《ししゅう》のある白いブラウスを合わせた。授乳が楽な前ボタンだ。シャワーを浴びて髪を洗い、自然なウエーブが出るように乾かした。横の髪は両サイドとも耳にはさみ、小さな金のイヤリングをつけていた。

化粧をしたのはいきすぎだった。香水をつけたのも。この何カ月間香水などつけもしなかったのに、なぜ今日？　でも、いまとなっては何を考えても手遅れだ。三度目の呼び鈴が鳴った。

エスリンはドアを開けた。彼女とグレイウルフは戸口をはさんで見つめ合った。どちらも相手に敵意を感じるはずだった。ところが、どちらも相手を見たとたんにときめきを感じた。

浅黒い厳しい顔の中の薄灰色の目にそんな表情が浮かぶとは、エスリンはまったく予期していなかった。彼のシャツは初めて見るものだったが、あとは昨日と同じだった。締まったヒップに格好よく引っかかっているジーンズ。だいぶ古びたブーツ。V字形に開いたシャツの胸元に銀の十字架がおさまっている。頬骨とあごの中間点できらりと光るピアス。エスリンはわきにどいて彼を通し、ドアを閉めた。ルーカスは彼女の頭の頂、ほっそりとした首、そして胸へと視線を落としていった。ネックラインの下に豊かなふくらみが見える。

彼女の乳房の形や母乳の雫《しずく》に濡《ぬ》れた乳首を思い出し、ルーカスははらわたがよじれるような欲望を覚えた。昨日見てしまったのが悪かった。見なければ、赤ん坊に乳をふくませている彼女の美しさを知らずにすんだ。いまこうして思い出さずにすんだ。しかし、見ずにはいられなかった。どうしても。

十カ月前より彼女の乳房は豊かだった。そのせいで彼女のほかの部分がよけいにほっそりときゃしゃに見える。サンダルをはいた素足はまるで子供の足のようだ。

彼は息苦しさを咳《せき》払いでごまかした。「トニーはどこ？」

「子供部屋よ。眠っているわ」

彼は無駄のない動作でくるりと背を向け、音もたてずに子供部屋に向かった。どうしたらあんなにすばやく静かに動けるのだろうと、エスリンは不思議でならなかった。

あとを追って子供部屋に行くと、ルーカスはトニーのベッドに身をかがめていた。眠っている息子を優しく見守る彼を見ると、感じるべきではない感情がエスリンの胸をくすぐった。それを打ち消すようにエスリンは言った。「私があなたをあざむくと思ったの？　トニーがまだここにいるのを確かめに来たわけ？　私がこの子をあなたの目の届かないところに隠すとでも思ったのじゃない？」

彼は動物のようなしなやかな動作でエスリンの方へ顔を向けた。「君はそんなことをしはしない」

二人の視線が数秒からみ合った。彼はもう一度赤ん坊に目をやってから部屋を横切ってエスリンのそばに来て、腕を取って廊下に出た。

「何か飲み物をもらえるかな」

エスリンは一瞬皮肉を口走りそうになった。〝ここは居酒屋じゃないのよ〟と。だが、考えてみるとリビングルームのソファに並んで座るより、キッチンでテーブルをはさんで向かい合うほうがいい。

「いいわ。ただしその手を離してもらえない？」エスリンは腕を引き抜こうとしたが、彼はしっかり腕をつかんでいる。熱い手がブラウスの袖を通してひりひり感じられた。それはとても困ることだった。彼に触れられると、月日をかけて懸命に心から消し去った記憶がよみがえってくる。手を離してと叫びたかったが、いま不用意に彼を刺激したくなかった。いま彼の機嫌を損ねてはまずい。これから彼の理性に訴えかけねばならないのだから。

「トニーの荷物をまとめていないんだな」昨日と同じ椅子にかけながらルーカスが言う。

「何がいいかしら？　ジュース？　それともソフトドリンク？」

「ソフトドリンク」

エスリンは冷蔵庫から缶を出し、昨日と同じ手順で冷たい飲み物を彼に手渡した。

「トニーの荷物をまとめていないんだな」ルーカスはひと口飲んでからまた言った。

エスリンは震えそうになる手を意志力で抑えつけながら彼と向かい合った。「ええ」

「ということは、我々は結婚すると理解していいのかな」

「それは早合点よ、ミスター・グレイウルフ。私はあなたとも誰とも、結婚するつもりはないの」

ルーカスは飲み物を飲んだ。それからゆっくりとグラスを口から離した。「それなら、僕は息子をもらう」

エスリンは唇に否《は》を言わせた。「考えたの。あなたが父親であることをトニーは知るべきだわ。それはあなたにもあの子にもフェアなことですものね。あなたがトニーに会いに来るのを阻みません。いつでも好きなときにここに来ていいわ。ただ、予定やら何やらがあるから前もって連絡だけはしてほしいの。私はできるだけあなたの……どこへ行くの？」

ルーカスがいきなり立ち上がり、ドアの方へ行く。「息子をもらいにさ」

「待って！」エスリンは椅子から飛び出し、彼の腕を捕まえた。「お願い、冷静に聞いて。それに自分の子供が連れ去られるのを私がただおとなしく見ているなんて思わないでちょうだい」

「トニーは僕の子でもあるんだぞ」

「彼には母親が必要よ」

「父親も必要だ」

「でも赤ん坊には私のほうが必要よ。とにかくいまはそう。昨日あなたも自分で言ったでしょう、お乳をやるのだけは無理だって」

彼の視線が胸元に落ちた。しかしエスリンはひるまなかった。

「ほかにも方法がある」ルーカスはそっけなく言い、エスリンの手を振りほどこうとする。エスリンは彼の腕にしがみついた。「お願い。あの子がもっと大きくなったら、そしたら……」

「僕は代案を出した。しかし君はそれを蹴《け》ったんだ」

「あなたの言う代案て、結婚のこと？」エスリンは手を離した。我知らず彼にすがりついているのに気づいてはっとした。彼に背を向け、流しの前に行って立った。このことをどうしたら品よく伝えられるだろう。不安に波立つ胸を両腕で抱き、腕をこすった。「結婚なんて論外よ」

「その理由は?」

なんて鈍感な人。エスリンはいらだって歯軋りした。それを私に言わせる気? 憎らしいったらない。「もろもろの理由であなたとは結婚できないの」

「この家や町を離れるのがいやなのか?」

「それも理由の一部よ」

「ほかには?」

「フォトスタジオ」

「君の写真館は二人のスタッフがうまく切り回している。それから?」

「じゃあ、言うわ」エスリンはくるりと体を回してルーカスと向き合った。「あなたと一緒に暮らすこと。それに……それに……」

「僕と寝ることか」

ルーカスが引き取って言った。低くざらりとした声がひどく肉感的だった。エスリンは声に肌をこすられるような気がした。

エスリンは再び彼に背中を向け、がっくりうなだれた。「ええ」

「ということは、我々はいま結婚について話しているんじゃないってことだな。これはセックスの話だ。僕は〝結婚〟という言葉を法手続きの用語に限定して使った。君はもっと踏み込んだ解釈をしたらしいな」

「私は……」

「いいとも。せっかく出た話だ、すべての側面を徹底的に検討しようじゃないか」

ルーカスはエスリンに近づいた。エスリンは彼の熱い息がうなじにかかるより先に彼がそばに来るのを察した。なじるような動きだった。罠《わな》にかけておいて、むさぼり食う前になぶろうとしているような。

「君は僕とセックスをするのが我慢ならない。そうなんだな？」彼はエスリンに腕を回し、胸の下にぴたりとてのひらを当てて彼女を引き寄せた。「あの朝、山の頂では君はなんの異論もないように見えたが」

「やめて」エスリンのかすれた声の抗議はなんの効き目も表さなかった。彼はエスリンの髪に鼻をこすりつけた。彼の口が耳に触れた。

「あの朝僕は何かを見落としたんだろうか？　それとも白人の上流家庭のお嬢さんがやめてと言うのは逆の意味なのかな？」

「だめよ。やめて」エスリンはうめいた。彼の指先が乳首の上をそっと撫でた。乳首が湿る。

「僕には君がイエスと言ったように聞こえたが」

「あれは起こってはいけないことだったのよ」

「どうしたんだ、ミス・アンドリューズ？　あれ以来君はインディアンとのセックスには吐き気でももよおすようになったのか？」

エスリンは彼の腕を振り払い、彼に向き直るなり頬に平手打ちを食らわせた。ばしりという大きな音が部屋に響いた。打ったほうも打たれたほうもその音に驚いた。エスリンがかっとして手を上げたことも驚きだったが。

エスリンは急いで手を引っ込めた。「二度とそんな下品なことを言わないで」怒りに胸を波打たせ、かすれた声で言った。

「ああ、わかった」ルーカスは怒った声で言い、つかつかと前へ踏み出してエスリンをカウンターにとめつけた。「じゃあ、ほかのことをきこう。なぜ君は今日めかし込んでいるんだ？　ブロンドの美人だってことを僕に見せつけたかったのか？　そうすればインディアンが気おくれすると思ったのか？　金髪の女神に結婚してくれと頼むのは身のほど知らずだと、僕が自分の図々《ずうずう》しさに気づいて冷や汗をかくと思ったのか？　それが君の魂胆か？」

「違うわ！」

「それに君はなぜそんないい匂いをさせているんだ？　なぜ食べてしまいたくなるほどすてきに見せようとしたんだ」ルーカスは奥歯を固く噛み締めた。「それで僕に君を欲しがるなというのか？」

彼は喉の奥から突き上げるうめきをこらえられなかった。砕けるほど激しくエスリンを抱き寄せ、彼女の肩のくぼみに顔を埋《うず》めた。胸を彼女の乳房にこすりつけた。愛の行為のパントマイムのように腰を動かした。

その抱擁は数秒しか続かなかった。ルーカスはいきなりエスリンを突き離した。彼は胸をあえがせていた。彼のシャツのボタンがいくつかはずれていた。褐色の顔に赤黒く血がのぼっていた。唖然として見開かれたエスリンの目に、彼はとても粗暴に、とてもセクシーに映った。

「わかったか、ミス・エスリン。僕は欲望を抑えることができる。君が僕を欲しがっているからといって、僕も同じように君を欲しがっているなんていい気な思い込みはするな。君はただ余分の荷物にすぎない。息子のためにしかたなく一緒に連れていくだけだ。僕は息子に乳をやれないからな。トニーに家庭を与えるためなら、君と一緒に暮らすことぐらいは我慢する」ルーカスは髪をかき上げ、何度か大きく息を吸った。「最後にもう一度だけきく。一緒に来るのか来ないのか?」

動転したエスリンが返事はおろか声も出せずにいるところに、玄関の呼び鈴が鳴った。

# 第八章　愛なき結婚

「誰だ？」

「わからないわ」

「客でも来ることになっていたのか？」

「いいえ」

　礼儀正しくしつけられて育ったエスリンは、ちょっと失礼しますと言ってから席を立った。こんな場面で礼儀正しくふるまうのはむしろ滑稽《こっけい》だったかもしれないが。ルーカスをキッチンに残して玄関に向かいながら、エスリンは心ここにあらずだった。いったいどうしたらいいのだろう？

　ドアを開けたエスリンは凍りついたようになった。立ちすくんだまま、こんなに間の悪いことがあるだろうかと偶然を呪《のろ》った。今日は最悪の日だ。

「中に入れてもらえないのかしら？」エレナ・アンドリューズが娘に言った。

「あ……あの……ごめんなさい」エスリンは言葉に詰まりながらわきへしりぞき、両親をリビングルームに通した。

「どうかしたのかね？」父がきく。

「いいえ……ただ……あの……突然なので」エスリンはしどろもどろになった。両親を前にするとお仕置きをされる子供のような心理状態に陥るのだ。認めたくないことだがいつもそうだったし、いまも例外ではない。

「クラブの帰りなの」テニスのラケットを壁に立てかけながらエレナが言う。「通り道だし、思いついてちょっと寄ってみたのよ」

それはありえない。前触れもなく訪れたのには理由があるはずだ。が、気をもむ暇もなく理由はじきに明らかになった。

「テッド・アトリーを覚えているだろう？」父が切り出した。「三、四年前に交響楽団のダンスパーティで会ったはずだ」

「あのとき彼には奥さんがいたんですけれどね」母が代わって言う。

エレナがテッド・アトリーの結婚の失敗と不動産業への投資の成功について長々と話すあいだ、エスリンは両親を客観的に眺めていた。二人とも日に焼け、健康そうで、文句なしに格好がよい。いわゆるアメリカン・ドリームの体現者だ。人も羨《うらや》む暮らしをしている。だが父にしろ母にしろ、生きている喜びを実感したことがあるのだろうか。情熱に身を焼いたことがあるのだろうか。

たしかに、二人はクリスマスの朝カメラの前でにっこりする。母はお葬式に参列してそれらしく涙を流すし、父は国債について息巻いて議論する。けれど二人が一緒に心の底から笑ったり、怒りをぶつけ合ったりするのは見たことがない。型どおりのキスをし、穏やかに腕を叩《たた》いたり背に触れたりするのを目にしたことはあるが、熱いまなざしを交わすところには一度も遭遇したことがない。私はこの二人によってこの世に生を受けた。だがこの二人ほど愛の行為から無縁に思える人間はいない。

「それでだけれど、今度の火曜日に夕食に来てちょうだい」母が言っている。「パティオにテーブルを用意するわ。すてきなドレスを着ていらっしゃい。ベビーシッターを頼むのを忘れずに。例の……その……赤ん坊のために」

「あの子の名前はトニーです」エスリンは言った。「それにベビーシッターを頼む必要はありません。夕食には行きませんから」

「来ない？　なぜだ？」父が不機嫌に顔をしかめる。「おまえがどこの馬の骨の子かわからん男の子供を産んだからといって世間から逃げ隠れて暮らす必要はない」

エスリンは笑った。「それはどうも、お父様。とてもお心が広いのね」

しかし両親に皮肉は通じない。

「私はきまりの悪い思いをしなければならないところへ出ていきたくないの。お父様とお母様は私を男の人に引き合わせようとやっきだし、その人たち、身持ちの悪い女に対して気味の悪いくらい寛大なのよ」

「もういい」父が鋭く言った。

「私たちはあなたによかれと思うことをしているだけよ、あなたは人生をとても面倒なものにしてしまった。お父様と私はなんとかそれを修正してあげたいと手を尽くしているのよ。ですから、あなたも少しは……」

お説教は小さく息をのむ音とともにとぎれ、エレナはさも恐ろしげに、襲撃者から身を守るかのように片手を胸に当てた。ウイラード・アンドリューズは妻の視線を追い、そして彼もまた見るからに愕然《がくぜん》とした表情を浮かべた。振り返らなくてもエスリンには、たいていのことには動じない両親が顔色を変えた理由はわかった。

首を巡らし、思ったとおりルーカス・グレイウルフの姿を認めると、不安と期待が入りまじった感じがエスリンの体中をちくちく刺した。彼を見るたびに体がそんな反応をする。ルーカスは、リビングルームとキッチンのあいだの戸口に堂々と悪びれずに立っていた。灰色の目はまばたきもせずエスリンの両親に注がれ、口は細い線のように固く結ばれている。シャツはウエスト近くまで開き、胸は呼吸しているはずなのに動かない。非常に静かなので、彼の体から目に見えないエネルギーが放射されていなかったならば彫像に間違えられそうだった。

「お母様、お父様、こちらはミスター・グレイウルフ」エスリンは重苦しい沈黙を破って言った。

誰も何も言わない。ルーカスはアンドリューズ夫妻に向かってそっけないながら小さく会釈した。彼がそうしたのは、アリス・グレイウルフが息子にしっかり礼儀作法を叩き込んだからにちがいないとエスリンは思った。ルーカスが彼女の両親に敬意のかけらでも感じているはずはない。

恐慌をきたしたエレナの目には、ルーカスは檻《おり》から逃げ出した虎《とら》のように映ったかもしれない。ウイラードもしばらくは口がきけなかった。

「ルーカス・グレイウルフ？」

「ええ」ルーカスがそっけなく答える。

「君が釈放されたことを朝刊で読んだ」

「まあ」エレナはめまいを起こしたように椅子の背をつかんだ。彼女は青ざめ、インディアンに虐殺される瀬戸際の人間が天に助けを求めるような顔をした。

ウイラードは厳しく問いただす目を娘に向けた。エスリンはいつもの習慣で目を伏せた。

「理解できないのだがね、ミスター・グレイウルフ、君は私の娘の家で何をしているんだ？　ドアを破って侵入したのではないようだが」

エスリンは顔を上げられなかった。ルーカスとの出会いの状況もひどかった。でも、これはもっとひどい。

ルーカスが戸口を離れ、足音をたてずに部屋を横切ってくるのが目の隅に入った。彼はまっすぐにエスリンのところへ来た。彼は手を伸ばしエスリンのあごを人差し指で持ち上げる。母親はまた息をのみ、身をすくめた。

「どうなんだ?」

ルーカスはエスリンに選択権を与えた。だが選択肢は二つにひとつしかない。彼がここにいるわけをエスリンが話すかあるいは彼自身が話すか。エスリンはあごをそらして彼の指から逃れ、当惑しきって見つめている両親の方に向き直った。大きく息を吸い、断崖《だんがい》から飛び込む覚悟で口を開いた。

「ルーカスは……あの……彼はトニーの父親なの」

これ以上重苦しい沈黙はないだろう。自分の心臓の轟《とどろ》きがはっきり聞こえた。父と母は膜でも張ったような目をしていた。これまでどんな場面でも取り乱したところを見せたことがない両親、その二人がいま、浜辺に打ち上げられた死魚のようにうつろな目をみはり、あんぐりと口を開けている。

「それはありえないことよ」エレナがようやくあえぐように言った。

「ルーカスと私は……あの……十カ月ほど前、彼が脱獄したときに会ったの」

「そんな話、信じられませんよ」

「いや、あんたは信じている」ルーカスがひややかに言った。「その狼狽《ろうばい》ぶりが何よりの証拠だ。あんたがたの孫がインディアンの酋長《しゅうちょう》の曾孫《ひまご》でもあると知ってショックだろうな。不愉快きわまりないってわけだ」

「私の妻にそんな口をきくな！」ウイラードは耳障りな声を張り上げ、挑むように一歩前に踏み出した。「なんなら君を逮捕させることも……」

「そんな脅しは引っ込めるんだな、ミスター・アンドリューズ。聞き飽きている。あんたよりずっと金も権力もある連中からさんざん脅されてきたんだ。あんたなど怖くない」

「君はいったい何が望みなんだ？　金か？」

ルーカスの顔が軽蔑《けいべつ》にこわばる。彼はすっくと背筋を伸ばした。「僕が欲しいのは息子だ」

エレナはエスリンに顔を向けた。「あげてしまいなさい」

「なんですって？」エスリンはよろめきあとずさった。「お母様、なんておっしゃったの？」

「彼に赤ん坊をあげなさい。それで片づくじゃないの。それが誰にとっても一番いいことよ」

エスリンはあっけにとられて母を見つめた。それから父を。父は黙っている。母の意見に賛成だということだ。「私にトニーを手放せというの？」それはただ形だけの質問だった。二人の表情から、母が本気で言ったのだとわかっていた。

「今度ばかりは私たちの言うことを聞くんだ、エスリン」ウイラード・アンドリューズは娘の手を取って握り締めた。「これまでもおまえは私たちの気持を逆撫《さかな》でするようなことばかりしてきた。何かといえば世の常識に反するような態度をとり、私たちが賛成しかねることばかりしようとした。しかし今回のはあまりにひどい。おまえは大きな過ちを犯した。いったいどうしてこんな……」さすがに最後まで言うのは憚《はばか》り、彼はルーカスを言外の意のすべてをこめてひややかに一瞥《いちべつ》し、娘の方に向き直った。「起こってしまったことはしかたがない。だがいま赤ん坊を手放さなければこれから一生悔いることになるぞ。ミスター・グレイウルフはおまえよりものがわかっているようだ。子供は彼に任せなさい。なんなら私が月々養育費を……」

エスリンは父に握られていた手を引ったくり、父が悪い病原菌か何かのようにあとずさった。そう、父は病原菌に冒されている。心が冒されているのだ。トニーを渡してしまえですって？　どうしてそんなひどいことが言えるのだろう。トニーに二度と会うななんて。父と母はあの子を乱痴気パーティのあとのごみ屑《くず》か何かのように始末しようとしている。彼女は改めて父と母を見た。この人たちは赤の他人も同然だと思った。この人たちが理解できない。この人たちも私のことが少しもわかっていない。「私はトニーを愛しているわ。何があってもあの子を手放したりはしません」

「エスリン、道理をわきまえるんです」エレナがぴしゃりと言う。「あなたがあの子に愛情を示すのは感心なことだけれど……」

「あんたがたには帰ってもらおう」

ルーカス・グレイウルフの声が響いた。その声もだが、彼の様子はそれに輪をかけて威圧的だった。振り返った三人に彼はのしかかるように詰め寄った。

ウイラードが侮《あなど》りもあらわに鼻を鳴らした。「自分の娘の家から出ていけと命令されるいわれはない。ましてや、イン……いやその、君から命令されるいわれはな。それに、この話し合いには君は関係がない」

「彼も関係があるわ。大いにあるわ」エスリンは反駁《はんばく》した。「彼はトニーの父親です。私がどう決めるかは彼にも重要なことよ」

「この男は犯罪者だぞ！」父が叫んだ。

「あの裁判は間違いよ。彼は濡《ぬ》れ衣《ぎぬ》を被《かぶ》ったんです」ルーカスがさっとこちらを見た。彼を庇《かば》ったことに驚いているらしい。

「法廷はそうは考えなかった。彼はれっきとした前科者なんだ。それに加えて」ウイラードは言った。「彼はインディアンだ」

「トニーもそうだわ」エスリンは敢然として言った。「だからといって私があの子を愛していることに少しも変わりはないわ」

「私たちがあの子を受け入れるなんて期待しないでちょうだい」エレナがひややかに言っ

た。

「それなら、ルーカスが言ったようにお二人には帰っていただいたほうがいいようね」

ウイラード・アンドリューズはいまにも怒りを爆発させそうだった。そんな父を見るのはエスリンは初めてだった。しかし彼は怒りを抑え込み、引きつった声で言った。「もしおまえがこの男と今後かかわりを持ったら、いかなるかかわりにせよ、私は金輪際おまえを援助しないぞ」

「私は一度だって援助をお願いしたことはないわ、お父様」目に涙が込み上げたが、エスリンは堂々と頭を起こしていた。「フォトスタジオの資金は返済しましたし、あのときだって出していただく必要はなかったんです。私にはなんの借りもありません。子供時代の幸福な思い出すらいただきませんでしたから。お父様は私が何かといえば世の常識に反する態度をとったとおっしゃったけれど、それは違うわ。私は本当にそうしたかったんです。でもいつもお父様に思いとどまらせられたわ。人生の大事なことを決めるとき、いつもお父様の言いなりになってきた。これまでずっと。でも、これからは違うわ。お父様とお母様がトニーを孫として受け入れてくださらないのなら、私ももう家族の一員じゃありません」

二人は娘の最後通牒《つうちょう》をひややかに受け流した。彼らは常にそうだった。悲しい出来事があったときも、何かうれしいことがあったときも、常に何もないようなうわべを取り繕うのだ。ウイラードは無言で妻の腕を取り、ドアに向かった。エレナはテニスのラケットを取り上げるあいだだけ足を止めた。そして二人は出ていった。振り返りさえしなかった。

エスリンはしょんぼりと首をたれた。心がよじれる思いで必死にこらえていた涙がとうとうあふれ出て頬を伝った。父と母は私の人生を完全に支配したがり、そうできないと知るとさっさと私を切り捨てた。両親があれほど偏見に凝り固まっているとはただもう驚きだった。自分の孫さえ認めようとしないなんて。苦々しかった。無念で、悲しかった。

けれど彼らがあんなにも心が狭く、あんなにも冷たいのなら、トニーには彼らはいないほうがいい。エスリンはトニーを臆《おく》せずに感情を表せる子に育てたかった。自分には許されなかったことをさせたい。感情豊かに伸び伸びと育ってほしかった。感動に心を震わせてほしい。情熱に身を焼いてほしい。あのとき私と彼が……。

エスリンは振り返り、うしろに静かに立っている男を見た。ルーカス・グレイウルフに捕らわれたときのことが否応《いやおう》なく思い出された。あのとき初めて人生は予測できない相貌《そうぼう》を見せた。あの短いあいだに知った胸の高まりや喜びや悲しみをいまでもはっきりと覚えている。それらはけっして記憶の中でロマンティックに脚色されたものではない。ばら色の思い出ではなかった。むしろその反対だった。けれどあの日々には確かな手応《てごた》えがあった。あのとき初めて、生きていることをありありと実感したのだった。

「どうするつもりだ？」ルーカスがきいた。

「あなたはいまも私と結婚したいと思っているの?」

「息子のためなら」

「あなたはトニーをかわいがってくれるかしら? よい父親になってくれる?」

「それは誓う」

エスリンはもうひとつ、またとなくつらい質問をしなければならなかった。けれど彼女は彼の薄い灰色の目をまっすぐに見て言った。「そして私には? あなたはどんな夫になってくれるの?」

「君は僕の息子の母親だ。それにふさわしい敬意を払って遇するつもりだ」

「あなたは何度も私に脅しをかけたわ。あなたを恐れてびくびくしながら暮らすなんていやよ」

「僕は君にひどいことはしない。祖父ジョセフ・グレイウルフの亡骸《なきがら》にかけて誓う」

なんて異様なプロポーズだろう。エスリンもたいていの女性のように、キャンドルライトや薔薇《ばら》、ワインと静かな音楽、満月と永遠の愛の告白を心のどこかで夢見ていた。彼女は自嘲《じちょう》ぎみに弱々しく微笑した。それもこれも全部望むなんて欲張りよ。

慣れ親しんだあらゆるもの、そして平穏無事な暮らし。私はいまそれらに別れを告げたのだ。それらをドアの向こうに置いて外に踏み出たのだ。もう引き返すことはできない。

ルーカスはトニーを諦《あきら》めるつもりはなく、断固そう宣言している。

トニーだけがかすがいの愛のない結婚。でも、思えばこれまでだって私は誰からも愛されていなかった。だからこれからも愛なしでやっていけるはず。ルーカスとトニーが一緒の暮らしは毎日が判で押したような繰り返しにはならないだろう。少なくともそこには驚きや発見があるだろう。

ルーカスを見上げたとき、エスリンの目にはもう迷いのかけらもなかった。彼女はきっぱりと言った。「いいわ、ルーカス・グレイウルフ。あなたと結婚します」

その言葉どおり彼女は結婚した。二日後の午前九時、四年前にルーカス・グレイウルフが有罪判決を受けたその同じ裁判所で書類にサインをした。

花嫁は赤ん坊を抱いて誓いの言葉を復唱し、ほとんど何ひとつ知らない男と法的に結ばれたのだった。エスリンは服装に迷った末、プリーツスカートとゆったりしたジャケットを組み合わせたピーチ色の麻のスーツを着た。ジャケットの下には、レースのキャミソールが透けて見えるほど薄い象牙《ぞうげ》色のローンのノースリーブ。花嫁衣装にはかなわないとしてもエレガントで女らしい装いだった。

彼女は片側の髪を耳のうしろにかき上げ、父方の祖母の形見であるアンティークの象牙の櫛《くし》でとめた。それが、〝何か古い物をひとつ〟だった。せめて花嫁のしきたりは守りたかったのだ。〝何か青い物をひとつ〟には水色のパンティを選んだ。

ルーカスは黒っぽいズボンにスポーツジャケット、淡い水色のワイシャツに地味なネクタイまで締めて現れ、エスリンを驚かせた。襟足にかかる長さの黒い髪をきちんとオールバックにした彼はとても立派でハンサムだった。彼と並んで歩きながら、自分たちが人目を引くカップルだということに気づいた。裁判所に入っていくとき、いくつもの頭が振り返って二人を見た。

おごそかな誓いの言葉がエスリンの胸に落ちるか落ちないかのうちにセレモニーは終わり、気がつくともう建物を出ようとしていた。判事がこの二人を夫婦とすると告げたとき、ルーカスは形ばかりのキスをした。いま彼はエスリンの肘に軽く手を添え、とめてあったピックアップトラックの方へ導いていく。それは少なく見積もっても十年は乗り回したものだろう。

「君の荷物を積んだら出発だ」

昨日、この儀式をしておこうと言ったのはルーカスだった――判事の部屋で数分過ごしたからといってたいした意味はないが、午前中にすませれば日暮れまでに目的地に着けると。彼は一刻も早く居留地に帰りたがっているのだ。

エスリンの家で、エスリンとトニーが旅に楽な服装に着替えているあいだに、ルーカスは彼女が支度しておいた荷物をピックアップトラックの荷台に積み込んだ。エスリンは最後に部屋から部屋へ家中を見て回ったが、不思議と未練の思いは湧《わ》かなかった。

ここはよい家だった。けれど家庭ではなかった。感傷を誘うものは何もない。ただ、トニーのためにしつらえた子供部屋にだけはうしろ髪を引かれた。その部屋には愛がこもっていたからだ。

すべての部屋の電気を消したことを確認してからリビングルームへ行った。

「忘れた物はないか？」ルーカスがきく。

「ないと思うわ」

彼も服を着替えていた。ワイシャツは同じだが、袖《そで》を肘までたくし上げてあった。ズボンをジーンズに、黒靴を古いブーツにはき替え、頭にバンダナを巻いている。その朝ははずしていたピアスもつけていた。

二人は戸締まりをして家を出た。いずれ不動産を処分するときまで家具はそのままにしておく。エスリンは夫の気持を考え——彼のプライドはこういうことにとくに神経質だったから、自分の車はガレージに残していくことにした。しかし、旅が始まってすぐ、この車の快適さをいやでも思い出さずにはいられなくなった。

「こいつにはエアコンがついていないんだ」ルーカスは言った。車がハイウェイにのると、風がエスリンの髪を目の敵のように吹き乱した。トニーを寝かせたベビーキャリーは二人のあいだのシートにしっかりとめつけてあった。風が当たらないように軽い毛布をかけてある。暑くて窓を開けないではいられない。開けると風との戦いのように顔から髪をかきのけていなくてはならない。エスリンは不平をこぼさなかったが、ルーカスは気づいていた。

「こういうのも面白いわ」エスリンは嘘《うそ》をついた。

「ダッシュボードを開けてごらん」と彼が言う。エスリンは開けた。いろいろな物が入っている。「バンダナがもう一枚あるだろう。それを巻けばいくらかましだ」

エスリンはバンダナを出してきちんと三角にたたみ、さらに折って細くした。それをくるくるとねじってから額のまわりに結んだ。身を乗り出し、バックミラーに映して見る。

「これで正式にインディアン《スコー》の妻になったかしら？」

彼女はルーカスにほほ笑みかけた。ルーカスはどう答えてよいかわからないようだ。だが彼女の青い目がいたずらっぽく光っているのを見て、返事代わりににやりとしようとした。しかし、唇が笑い方を忘れてしまったようになかなか笑えない。やっと微笑が広がり、彼の顔から人を寄せつけない厳しさを拭《ぬぐ》い去った。彼は短く笑い声さえあげた。

そんなことのあと、二人のあいだの緊張はいくらか緩んだ。エスリンは少しずつ彼から話を引き出した。子供時代のエピソードを打ち明け合った。おかしかったことや悲しかったことを。「ある意味で、私もあなたと同じくらい寂しい子供だったの」エスリンは言った。

「君の両親に会ったから信じられるよ」

「私の両親の二人分合わせても、あなたのお母様があなたに注いだ愛情にはとうていかなわないわ」

ルーカスはちらとエスリンを見てうなずいた。

彼は一刻も早く家に着きたがっているようだったが、何か食べたいかとか、喉は渇いていないかとか、止まって休みたいかとか、折あるごとにエスリンにきいた。

「もう少ししたらたぶん」正午を過ぎたころエスリンは言った。「トニーが目を覚ましそう。目を覚ましたらお乳を欲しがるわ」

トニーはベビーキャリーの中で眠っているあいだはまさに天使だった。けれどおなかをすかして目を覚ましたとたん、ひどくむずかりだした。次の町に着くころには、トニーの大きな泣き声がピックアップトラックの運転台がはじけそうに響き渡っていた。

「どこで止まったらいい?」ルーカスがきく。

「走っていてもかまわないわ。飲ませられないことはないし」

「いや、止まったほうが君が楽だ。どこがいいか言ってくれ」

「そう言われても」エスリンは気が気ではなく唇を噛《か》んだ。赤ん坊の泣き声でルーカスをいらだたせたくなかった。彼は父親志願を撤回したくなるかもしれない。こんなやかましい声を毎日聞かされてはたまらないと彼が思ったらどうしよう。

「化粧室は?」メインストリートの町並みに目を走らせながらルーカスが言う。

「こんなに泣いている子を人前に連れていくのは憚られるわ」

ルーカスはしまいにトラックを市営公園に乗り入れ、人気《ひとけ》のない木陰を見つけて止めた。

「ここじゃどう?」

「いいわ」エスリンは手早くブラウスのボタンをはずし、ブラを開いてトニーに乳房を与えた。トニーはぴたりと泣きやんだ。エスリンはふっと大きく息をついて笑った。「こっちまでどうにかなり……」

エスリンは言葉をとぎれさせた。赤ん坊のほてった顔から何気なく目を上げると、そこにその子の父親の顔があった。ルーカスはじっと息子を見ていた。その真剣な表情がエスリンに口をつぐませたのだった。彼はエスリンの視線に気づくと、フロントガラスの向こうへつと目をそらした。

「腹が減ったろう?」

「そうね」

「ドライブスルーの店のハンバーガーなんてどうかな?」

「いいわ。なんでもいいわ」

「トニーが……その……トニーのほうがすんだらすぐに店を見つけよう」

「ええ」

「僕は君を傷つけたか?」

エスリンは顔を上げた。ルーカスはフロントガラスの向こうを見据えたままだ。「いつの話、ルーカス？」

「わかっているはずだ。あの朝さ」

「いいえ」そう答えるエスリンの声は自分の耳にさえ届かないほど小さかった。

ルーカスはハンドルに拳《こぶし》を打ちつけた。片脚をせわしなく揺する。落ち着きなくあたりを見回す。ほかの人がそんな症状を見せたならナーバスになっているのだと判断できる。けれど、彼に限ってそれは考えられない。ルーカス・グレイウルフがナーバスになるなんてことがあるだろうか？

「僕はずっと刑務所に……」

「知っているわ」

「ずっと女っ気なしだった」

「わかっているわ」

「僕は乱暴だった」

「そんな……」

「あとで心配になった。君に痛い思いをさせたり傷を負わせたりしたんじゃないかと。君の胸や……君の」

「いいえ……」

「あのとき君はとても小さかったから……」

「ルーカス、あれはレイプじゃなかったわ」

彼は突然振り向いた。

「君はレイプだと訴えることもできた」

「でもそうじゃなかったわ」

見交わした目にはどちらもが言葉にしたくない思いがずっしり詰まっていた。夏の暑さとは関係のない熱波が押し寄せてきて、エスリンは思わず顔を伏せ目を閉じた。あのときの彼の体をいまでもはっきり感じることができる。

ルーカスは息子がうまそうに乳を吸う音を聞くまいとした。自分がその乳首を吸ったときのことを思い出す。それは固く尖《とが》って燃えていた。舌をそのまわりに這《は》わせ、こすり、ついばみ……。

ちくしょう、そんなことを考えちゃだめだ。熱くなってしまう。

「妊娠に気づいたのはいつ？」しばらくしてから彼はぶっきらぼうにきいた。

「二カ月後くらいかしら」

「つわりが？」

「少し。それより疲れがひどくて、何をするエネルギーもなくなって。それから生理が……」

「ああ、なるほど」

エスリンが優しく赤ん坊を持ち上げ、こんどは反対側の乳房を含ませる。ルーカスは横目でそれを見ていた。彼女は慎み深い。男の前で胸をあらわにするのはさぞいやだろう。だがそう思うそばから、手を伸ばし、ブラウスを広げて自然の業《わざ》のすばらしさをつぶさに見たい衝動に駆られた。彼女の乳房が見たい。触れたい。口に含んで味わいたい。彼は彼女で満たされる――鼻も、喉も、はらわたも。彼女の声が、彼女の姿が、彼女の匂《にお》いが、大水のように彼を浸す。彼はいつまでもそこに浸っていたいと思う。

「大変なことはなかったかい？」

「ええ。ごくふつうの妊娠だったわ」エスリンは微笑した。

「この子はたくさん蹴《け》ったかい？」

「サッカープレイヤーみたいだったわ」

「僕は彼をマラソンランナーだと思いたいな」

二人は目を合わせた。交わした視線は穏やかだった。子供にかける親の夢が二人の心に橋をかけた。

「そうね、長距離走者みたいだったわ」エスリンは優しく言った。「あなたのような」

ルーカスは誇らしさでいっぱいになった。大きな感動が胸に押し寄せ、少しのあいだ息もできないくらいだった。「ありがとう」彼女はなんのこと？　という顔をした。「僕の息子を産んでくれてありがとう」

今度はエスリンの胸がどうしようもなくいっぱいになった。人一倍プライドの高いルーカス・グレイウルフの口からありがとうという言葉が出るなんてよほどのことだ。が、よけいなことを言ってこの瞬間を台なしにしたくなかったのでエスリンはただ黙ってうなずいた。

エスリンは赤ん坊に目を注いだ。授乳がすむとトニーをルーカスの腕に渡し、彼が抱いているあいだに身じまいを直した。ルーカスはおむつを替えるときにも手伝ってくれた。

二人はそれ以上何も言わなかった。語るべきことはもう充分に語った。

「ジーンが来ているな」ルーカスは白い漆喰《しっくい》塗りのこぢんまりとした家の前でピックアップトラックを止めた。フェンスに囲まれた前庭の芝生はきれいに刈り込まれ、ポーチの明かりが温かく迎えるように灯《とも》っていた。玄関に続く小道の両側の花壇には百日草が咲いている。

日はすでにとっぷりと暮れていた。何時間も車を走らせてきた。ルーカスが逃亡したときのように裏道を使うことはなかったが、それでも長く疲れる旅だった。エスリンは疲れきっていた。

「今夜はここに泊まるの?」そうだといいけれどと思いながらエスリンはきいた。

「いや、挨拶《あいさつ》に寄るだけだ。僕の土地に行きたいからね」

彼の土地？　エスリンは彼が土地を持っているとは知らなかった。いまのいままで、弁護士の活動ができないのにどうやって妻子を養うつもりなのか彼に尋ねることすら思いつかなかった。なぜか少しも心配していなかった。グレイウルフの才気と行動力はすでに証明ずみだった。彼は息子を不遇な目に遭わせるようなことはしない。エスリンはそう信じて疑わなかった。

ルーカスが車を回ってきて、降りるエスリンに手を貸した。エスリンはそのとき初めて不安を感じた。もしアリス・グレイウルフやデクスター医師が赤ん坊を見て私の両親と同じ態度を示したら？　私はここではアウトサイダーだ。白人社会の中のルーカスよりもっとアウトサイダーだ。果たして受け入れてもらえるだろうか？

ルーカスはそんな心配はまるで抱いていないようだ。ゆっくりと小道をたどり、ひらりとポーチに跳び上がった。彼が二度ノックすると、ジーン・デクスターがドアを開けた。

「やあ、そろそろ着くころだと思っていた。アリスはもう……」

医師はエスリンの姿を見て歓迎の言葉をとぎれさせた。

「ジーン、ルーカスなの？」家の中からアリスの声がした。「ルーカス？」ジーンのかたわらに立った彼女の顔に笑みが広がる。「ああ、お帰り！　私たち心配していたのよ。なぜまっすぐに帰ってこなかったの？　いままでフェニックスに？」

ルーカスがわきへしりぞいた。アリスはエスリンに気づき、雌鹿《めじか》のようにきれいな目を大きく見開いた。エスリンの腕の中の赤ん坊を見ると、口を小さなOの字にした。「夜の空気はよくないわ。早く中にお入りなさい」

エスリンはアリス・グレイウルフと仲よくやっていけるとその瞬間に直感した。何ひとつ詮索《せんさく》しない。責めも咎《とが》めもしない。さりげなくいたわりを示し、無条件で受け入れてくれた。

ルーカスが網戸を支えてくれる。エスリンはトニーを抱いてリビングルームに入った。そこはさっぱりとして、簡素だがよい趣味でしつらえられていた。

「母さん、ジーン、エスリンのことを覚えているでしょう」

「もちろんだ」と、ジーンが言った。

「こんばんは」

アリスはほほ笑み、少しはにかみながらきいた。「赤ちゃんを見せてもらえる?」

エスリンは赤ん坊の顔がよく見えるように抱き直した。アリスが小さく声をもらす。赤ん坊の黒い髪を撫でながらアリスは涙ぐんだ。「ルーカス」彼女はそっと呼んだ。

「アンソニー・ジョセフ」ルーカスが誇らしげに訂正する。「僕の息子です」

「ええ、ひと目見てわかったわ」アリスは小さな白い歯で唇を噛んで泣き笑いをこらえた。「この子はあなたにそっくり。ジーン、見てごらんなさい、すてきな坊やじゃない? アンソニー・ジョセフ。父の名から……」彼女は涙できらきらした目をエスリンに向けた。

「ありがとう」

「私……あの、私たちはこの子をトニーと呼んでいます。抱いてごらんになります？」

アリスはほんの少しためらっただけですぐに腕を差し出した。長年の診療所の手伝いで新生児を扱い慣れているはずの彼女だが、トニーを壊れやすい磁器か何かのようにこわごわ抱き取った。ソファに抱いていくあいだも片ときも目を離さず、腰を下ろすと小声でナバホの子守歌を歌った。

「さてさて、私がホストだったな」ジーンはエアコンを効かせていることをようやく思い出し、ドアを閉めた。「エスリン、奥に入ってかけたまえ」彼はリビングルームの方へ大きく腕を伸ばした。

「僕らは今日結婚しました」ルーカスは反対されるのを見越したようにぶっきらぼうに言った。

「ほう……それはそれは」ジーンの口調はなんとも言いようがないという感じだった。

気まずい状況が生まれそうな気配になったところにアリスが口をはさんだ。「さあさあ、あなたたちも座って。すぐに食事の用意をするわ。でももう少しトニーをだっこさせてちょうだい」

「母さん、そんな手間をかけないでください。僕らはちょっと寄っただけですから」

「もう行くつもり？　着いたばかりなのに」

「なるべく早く向こうに着きたいんです」

アリスは唖然《あぜん》とした顔で息子を見た。「向こうってトレーラーハウスのことを言っているの？」

「ええ」

「エスリンとトニーを連れて？」

「もちろん」

「それはむちゃよ。トレーラーハウスは狭すぎるわ。長いこと掃除もしていないし、それに……」

「アリス」ジーンが穏やかにたしなめた。

アリスは打たれたように口をつぐみ、ルーカスとエスリンを心配そうに見比べた。「よけいなお節介だったわね。でも、向こうへ行く前にせめて二、三日、ここに泊まってほしいと思ったの」

ルーカスはエスリンを見た。彼女はそれについて何も意見を言わなかった。けっして言わないだろうと彼は思った。まったく彼女は勇気がある。度胸が座っている。必要とあれば断固として揺るがない。彼は出会った最初から彼女のそんなところが好きだった。だが彼女の目の下にはくまができ、疲れで背中がまるくなっている。「それじゃ、ひと晩だけ」

彼は言い、そんな譲歩をした自分に驚いた。

「よかった。うれしいわ」アリスが言った。「エスリン、赤ちゃんを受け取って。今夜こそルーカスが帰ってくると思ってさっきからお料理を温めていたの」

「お手伝いします」エスリンは言った。

「そんなことといいのよ」

「でもしたいんです」

ジーンとルーカスは女性たちのあとについてキッチンに行った。ドアのところでルーカスはジーンの腕を取ってささやいた。「今夜先生をベッドから追い出すことにならないかな？」

「あいにくそうはならないんだよ」ジーンが残念そうに言う。

「まだ？」

医師は悲しげに頭を振った。「ああ、まだ。君のお母さんは類《たぐ》いまれな女性だ。私の妻になってくれるまで私は諦めないよ」

ルーカスは彼の肩を叩いて励ました。「よかった。母にとってあなたは必要な人だ」

僕もなんて類いまれな女性と結婚したんだろう。ルーカスはそう思いながらキッチンに入り、エスリンに目をやった。

彼女は彼の視線を捕らえ、少し恥ずかしげに見返した。それはごくふつうの夫婦のシーンのはずだったが、まだそうはいかなかった。妻という新しい立場に慣れるにはまだ時間がかかりそうだ。だがルーカスが来て隣に座ると、エスリンはうれしさで胸がいっぱいになった。

「ルーカス、赤ちゃんのことをなぜ私に黙っていたの？」

三十分ほどあとで、夕食の食器を流しに下げながらアリスがきいた。

会話がとぎれ、居心地の悪い沈黙が流れた。

エスリンはたまりかねて口を開いた。「彼は知らなかったんです。三日前に私の家に来て、そのとき初めて。彼は私が告訴しなかったことにお礼を言いに来たんです」ルーカスの母のびっくりした視線を受け止めようとしたが、その勇気がなく、目を伏せた。

「僕が強引に結婚を迫ったんだ」ルーカスがいつもながらの率直さで言う。「承知しなければトニーを奪うと脅してね」

ジーンは居心地悪げに椅子の中で体を動かした。アリスはショックを隠そうとするように口に手を当てたが、ひと呼吸して言った。「エスリン、あなたが義理の娘になってくれてとてもうれしいわ」

「ありがとうございます」エスリンは微笑を返した。アリスもジーン・デクスターも好奇心をつのらせているはずだ。が、何ひとつ詮索しない心づかいが身にしみてうれしかった。

「長旅で疲れたでしょう」アリスが優しく言った。「そろそろやすむ支度をしましょうか？ エスリン、あなたは私の部屋で眠るといいわ」

「いや」ルーカスのひとことがみんなの腰を椅子に釘《くぎ》づけにした。「エスリンは僕の妻だ。彼女は僕と寝る」

# 第九章　インディアンの地へ

ばつの悪い沈黙が流れた。ジーンはもぞもぞしながらコーヒーカップの中をのぞき込む。アリスは両手に目を落とし、表面上はともかくとしても、当惑していた。エスリンの目は赤ん坊の頭を見つめたまま動かず、頬が熱く染まってくる。大胆な発言をした本人のルーカスだけが何事もなかったような顔をしていた。

「トラックから降ろしてくる物は?」彼は音をたてて椅子を引き、立ち上がった。

「小さいほうのスーツケースとトニーのバッグを」エスリンは蚊の鳴くような声で言った。「母さん、引き出しか何かでトニーの寝床をこしらえてもらえますか?」

「もちろんよ。さあいらっしゃい、エスリン」アリスはエスリンの肩に手を置いた。「トニーを寝かせてあげましょう」

「私はルーカスを手伝おう」ジーンは何かしらすることができてほっとしたようだ。彼はルーカスのあとからキッチンを出ていった。

アリスがエスリンを案内した部屋は狭かった。昔風の鏡台とスツール、たんすとベッドサイドテーブルとダブルベッドがようやくおさまっている。

「たんすは空よ」アリスは引き出しのひとつを引き抜いて言った。「父が亡くなったあと、全部整理してしまったの」

「あのときは……あの……お悔やみも言わず」

「いいのよ。父は高齢だったし、病院や療養施設でぐずぐず生き長らえるのを嫌っていたわ。だから望みどおりの最期だったのよ。さてと、これでどうかしら？」

話しながらアリスは幾重にも折りたたんだふとんを引き出しに敷き詰め、ふかふかした寝床をしつらえた。

「ええ、充分間に合います。あと一、二カ月経《た》ったら回りを蹴《け》って壊しちゃうでしょうけど」エスリンは赤ん坊を優しく抱き締め、額にくちづけした。

「そのころまでにはちゃんとしたベビーベッドを買うわ。トニーをちょくちょく見せに連れてきてほしいの」

「ルーカスと私のこと、かまわないのですか？」エスリンははにかみながらアリスと目を合わせた。

「それはたぶん私があなたに尋ねるべきことだわ。あなたはルーカスとのこと、かまわないの？」

「最初はとても迷いました。悩みました。でもいまはわからないんです、自分の気持が」

エスリンは正直に打ち明けた。「私たち互いのことを何も知らないも同然ですし。でもトニーを愛していることは同じです。トニーをよい環境で育てることが私たちにとって一番大事なことなんです。ですから、それを絆《きずな》にやっていけるのではないかと」

「牧場の暮らしは、これまであなたが慣れ親しんできた暮らしとは天と地ほど違うわ」

「これまでの暮らしにはうんざりしていたんです。ルーカスに出会うずっと前から」

「楽じゃなくてよ、エスリン。きつい暮らしよ」

「やりがいのあることで楽なことなどありません」

二人の女は見つめ合った。年若いほうは決意に満ち、もう一人は危惧《きぐ》しながら。やがてアリスが穏やかに言った。「ベッドを整えましょうか」

清潔なシーツできちんと整えられたベッドはいかにも小さく見えた。ここにルーカスと一緒に寝るのかしらと、エスリンはひどく落ち着かなくなった。さっき彼はトラックから降ろした荷物を置くとすぐに出ていった。ジーンと話している声がリビングルームから聞こえる。

「私もそろそろ向こうへ行くわ。あなたをゆっくり休ませてあげなくてはね。それにジーンに特別のおやすみを言ってあげないと、彼、トニーのせいで見捨てられたと思うかもしれないわ」アリスは身をかがめ、間に合わせのベッドに機嫌よく入っている赤ん坊にキスをした。そして、出ていく前にエスリンの手を取った。「あなたを家族に迎えられてとてもうれしいわ」

「私が白人でも？」

「息子と違って私は、ごく少数の人たちがしたことですべての人に恨みをいだいたりはしないわ」

エスリンは義母となった人の頬にキスをした。「おやすみなさい、アリス。トニーや私に親切にしてくださってありがとう」

アリスが出ていくとエスリンは赤ん坊にお乳を与えた。ルーカスの眠りを妨げずに朝までおとなしく眠ってほしいと思い、ルーカスが来る前に授乳を終えたかったので、赤ん坊を少しせかした。昼のような、トラックの中でのようなシーンを繰り返したくなかった。

家にはバスルームがひとつしかなかった。それは廊下を出た寝室と寝室のあいだにあった。エスリンはトニーを寝かしつけるとすぐにシャワーと洗面をすませた。そして寝室へ戻ると、服を脱ぐ以外にはすることがなくなった。

今夜はいわば結婚初夜。けれど彼女がスーツケースから取り出した夜着は花嫁の床にふさわしくなかった。ふた夏着たそのナイトウエアは柔らかく薄地で明かりに肌が透けもしたが、まるい襟ぐりは伸縮レースで縁取りされ、どう見てもセクシーではなかった。おとなしすぎて、どちらかと言うと野暮ったい。

鏡台の前で腕にローションを塗っているとルーカスが入ってきた。エスリンは瓶を取り落としそうになった。ローションで手がすべったのよ、ルーカス・グレイウルフと二人きりの夜が待っているからではないわと自分に言い聞かせる。

鏡の中でエスリンが夫ではなく自分を見ていたなら、はっと大きく目が見開かれたのがわかったろう。そんな彼女はとても若く清純に見えた。けれど肩に波打つ髪は女らしく、なまめかしく男心を誘う。唇は自然のままの薔薇《ばら》色で、しっとりと柔らかに輝いている。ナイトウエアはどことなし少女っぽい。それら全部が花婿の目にはセクシーに映った。

ベッドサイドのスタンドの明かりは小さくしてあった。ルーカスの影法師が小さい真四角な部屋の壁や天井に大きく恐ろしげに動く。

「トニーはもう眠ったかい？」シャツのボタンをはずしながら彼がきく。

「ええ。引き出しの寝床でも平気で、すやすやと」

エスリンは鏡の中のルーカスを見た。彼は目を細めてベッドのそばの床に置いた引き出しの上にかがみ込む。息子を見守る彼の顔のなんて優しいこと。エスリンは胸を締めつけられた。もしあんなふうに優しくされたら、女はたちまち恋をしてしまうだろう。

理性がエスリンの心を引き戻した。男は女にあれほどの優しさをいだきはしない。ルーカス・グレイウルフにそれを求めるのは無理な注文。つまらない空想を払いのけるようにヘアブラシを取り上げ、すでに生き生きと輝いている髪にまたブラシを当てた。

ルーカスはベッドの端に座り、ブーツを引っ張って脱ぎ、床に落とした。「ジーンが言っていたよ。僕らが結婚してくれてよかったたってね」

　自分からおしゃべりを切り出すなんてルーカスらしくない。エスリンは驚いて腕を下ろし、鏡の中の彼を見た。「なぜ？」

　彼はくすくす笑った。それも珍しいことだ。「彼は昔から母と結婚したがっていてね、僕が出獄したら結婚するという約束をもらったそうだ」ルーカスは立ち上がってベルトをはずす。「僕らが結婚したのが切り札ってわけさ。母には先延ばしにする言い訳が何もなくなった」

「彼はとても優しい人みたいだわ。そんな人とならお母様は喜んで結婚なさるんじゃない？」

「君の夫とは大違いってわけだ」

　エスリンはヘアブラシを置き、鏡の中でルーカスと目を合わせた。「そんなつもりで言ったんじゃないわ」

「君がどんなつもりだろうとかまわない。僕はもう君の夫だ」

　エスリンは込み上げる不安をのみ下した。彼がぶらりと近寄ってくる。雌の匂《にお》いに引き寄せられる獣の雄のように。彼はジーンズのボタンをはずす。エスリンの目は開いたV字の奥に吸い寄せられた。心臓がどきんと鳴った。

　鈍い明かりに照らされた彼の肌は濃い赤銅色だった。とりわけお臍《へそ》のまわりあたりで黒い体毛の縁が金色に光っている。高い頬骨が頬を陰らせ、その頬骨の上に長いまつげが縞《しま》模様の影を落としていた。

灰色の目がエスリンを眺め回す。その視線はエスリンの皮膚組織を貫き、肉の下まで突き通すようだ。彼の目は熱い。その目の熱さに焦がされながら、エスリンは身震いした。

「ルーカス?」

「美しい髪だ」

ルーカスはエスリンのうしろに立った。彼の腰の位置に彼女の肩がある。彼の褐色の腹部をバックにエスリンの金髪が清らかに輝く。ひと握り肩からすくうと、それは黄金の糸束のように彼の手の中で柔らかく波打った。彼はそれをもてあそぶようにゆっくりと指のあいだにすべらせた。

エスリンは魅せられたように鏡の中を見ていた。が、すぐに自分自身に起こっていることを断固、第三者の目で見ようとした。ほかの誰かの身に起こっていることだと思おうとした。それがいまを切り抜ける唯一の道だった。

そうでなければ、彼がひとつかみの彼女の髪を石けんを泡立てるように、輪を描くように腹部にこすりつけたとき、心臓が体から飛び出してしまっただろう。

そんなエロティックなシーンに自分がかかわっていることを認めでもしたら、首を巡らして彼の下腹にキスをしてしまいそうだ。唇をお臍のスリットのまわりに這《は》わせ、もっと下の、はだけられたジーンズの奥の真っ黒な毛が扇形に広がっているところまで探ってしまいそうだ。その毛を子猫がするようになめて湿らせるかもしれない。

ルーカスは彼女の髪をはらりと落とし、両手でゆるく彼女の首を包み込んだ。つまびくように指を動かす。「なぜ君の白い肌にひかれるんだろう」腹立たしそうにつぶやく。「憎むのが本当なのにな」

彼の指の腹が彼女の耳たぶをそっとこすり、親指と人差し指にはさんで軽くつねる。エスリンは小さくあえいだ。意思とは無関係に喉がのけぞり、頭が彼の下腹に触れた。意思とは無関係に頭が右に左に動く。エスリンは自分の髪が彼の黒い肌を柔らかくこするのをじっと眺めながら、この二人はとても美しいと思った。

彼の両手が肩をたどってナイトウエアの伸縮レースの下にすべり込む。彼女は半ば閉じていた目を開き、鏡の中で彼と目を合わせた。

「僕のこの手が君に触れているところを見たい」彼は言った。

大きく強くしなやかな彼の両手が胸の方へ動くのを、エスリンは催眠術にかかったようにただじっと見ていた。その手がさらに下に伸びナイトウエアを押し下げたときにも、彼女の唇は抗議の声をもらしはしなかった。彼のてのひらが胸をすべり下りると、息が激しく肺に流れ込んだ。彼は両手で乳房を包み込み、圧迫する。

彼女の体は応《こた》えた。

彼は重たい乳房の下に手を入れて持ち上げ、その頂を親指で軽くひと撫《な》でした。彼女がうめく。のけぞった頭が、荒い呼吸に波打つ彼の下腹に強くこすれた。

二人の目は一瞬も鏡からそれなかった。二対の目は、いかにも男らしい大きな手とベルベットのような柔らかな肌との触れ合いに魅入られていた。彼はどのくらいの刺激が一番効くか知っていた。彼の指は乳房の黒ずんだ頂にそっとたわむれ、ついに頂は熱く疼《うず》きだした。

彼女の体の奥で、別の疼きがしだいに耐えがたいものになってくる。体の芯《しん》が熱く重くずきんずきんしていた。その疼きを癒《いや》せるのはただひとつ……。

それはできないこと。

エスリンははっと我に返り、ルーカスの手を払いのけた。はじかれたようにスツールから立ち上がり、ナイトウエアを胸の上に引き上げながら彼の方に向き直った。「だめよ」

彼の喉から声がもれた。獲物に襲いかかる山猫のうなりのような声だ。彼はエスリンの腕をつかんで荒々しく引き寄せた。「君は僕の妻だ」

「でもあなたの所有物ではないわ」エスリンは激しく言った。「放してちょうだい」

「僕には夫の権利がある」

彼は両手をエスリンの髪にくぐらせ、指で頭を締めつけながら彼女の顔を自分の顔の下に引き寄せた。押しのけようと、エスリンは反射的に両手で彼を突いた。その手は彼の腕のつけ根のすぐ下に届いた。そこは熱くなめらかだった。とても固い筋肉が触れてくれ称賛してくれと誘う。彼女はそこに歯を立てたい衝動に駆られた。心が危うく揺らぐ。でも、それはいけない。私たちは夫婦よ。ええ、そう。結婚した以上、体の関係があって当然のはずよ。ええ、そうだわ。でも、それは愛があってこそでしょう？　もし愛が望むべくもないとしたって、せめて尊敬し合う気持ぐらいなくては。ルーカスは私を軽蔑《けいべつ》している。私が白人でしかも裕福な家の出だからだ。私は単なる欲望の受け皿になるのはまっぴら。

　こういった理由が彼を思いとどまらせるのに不十分なら、もうひとつ方法がある。いまだから都合よく使える言い訳がある。一番効き目のある手だからそれを使おう。

彼に唇を奪われる寸前、エスリンは言った。「ルーカス、考えてみてちょうだい！　トニーは生まれてようやく一カ月なのよ」彼は動きを止めた。灰色の目が納得できないと言っている。エスリンは急いで続けた。「今日あなたは私を傷つけたかどうかきいたわね？　私は傷つけなかったと答えたわ。それは本当よ。でも、もしいまあなたが……私たちが……あの……こういうことをしたら、あなたは私を傷つけることになるわ。私、まだ完全にもとの体じゃないの」

　ルーカスが顔を見下ろす。彼の荒く熱い息が頬にかかる。やがて彼はエスリンが言ったことをのみ込んだのか、彼女の体を眺め下ろした。

手が緩み、ルーカスはエスリンを放した。エスリンは神経質に唇に舌を這わせた。

「そんなことをするな」彼は低くうなり、髪をかき上げて両手で顔を覆った。眼窩《がんか》をきつく押さえる。それからゆっくり頬を伝わせて手を下ろした。「ベッドに入れ」

エスリンは何も言い返さなかった。トニーがすやすや眠っているのを確かめ、アリスの、日光の匂いのするシーツのあいだにすべり込んだ。軽い毛布が欲しいくらいエアコンが効いている。

目を閉じた。ルーカスがむしり取るようにジーンズを脱いでいるのがわかる。エスリンはまつげの隙間《すきま》から彼の裸を見た。長い腕と脚。広い胸。たくましい腿の間の黒い茂み。そして勃起した男性器。じきに彼がスタンドを消し、部屋は真っ暗になった。

並んで横たわりながら、エスリンの頭はルーカスが素裸だということ、彼が固くなっているということでいっぱいだった。規則正しい彼の息づかいが神経を刺激する。けれど静めてもくれる。エスリンは身じろぎもせずにいた。やがて彼がごろりと動いた。背中を向けたのだとわかった。

エスリンはようやくほっと体の力を抜き、やがて眠りに落ちた。

薄く開いた目にピンク色を帯びた灰色の夜明けの光が映った。エスリンの乳房は固く張っていた。トニーは夜中に一度もお乳を欲しがらなかったからじきに目を覚ますだろう。

そうだといいが。張ったお乳が疼いて目を覚ましてしまったのだ。

もう少しまぶたを上げ、ルーカスが寄り添わんばかりの近さにいたのでどきりとした。鼻のすぐ先に彼の胸がある。縮れた毛を一本一本数えられそうだ。あご鬚《ひげ》と胸毛をルーカスに与えた彼の父の白人の血をひそかに喜んだ。

上掛けは腰のところまで折り返されている。くしゃくしゃになった白いシーツの下の褐色のなめらかな肌にふと触れてみたくなった。彼の胴のくぼみに手を置きたいと思った。だがむろん、そんなことはしなかった。

じっと横たわったまま、エスリンは彼の喉から誇り高いあごの線へと目を這わせた。彼の唇は少し厳《いかめ》しいが美しい形をしている。高くまっすぐな鼻。アパッチの人たちに多い幅広で平たい鼻ではなかった。その点でも彼の父に感謝した。

彼の目のところまで視線を上げて、エスリンは小さく息をのんだ。彼がじっと見つめていたからだ。雪のように白い枕《まくら》カバーの上の彼の髪がひときわ黒く見える。「目を開けて何をしているの？」

「習慣さ」

ルーカスが片手を上げた。エスリンはびくっと体を動かしそうになるのをやっとこらえた。彼は彼女の頬にかかる髪をひと房つまみ、しげしげと眺めながら指の間でこすった。しばらくそうしたあとで、なげやりにそれを枕の上に落とした。「しかし、目を開けたとき横に女が寝てるなんてことは久しくなかったな。君はいい匂いだ」

「ありがとう」

ほかの男ならきっとこう言うだろう。〝君がつけているのはなんて香水？〟あるいは、〝君のすてきな香りが好きだよ〟けれど私の夫は無口で、お上手など言わず、言いたいことだけをずばりと言う。〝君はいい匂いだ〟エスリンはその飾らない賛辞を大事に胸に刻んだ。

彼が触れた。その手がためらいがちに動く。初めて客間に入るのを許された子供が、好奇心を抑えつけながらあたりの物におそるおそる触れるように。眉、鼻、口。彼は指に触れたものをじっと見た。

彼の手が撫でる。喉から胸へ胸から喉へ。「なんて柔らかなんだ」彼は肌の手触りに驚いたように、また不思議そうに言う。

彼の手がさっと上掛けを剥《は》いだ。エスリンは身じろぎひとつしなかった。ナイトウエアが引き下ろされたときにも。彼は夫。夫を拒み続けるのは無理というものだ。それに――拒みたくない。本当は少しも拒みたくないのだ。

彼は手荒いことはしない。彼が本当に乱暴な男なら、いままでいくらでもひどいことをしただろう。エスリンは腕を切り裂いたとき手当てしてくれたルーカスの優しさを思い出した。彼は傷つけるようなことはけっしてしないと誓った。エスリンはその言葉を信じていた。だから彼のむさぼるような目が乳房に注がれても、彼の指が静脈の上をなぞりながら乳首の方へ動いていっても、静かにじっとしていた。ルーカスのあごの筋肉が引き締まる。彼はまっすぐにエスリンを見た。ほんの一秒。それから身を乗り出し彼女の喉に開いた口を押しつけた。彼は低くうめきながら少しずつ体を寄せる。やがて二人の胸が合わさった。

彼の唇が肌をすべり、歯が軽く小さく噛《か》んだ。エスリンは彼の舌を感じた。柔らかく、温かく濡《ぬ》れている。彼の髪に手を入れて頭を引き寄せたいのを必死に我慢した。満足させてあげられないのに煽《あお》るのは残酷だ。

彼の口が下の方へ動いていく。エスリンの肌を湿らせ、優しく噛みながら。彼は少し頭を起こして豊かに張った乳房を見下ろした。「お乳が出るかな？　もし僕が……？」

エスリンはうなずいた。

ルーカスの口が物欲しげにひくりとした。彼は体をそらして離し、そのポーズをほんの一瞬保ってからナイトウエアをずっと下へ引き下ろした。

彼の目は彼女の下腹部に吸い寄せられた。金色の雲のようなひとむらの毛に触れる。彼の息づかいは重くなる。早くなる。上掛けははねのけられていたので、彼が熱く立つのを隠すものは何もなかった。

ルーカスはエスリンの手首を強くつかんだ。突然だったので彼女は驚いて見上げた。どうしたのと、目で問いかける。

「君は僕の妻だ」彼はかすれた声で言った。「いやだとは言わせないぞ」

何をするつもりなのかエスリンがのみ込まないうちにルーカスは彼女の手を引き下ろした。固いものの上にその手を開かせた。握らせた。抗議の声をあげようとする彼女の口を口で封じ、舌を深く押し込んで満たした。

彼女を仰向けにし脚を開かせる。彼らの手は絡まり合ったまま体のあいだに閉じこめられ、彼女のくぼみに押しつけられ、彼自身をこすった。彼の手が動きを導く。しっかりと手を添えて彼女のてのひらにしごかせる。

それから身も心も魂もはじけ飛びそうなことが起こり、二人ともその激しさに体を震わせた。

それはとても長いあいだ続いた。

ついに彼は息絶えそうに呼吸しながら頭をエスリンの胸に埋《うず》めた。彼の手は無我夢中でエスリンの髪をかき回す。すぐそこにありながらどうしても捕らえられないものを、するりと逃げてしまうものを必死でつかもうとするかのように。

次の瞬間、彼はいきなり体を回してベッドから出た。ぎくしゃくした動作で手当たりしだいに着るものを拾い上げ、怒っているように乱暴に身に着けた。足をブーツに突っ込み、ちらと振り返ることもせずドアを開けて出ていった。

エスリンはうろたえた。心がしぼんだ。横たわったまま彼が出ていったドアを見つめた。終わったあと彼が一瞥《いちべつ》もしてくれなかったのが悲しかった。あれはとてもすてきだった。彼の口が優しくなり、舌が乱暴な攻撃をやめるころには、彼はもう無理強いする必要はなかった。けれど彼がそれに気づいてくれたかどうかはわからない。

あまりにも激しかった行為がエスリンの体に消え入りそうな疲れと震えを残した。彼には怒りを残した。彼は恥ずかしかったのだろうか？　きまりが悪かったのだろうか？　それとも嫌悪を感じたのかもしれない。自分に、あるいは私に。

それとも、ルーカスにもあれはこなごなになるほどの衝撃だったのかしら？　感情の高まりをどう処理してよいかわからなくなったのだろうか？

彼も私も感情を押し込めることで子供時代を切り抜けた。私は両親から感情を抑えることを仕込まれた。嘲《あざけ》りやいじめの的にされてきたルーカスは傷つくまいとひたすら心をガードしてきた。彼は優しさや愛情をどう表現したらよいのかわからないのだ。ましてやその受け入れ方も。

そのとき、エスリンは知った。ルーカス・グレイウルフを愛している。

なんとか彼にこの愛をわかってもらおう。わからせよう。たとえ死ぬまでかかったとしても。

それはたやすいことではなさそうだった。三十分ほどしてキッチンに入っていったエスリンは痛感した。ルーカスはコーヒーを飲み、重ねたパンケーキの山を平らげながらアリスと話していた。彼はエスリンを完全に黙殺した。

エスリンの目はついつい彼を見つめてしまうのに、ルーカスのほうはその視線を避けようとやっきになっていた。愛に目覚めたエスリンの心は熱く波立っているのに、彼の目には嵐《あらし》の空のように暗雲が渦巻いていた。朝食のあいだも、アリスの家を発《た》つときも、牧場に向かってトラックを走らせながらも、ルーカスは黙りこくっていた。

心を差し出そうとするエスリン、かたくなに心を閉ざしたルーカス。エスリンが何か尋ねたときだけ、彼は短くそっけない返事をする。話の水をいろいろと向けてみても、いつものすげない返事で行き止まりだった。それでもエスリンはむさぼるように彼を見てしまう。けれど彼はけして目を合わせようとしなかった。

ベビーキャリーの中で眠っているトニーを真ん中にはさんで何キロも走ったあとで、不意にルーカスが顔を振り向けてきいた。「いったい何を見てる?」

「あなたをよ」

「見るな」

「見られると不安なの?」

「見られるのは嫌いなんだ」

「ほかに見るものがないんですもの」

「景色を見ろ」

「耳にピアスをしたのはいつ？」

「ずっと前」

「なぜ？」

「したかったからさ」

「それ好きよ。あなたがしていると」

ルーカスの目がまたちらと路面から離れた。「僕がしていると？」彼はふんと鼻を鳴らした。「つまり、インディアンなら男でもピアスをしても大目に見るってわけだな」

エスリンは反駁《はんばく》をのみ込んだ。言い返す代わりに静かに言った。「そうじゃないの。あなたにとてもすてきに似合っていると言いたかったのよ」

ルーカスの険しい顔が一瞬だけ緩んだ。彼はまた二車線のハイウェイに注意を集中する。ホワイト・マウンテンズの丘陵地へ向かうハイウェイだ。

「私もピアスしているの。私たち耳飾りを借りたり貸したりできるわね」

エスリンは笑いを誘おうとしたのだが失敗に終わった。聞こえたのか聞こえなかったのか、ルーカスはうんともすんとも言わない。完全に私を無視するつもりなのだわとエスリンは思った。けれど、一、二分してから彼が言った。

「僕はこれしかつけない」

「その耳飾りには何か特別な意味があるの？」

「祖父が作った」

「ジョセフ・グレイウルフは銀細工師だったの？」

「彼のいくつかの才能のうちのひとつにすぎない」彼の口調は剣の切っ先を突きつけて挑《いど》むも同然だった。「一人のインディアンがいくつもの才能を持っているなんて、君にはとうてい信じられないだろうな」

エスリンは言い返したいのを再び我慢した。今度のほうがずっと難しかったが、むらむらする胸をなんとか抑えた。エスリンにはわかっていた。ルーカスが不機嫌なのは、今朝のベッドでの出来事に屈辱を感じているからなのだ。

彼はエスリンに弱みを見せてしまった。それがルーカスには我慢ならないのだ。何事にも動じないように見える彼だが、ひと皮剥《む》いたその下のルーカス・グレイウルフはとても感じやすく傷つきやすい。彼も人並みに愛を必要としている。愛を求めている。ただ、彼はそれを誰にも知られたくないのだ。

身を守ろうとして敵意を剥き出す。彼は酷なまでに自分を責め続けてきた。私生児であることを、十代の母につらい思いをさせたことを、インディアンとして生まれたことさえも。あまりにも自分に苛酷《かこく》で、そのために犯してもいない罪を被《かぶ》って刑務所にまで入った。

エスリンは彼が心の底に押しこめている傷のひとつひとつを愛で癒したかった。きっと癒してみせようと思った。彼の心が癒されるまで、エスリンの心にも平安はないのだ。

「土地を持っているなんて言わなかったわね。ええ、わかっているわ、わかっているわ」エスリンは両手を上げて機先を制した。「私がきかなかったからね。何か知るためには、私はこれからもいつもあなたに質問するしかないわけね？」

「君が知っておくべきだと思うことは話す」

エスリンはあっけにとられた。男性優越主義もいいところだ。「女はただ見られていればいい、ものは言うな。それがあなたの考え？」彼女は声を荒らげた。「だとしたら考えを改めることね、ミスター・グレイウルフ。なぜならミセス・グレイウルフは夫を同等のパートナーと考えているからよ。それが気に食わないなら、あなたはミズ・アンドリューズに結婚を迫るべきではなかったのよ。早計だったわね」

ハンドルを握るルーカスの手がこわばった。「何が知りたいんだ？」彼はとがった声で言った。

エスリンはいくらか気持を和らげ、シートに背をもたせかけた。「それはジョセフ・グレイウルフから相続した土地？」

「ああ」

「あそこ？　いつか私たちが行った……？」

「あの小屋のことを言ってるのか？　そう。あれはあの尾根の向こうにあった」

「あった？」

「あの小屋は燃やしてもらった」

エスリンはびっくりし、しばらくは言葉もなかったが、やがてきいた。「あなたの牧場はどのくらいの規模なの？」

「君のその質問の意味が、我々は金持かってことなら違うな」ルーカスは半分気を悪くしたように、半分嘲るように言った。

「そんなことききいていないわ。土地の面積を尋ねたのよ」

彼は数字を言い、エスリンは驚いた。

「詐欺師たちが祖父からだまし取った残りさ。祖父の土地でウラニウムが出たんだが、祖父はまったくその利益にあずかることがなかった」

インディアンが搾取されているという議論にならないうちに、その議論ならすでに彼の側に立っていたので、エスリンは別の質問をした。「なんの牧場？　牛？」

「馬だ」

エスリンは少しのあいだ考え込んだ。「わからないわ、ルーカス。あなたのお祖父様《じい》がそんなに広い土地や馬の群れを所有していたのなら、なぜ貧困の中で亡くなったの？」

その質問はルーカスの胸にびんと響いたらしい。彼は落ち着かなげな視線をエスリンに投げた。「祖父は非常に誇り高い男だった。彼は物事のすべてを伝統にのっとって行おうとした」

「それはつまり、牧場経営に現代のテクニックを導入しなかったということね」

「そんなところかな」ルーカスは言葉を濁した。

彼はジョセフのやり方に賛同してはいないらしい。それでも亡くなった祖父を庇《かば》おうとするルーカスの気持はエスリンにもわかった。

そのあとは二人とも黙っていた。トラックはハイウェイからわきに折れ、ゲイトをくぐって未舗装の道に入った。目的地が近いということだろう。

「もうすぐなの？」

ルーカスはうなずいた。「あまり期待するな」

やがて目指す場所に着いたが、あたりを見て驚いたのはエスリンよりむしろルーカスだった。「これはどういうことだ？」最後の丘をエンジンをぶるぶるうならせてのぼりながら彼はつぶやいた。

エスリンは何もかもをいっぺんに目におさめようとせわしく目を走らせた。まるで初めてサーカスを見る子供みたいだわと自分をいさめ、落ち着いてひとつひとつのものを見てそれが何かを理解しようと努めた。

その土地は低い二つの山にはさまれ、馬蹄《ばてい》形をなしている。馬蹄の開いている側の一方には大きな馬囲いがあった。馬に乗った男が二人、馬の群れを柵《さく》の中に追い込んでいる。古い、風雨にさらされた納屋がひとつ、山腹に張りつくようにして立っていた。その反対側にトレーラーハウスがぽつんとある。塗装が剥げ落ち、いまにもつぶれそうに見えた。

弧の奥まったところの真ん中に化粧漆喰《しっくい》の家がある。赤土色の壁の色が背後の垂直に切り立った岩壁に溶け込むように、風景にしっくりなじんでいた。

そして家は活気に満ちていた。男たちが大きな声をかけ合っている。金づちの音が周囲の岩壁にこだまして、あれは電動鋸《のこぎり》だろうか、甲高くぶんぶんうなる音も聞こえてきた。

ルーカスはピックアップトラックのブレーキを踏んで外に飛び出した。カウボーイの服装をした男が一人、大工仕事をしている仲間から離れて近づいてきた。手を振り、小走りにやって来る。ルーカスより背が低く、がっしりとした体格でがに股だ。馬の背にいることの多い男に特有の、左右に揺れるような歩き方をしている。

「ジョニー、いったい何をやってるんだ?」ルーカスは挨拶《あいさつ》抜きで言った。

「あんたの家の仕上げさ」

「工事費を工面できるまでトレーラーに住むつもりでいたんだ」

「だったらその必要はないよ」ジョニーは黒い目を愉快そうにきらきらさせた。「挨拶があと回しになっちまったが、おかえり」彼はルーカスの手を握って大きく振った。しかしルーカスはそれにも気づかない様子で、友達の肩越しに家を見ている。

「僕には払う金なんてないぜ」

「あんたはもう払ってある」

「なんだって？　どういう意味だ？　おふくろはこのことを知っているのか？」

「ああ。だけど秘密にするって誓った。あんたが出てくる日がわかってからみんなで取りかかったんだ。あんたが来る前に完成させようってね。あんたの到着がこっちの予想より二、三日遅れて、助かったよ」

話しながらジョニーの気はよそに飛んでいた。彼はピックアップトラックから降りてきた金髪の女を見て目を大きくした。彼女は近づいてきてルーカスと並んで立った。赤ん坊を抱いている。強い日差しから守るために赤ん坊の頭には軽い毛布がすっぽりかぶせられていた。

「こんにちは」

ルーカスはそのときやっとエスリンに気づいて振り返った。「ジョニー・ディアインウォーター、これは……その……妻だ」

「エスリンです」彼女は言い、手を差し出した。

ジョニー・ディアインウォーターは人なつこく握手をし、麦藁《むぎわら》編みのカウボーイハットを急いで脱いだ。「どうも。アリスからルーカスが結婚したってことは聞きましたけどね。

どうやら……いや、ルーカスは、おれたちにはあなたのことを秘密にしておこうって魂胆だったんだな」

「おふくろが今朝電話したんだな」

「そう。あんたがこっちへ向かったってね。さっきも言ったように、おれたちはここのとこ数週間この家をとんかちやっていたんだが、あんたが奥さんと赤ん坊を連れてくると今朝聞いてけつに……いや……こいつあ発破をかけなきゃって。奥さんと赤ん坊っていえば、二人を日向《ひなた》に立たせといちゃよくない」

ジョニーはわきへどき、どうぞお先にというしぐさで家に促した。歩きながらエスリンは働いている男たちの目を意識した。視線が追ってくる。思い切ってほほ笑みかけると、ある者からは照れくさそうな、ある者からはいぶかしげな笑みが返ってきた。

ルーカスとジョニーがうしろから来る。ジョニーが言っていた。「ジョセフが亡くなってから、おれたちみんなで家畜の餌だけはやっていたが、それだけで精いっぱいだった。馬はちりぢりさ。数週間がかりで集めてるんだが、まだ全部は捕まえられなくてね」

「あとは僕がやるさ」ルーカスが言う。

エスリンは家の正面の広いポーチの階段をのぼり、それからどうしてよいかわからなかったので玄関のドアをくぐって中に入った。塗りたてのペンキと木材の匂いが息苦しいほど鼻を刺したが、けして不快な匂いではなかった。体を回して白い壁を眺めた。白い色が家をいっそう広々と感じさせる。どの壁面にも窓があり、天井の裸の梁《はり》と四角い石タイルを敷いた床がよく調和していた。メインルームには大きな暖炉がある。冬の寒い晩にあかあかと燃える火を、陽気にはじける薪《まき》の音をエスリンは思い描いた。

エスリンはルーカスに驚きの目を向けたが、彼も同じくらいびっくりしている。「裸の壁しかできていなかったのにな」彼は言った。「この首謀者は誰なんだ、ジョニー?」

「実はね、いつだったかアリスとコーヒーを飲みながら話し合ったんだ」ジョニーは汗の吹き出る額をバンダナで拭《ぬぐ》った。「で、あんたに借りのある連中に声をかけようってことになった。法律相談をして料金を払ってない者たちに。そして金じゃなく善意をもらったのさ。たとえば、ウォルター・キンケイドは床のタイルを張ってくれた。ピート・ディリオンは鉛管工事」彼は次々に名前を挙げ、彼らがルーカスの家のためにどんな奉仕をしたかを並べた。

「建具やなんかの幾つかは中古品なんです、奥さん」彼はすまなそうに言う。「でも新品同様に磨いてありますからね」

「何もかもとてもすばらしいわ」エスリンは美しいナバホの敷物に目をやった。誰かのお祖母《ばあ》さんがルーカスのために織ってくれたのだという。「本当にありがとう。それから、私のこと、エスリンと呼んでくださいな」

ジョニーはにっこりしてうなずいた。「家具はキッチンのテーブルと椅子しか調達できなくて。今朝あわてて……その……ベッドを」彼はきまり悪そうに褐色の顔を赤くした。

「私の家具をここへ運べばいいわ」エスリンは急いでジョニーに助け船を出した。ルーカスは鋭い目を向けたものの何も言わなかった。エスリンはほっとした。彼の友達の前で口論したくない。二人がふつうの新婚のカップルとは違うとしても、それをおおっぴらにしたくなかった。

「リンダが……おれの女房ですが、あとで食料をちょっとばかり運んでくることになってます」

「奥さんに会うのが楽しみだわ」

外にトラックが止まった。ジョニーが戸口に行ってのぞく。「注文しておいた電灯なんかが届いたぞ」

「僕には払う金なんてないぞ」ルーカスが硬い顔をしてまた言った。

「あんたに借りがあるのがいっぱいいる」ジョニーはエスリンににこりとし、どすんどすんとポーチを駆け下りていった。すぐに大声で指揮する声が聞こえてきた。

「寝室がどこなのか教えてくださらない？」エスリンは言った。「トニーを寝かせたいの」

「僕にだってわかるもんか」ルーカスは腹立たしそうに言う。「外の壁だけできたところでほうり出してあったんだから」

「あなたはどこに住んでいたの？」廊下を彼のあとについていきながらエスリンはきいた。

「トレーラーに？」

「ああ。何年がかりかでこつこつ建てていたんだ。いくらかまとまった金が入ったときに少しずつ」

「この家が気に入ったわ」エスリンは一番大きな寝室に入っていきながら言った。大きな窓があって山々が見える。

「心にもないことを言うな」

「本当にそう思っているわ」

「君のしゃれた邸宅に比べればこんなのは掘っ立て小屋さ」

「そんなことないわ！　私、これからインテリアを考えて……」

「いいか、君の家具を運んでくるって考えは忘れろ」ルーカスはエスリンに人差し指を突きつけた。

エスリンはその手を払いのけた。「なぜ？　妻の持ち物を使うのはあなたのばかばかしいほど高いプライドが許さないの？　インディアンは妻をめとるとき、将来の義理の父に贈り物をして花嫁と交換してもらうんだったかしら？」

「そんなのはジョン・ウェインの映画の中だけのことさ」

「私の持参金だと思って。あなたが承知してもしなくても、それは私の、インディアンの女としてのプライドよ」

「僕は自分の妻子ぐらい養える」

「それは信じているわ、ルーカス。そのことを疑ったことはないわ」

「そのうちに馬を何頭か売って家具を買う」

「でもそれまではどうするの？　自分の息子を床に寝かせるつもり？」

ルーカスは赤ん坊に目をやった。その部屋に入るとすぐにエスリンはトニーを大きなベッドに寝かせた。トニーは大きく目を開けて珍しそうにあたりをきょろきょろ見ている。初めて来たところだとわかってでもいるように。

ルーカスは身をかがめ、人差し指で赤ん坊の頬を撫でた。トニーは振り回していた拳《こぶし》のひとつを開いて父親の指をつかんだ。それを口元に持っていく。ルーカスは低い声で笑った。

「ねえ、ルーカス」エスリンは囁《ささや》いた。「たとえあなたがそのことを認めなくても、あなたを愛している人はたくさんいるのよ」

彼はエスリンをこのうえなく冷たい目で一瞥するとくるりと背を向け、床を踏み鳴らして部屋を出ていった。

# 第十章　かたくなな心

　それからの二、三週間は二人の生活に大変化をもたらした。ルーカスの隣人たちは、ジョニー・ディアインウォーターの気さくな監督のもとに家の内部を仕上げてくれた。どんなに想像をたくましくしても夢のお城とは言えないが、快適な住まいだ。エスリンは持ち前の趣味のよさと室内装飾の特技を発揮し、力仕事もいとわず、ペンキ塗りもし、ついに家は雑誌のモデルホームのようになった。

　電話が入るとエスリンはすぐにスコッツデイルにかけ、向こうに置いてきた家具を新しい家に運んでもらう手配をした。洗濯機や乾燥機を含む必要な品物を書き出し、間違いのないように運送会社と一緒にリストを再チェックした。

　数日して運搬車が到着した。家具を下ろしている最中にルーカスが馬で乗りつけ、ひらりと鞍《くら》から飛び下りた。馬にまたがっているルーカスを初めて見たとき、エスリンはなんて立派ですてきなのだろうと息をのんだ。色の褪《あ》せたジーンズとウエスタンシャツ、ブーツにカウボーイハットに革の作業手袋といういでたちのルーカスが好きだった。家事の手を止め、外の仕事に出ていく彼の姿を窓から見守ることもしばしばだった。

だが、いま、馬でポーチに乗りつけたルーカスを見て息をのんだのは、怒った顔のせいだった。

彼は荒々しく拍車を鳴らしてポーチを横切った。かんかんになっている証拠だ。「あんな物をこっちに運ばせるなと言っておいたはずだ」彼は低くうなるように言った。

「そんなこと言わなかったわ」彼ににらみつけられても、エスリンはひるまずに目を合わせた。

「この件に関して議論は無用だ、エスリン。トラックに積み直してスコッツデイルのもとのところへ持って帰るようにあいつらに言え。君からの施しなんていらない」

「あなたのためにしたんじゃないわ。それに私のためでもないわ」

「ほう。トニーはまだソファになんか座らないぞ」ルーカスはエスリンが赤ん坊を方便にする気なのだと読んで、いやみっぽく言った。

「私はアリスのためにしたのよ」

ルーカスは一瞬ぽかんとした。「おふくろ?」

「ええ。彼女とジーンの結婚祝いのパーティをここで開くのを承知してくれたのよ。お客様を床に座らせたりして、あなたのためにたくさん苦労したお母様に恥をかかせてもいいの?」

彼のこめかみがひくひくした。エスリンの勝ちだ。勝ったことをエスリンも知っている。それがルーカスにはいまいましかった。彼女の機知を称賛し、あっぱれな敵めと喜びたい一方、それが自分の妻だと思うと、喉を絞め上げたいほど腹が立った。

ルーカスは十数えるあいだ彼女をにらみつけ、拍車をつけたブーツの踵《かかと》を翻すと荒々しくポーチを下りた。彼は馬にまたがり、一陣の雲のような砂ぼこりを蹴立《けた》てて庭から出ていった。

エスリンは午後いっぱいかけて家具を配置した。どんなに重いものも一人で動かした。それらがまるでこの家に合わせて注文したかのようにぴったり調和してくれたのはうれしい驚きだった。前からサウスウェスタン風が好きで、分譲住宅を飾るときにもそういうデザインの物を選んだのだが、この家に置いたほうがしっくりした。砂漠の色合いのファブリックは、ルーカスの友人たちが新築祝いに贈ってくれた先住民の装飾品のおかげでとても引き立った。

夕方にはくたくたになったが、今朝の口論の償いにと料理に手をかけた。キッチンにはエスリンが使い慣れていた便利な設備のいくつかが欠けていたが、その分ゆったりとしたスペースがあった。

トニーは、彼女がいつにもまして夫を喜ばせたいと願っている今日に限って手を焼かせた。ひどくむずかり、ときどき火がついたように泣きだす。しかもなぜぐずるのかなぜ泣くのか理由がわからなかった。料理がオーブンに入っているあいだにエスリンは大急ぎでシャワーを浴び、ルーカスの帰りに間に合わせて精いっぱいおしゃれをした。

ルーカスは日が暮れてだいぶ経《た》ってから帰ってきたが、エスリンはいつもより何時間も遅い帰宅をひとことも咎《とが》めなかった。

「ビールはいかが、ルーカス？」

「もらおう」ルーカスは裏口でブーツを脱ぎながらむっつり答えた。「シャワーを浴びてくる」口を開けた缶ビールを受け取り、ありがとうのひとこともなく奥へ行く。もし彼が振り返ったら、いくら彼でもエスリンが彼の背中に向かって鬼のようなしかめ面をしたのを見て笑ったかもしれない。

彼がキッチンに戻るのを待ってエスリンは料理をテーブルに並べた。テーブルには今夜エスリンのテーブルクロスがかかっている。食器も銀器もエスリンのだった。

ルーカスは何も言わなかった。家具のことにもいっさい触れず、腰かけるとすぐに食べ始めた。シャベルで口にほうり込むような食べ方だ。「なんの音だ？」と、少ししてきいた。

「洗濯機よ」

「洗濯機？」

「ええ、それに乾燥機」エスリンはすました顔で言った。「トニーは日に何度も着替えるでしょう。二、三日置きに町のコインランドリーに通わなくてすむのはほっとするわ。これから冬になったら、寒い中をトニーを連れていかなくてはならないと思って気を揉《も》んでいたの」

　案の定、ルーカスはトニーに目をやった。ベビーキャリーはテーブルの上に置いてある。赤ん坊が二人の話し声を聞けるように、そしてまた食事の時間がいくらかでもにぎやかになるように。ルーカスはこの家における洗濯機と乾燥機の重要性を納得したのか、それ以上何も言わなかった。

　胸のつかえがひとつ下り、エスリンはずいぶんとほっとした。「ベビーベッドが来たのも大助かり」ポテトのおかわりをルーカスの皿に盛りながら、いまだと、思い切って言う。「これでトニーが何かの端から転がり落ちはしないかと心配しなくてすむわ。あなた気づいていて？　この子の動きどんどん活発になってきているのよ」エスリンはナプキンで口を拭《ふ》き、はにかむように目を伏せた。「それに、もうこの子を私たちのあいだに寝かせなくてすむし」

　ルーカスのフォークの動きが一瞬止まったのをエスリンは見逃さなかった。彼は口に運んだものを噛《か》んでのみ込むと皿をわきへ押しやった。「仕事がある」彼はいきなりテーブルを立った。

「でもパイを作ったのよ。デザートに」

「あとでもらうかもしれない」

エスリンは彼の広い肩がドアを通って消えるのをしょんぼりと見つめた。家具のことで大喧嘩《げんか》にならなかったのを喜ぶべきだ。そうは思っても、彼がそそくさと食卓を離れてしまったことに、それも寝室のことを持ち出したとたんに彼が席を立ったことに、がっかりした。

この家に移ってからトニーを一緒にベッドに寝かせていた。そうするほかなかったから。だが、アリスの家に泊まったあの朝以来ルーカスが手を触れようともしないのは、赤ん坊が一緒だからではないような気がする。何かがあって喧嘩をしているというわけではないにしても、ルーカスの態度はひややかだった。たまに目を合わせることがあっても、彼の目には熱いもののかけらもなかった。

彼を求めているわけじゃないわ。トニーを寝かしつける支度をしながら、エスリンは自分に向かって断言した。とはいえ、この家は一番近い隣家からもずいぶん離れている。夜はことに寂しい。ルーカスはいつもあわただしく朝食をとってすぐに出かけてしまう。夕食のときまで彼の顔を見ないことも始終だ。一日中話し相手はトニーだけなので、エスリンはおとなの会話を交わすのを楽しみにルーカスの帰りを待つ。けれど彼は相変わらず無口だった。

エスリンが育った家では、思ったことや感じたことを素直に口に出すのを止められていた。これからの一生も喪にでも服すように黙々と過ごすなんてたまらない。そんなのは絶対にいや。エスリンは雄牛の角をつかむ覚悟で、なんとしても夫を不機嫌の殻の中から引きずり出そうと思い決めた。

何週間かぶりにトニーをベビーベッドに寝かしつけ、そっと部屋を出た。三十分ほどして、トレイを持ってリビングルームに行った。ルーカスはソファに座っており、かたわらにもコーヒーテーブルの上にも書類が広げられていた。彼は黒い表紙のノートに書き込みをしている。

エスリンは黙ってそっと近寄り、そばのスタンドをつけた。彼は顔を上げてエスリンを見た。

「どうも」

「このほうがよく見えるでしょう。明かりなしでよく字が読めるわね」

「気がつかなかった」

彼はたぶん〝私のスタンド〟を使いたくなかったんだわとエスリンは思った。〝私のソファ〟に座っているくせに。だがそれは口に出さなかった。「パイとコーヒーよ」そう言ってトレイをテーブルの端に置いた。

「種類は？」

「種類？」

「パイのさ」

「アップルよ。林檎《りんご》は好き？」

「刑務所で好き嫌いをするなってことを学んだよ」

「それじゃなぜきいたの？」

それには答えず、ルーカスはパイをあっと言う間に食べてしまった。彼が甘党だったなんて。エスリンはいままでそれに気づかなかった自分を責めた。きっと刑務所にいたあいだ何年も甘いものを満足に食べられなかったのだ。これからは食事に必ずデザートをつけよう。

パイを食べ終わると、彼は皿をわきへのけてまた書類の上にかがみ込んだ。

「それは牧場の帳簿？」

「いや、訴訟の記録だ。僕の依頼人……」ルーカスは口をつぐんだ。彼は弁護士の資格を剥奪《はくだつ》されている。「ある男が……その……控訴すべきかどうか迷っているんだ」

「したほうがいいの？」

「僕はそう見る」

エスリンはノートにまた書き込みをするルーカスをしばらく見守っていた。「ルーカス、聞いてほしいことがあるの」

彼はノートとペンを置き、ぬるくなったコーヒーに手を伸ばした。「なんだ？」

エスリンはソファの隅に横座りに座った。「家具と一緒に写真の機材も運んでもらったの。私、また写真を始めたいの」クッションのフリンジをいじりながら、エスリンは大きく息を吸って切り出した。「それで、あのトレーラーを暗室に改造させてもらえたらと思って」

ルーカスが鋭くこちらを見た。彼が口を開く前にエスリンは急いで言った。「たいして手を加える必要はないの。キッチン部分に流し台がついているでしょう。私一人でなんとかできるわ。トニーの写真を撮ってすぐに現像できるし、焼き増しだって好きなだけできるし、大きく引き伸ばして……」

「僕はばかじゃない、エスリン」ルーカスが彼女を名前で呼んだのは実に久しぶりだった。二人ともそれに気づき、どちらも一瞬とまどったが、彼はすぐに言葉を続けた。「トニーの写真を撮って現像するだけならわざわざトレーラーを暗室に改造するほどのことはない。本心は別にあるんだろう？」

「仕事がしたいのよ、ルーカス。家事だけでは時間をもてあますわ」

「子供がいるだろ」

「とてもよい子が一人。トニーがかわいくてたまらないし、世話をするのも一緒に遊ぶのも楽しいわ。でも私の昼の時間のすべてが育児で占められるわけじゃないわ。私、何かしないではいられないの」

「で、写真を撮りたいのか？」

「ええ」

「何を撮るんだ？」

ここが難しい。一番の難関だ。エスリンがもっとも危惧《きぐ》していた点だった。「居留地とそこに住む人々を撮りたいの」

「だめだ」

「お願い、聞いて。私、自分の目で見るまで現実をまったく知らなかったわ。あの……」

「貧しさをか」ルーカスは荒々しく言った。

「ええ。それに……」

「それに悲惨さ」

「それもあるわ。でも……」

「そして蔓延《まんえん》するアルコール中毒と絶望感。希望のかけらもない光景だ」ルーカスはやにわに立ち上がり、憤懣《ふんまん》やる方ない様子でソファの前を行きつ戻りつした。

「私もそう思うわ」エスリンは静かに言った。「希望のかけらもない光景だわ。でもそれをフィルムにおさめて発表したら、わずかでも……」

「意味ない」ルーカスはにべもなかった。

「でもマイナスにはならないはずよ」エスリンも立ち上がった。全部聞きもせずに彼女の考えを押しつぶそうとする彼に腹が立った。「私、やってみたいのよ、ルーカス」

「その白人の汚れた手でか？」

「あなただって白人よ！」

「なりたくてなったんじゃない！」彼は怒鳴った。

「インディアン以外はみな悪者だというの？　そうなの？　あなたはジーンが居留地で開業していることをなじったことがないわね。それはなぜ？」

「それは彼が上っ面な平等主義を掲げてお情けたっぷりのスタンドプレーをする連中とは違うからさ」

「あなたは私がそうだというの？」

「君は自分のチャリティ精神を偽善だとは思わないのか？」

「どこが偽善なの？」

「たとえばこんな暮らしだ」ルーカスは大きく腕を振り回した。エスリンが手を入れ家具を入れ美しく快適にしつらえたこの住まい全体を糾弾するように。「僕は常々インディアンのためにならないことをするインディアンを軽蔑《けいべつ》してきた。彼らの肌は褐色だが、彼らはそれを忘れて白人のように暮らしている。君は僕をそんなやからの一人にしてしまった」

「そんなことないわ、ルーカス。みんなはあなたがどんな人かいやというほど知っているわ」彼は背を向ける。エスリンは彼の腕を取って自分の方を向かせた。「あなたはいつも一生懸命すぎるほどインディアンであろうとしているわ。顔を塗って出陣こそしないけれど、骨の髄まで勇猛な、西部劇そこのけのインディアンであることをありとあらゆる場面で人々に見せてきたわ。半分白人なのにもかかわらず。あるいはたぶんそのために」エスリンは息を継ぎ、またすぐに続けた。自分の言葉に熱くなっていた。「あなたは私の間違いをいろいろ教えてくれたわね。それで私はこう思ったわ。立派なインディアンというのは勇敢で向こう見ずなだけでなく、心と魂と同情も合わせ持っているのだと」彼女は彼の胸元に人差し指を突き立てた。「あなたはそこが完全に欠けているわね、ルーカス・グレイウルフ。あなたには同情心のかけらもない。それを人間の弱さだと思い込んでいるからだわ。私に言わせれば、がむしゃらばかりするのはむしろ弱さの証拠よ。優しさはけして弱さではないわ。でも、あなたには優しさがどういうものかもわからないのでしょうね」

「優しさが何かぐらい知ってる」

「あら、本当？　私はあなたの妻ですけれど、そんなことついぞ知らなかったわ」

あっと言う間もなくエスリンはルーカスの胸の中にいた。彼は片腕を腰に回し、もう一方の手でエスリンの頬を包み込み自分の肩に触れるくらいまで傾けた。

彼は頭を下げ、彼女の唇にそっとくちづけをした。彼の口が動き、エスリンの唇が開く。彼の舌が優しく入ってきた。とても甘美でセクシーでエスリンは体が震えた。これまで彼のキスはいつも乱暴だった。でもこのキスは心がとろけそうに優しい。

キスは長く続き、やがて愛の行為そのものになった。彼は舌を使って口の中を撫《な》で回した。深く探り、焚《た》きつける。しまいにエスリンは膝から崩れそうになり、彼のシャツにすがりついた。

ルーカスはようやく口を離し、エスリンの芳しい肩のくぼみに顔を埋《うず》めた。「僕は欲しくないぞ」彼はうめいた。「君なんか欲しくない」

エスリンは体をすり寄せた。彼の下半身は彼の言葉を裏切っていた。「いいえ、欲しがっているわ、ルーカス。欲しがっているわよ」

彼の髪に手をくぐらせ、彼の頭を起こす。一本の指で彼の長い眉をそっとなぞり、頬骨の一番高いところから鼻へと伝わせた。唇の輪郭にそってすべらせた。「あなたを裏切り者だと思う人など誰もいないわ、ルーカス」

唇に触れる彼女の指の感触がルーカスの心を脆《もろ》くした。彼女の体の匂《にお》いが彼の頭をいっぱいにし、居留地のあちこちに充満している絶望の悪臭を忘れさせた。ぼろを着た子供たちの光景がうっとりと見開かれた彼女の青い目に取って代わる。彼を突っ張らせ、かたくなにしている苦みが消えていく。いま彼が味わっているのはエスリンであり、彼女の蜜《みつ》の口だった。

彼女は最も危険な敵だ。なぜなら彼女は魅力という弾薬を浴びせてくる。彼女の優しさが堕落へとそそのかす。ルーカスは自分の内部に起こっていることに恐怖を感じた。そして最も手近な武器に飛びついた。侮辱という、最も人を傷つけやすい武器に。

「僕はすでに裏切り者さ。白人女を妻にしたんだからな」

エスリンは殴打されたように身を縮めた。ルーカスから身を離しあとずさった。彼女の目はいまや悲しみに曇っていた。エスリンは涙を見られまいと身を翻して寝室に駆け込んだ。叩《たた》きつけるようにドアを閉めた。

三十分ほどしてルーカスが入ってきたとき、エスリンは眠っているふりをした。二人の間の緩衝器の役目をしてくれていたトニーはいない。その代わりに敵意が彼らを隔てていた。頑丈な煉瓦《れんが》の壁のように。


二人のあいだの敵意は煮えたぎったままだった。ジーン・デクスター医師とアリスが結婚した日、エスリンはルーカスとこのうえなくうまくいっているようなふりをし、精いっぱい笑顔を繕った。披露宴の飾りつけはけして贅沢《ぜいたく》ではなかったが、家には祝宴の雰囲気が満ちあふれていた。客はみんな楽しんでいた。エスリンはパーティの盛り上げ方をしっかり仕込まれていたので、上品で明るいホステスを演じ、自分も楽しんでいるようにふるまって通した。

けれど、花嫁の目は節穴ではなかった。

「君がとうとう私の妻になったなんて夢のようだ」

ジーンとアリスは新婚旅行でサンタフェに来ていた。いまジーンは彼女を優しく抱き寄せ、黒いまっすぐな髪を撫でていた。長年の夢がついにかなったことがまだ信じられない気がしていた。

「教会が美しかったわね」

「美しかったのは君だよ。君はいつでも美しいが」

「エスリンは披露宴のためにずいぶんと骨を折ってくれたわね。あんなに豪華な宴だとは思ってもいなかったわ」

「彼女はいい子だ」ジーンはアリスのベルベットのような頬にくちづけしながらうわの空で言った。

「トニーはなんだかむずかっていたわね」

「いつもよりよく泣くとエスリンが言っていた。我々が戻ったら一度診察に連れてくるようにすすめておいたよ」

「あの二人は幸福じゃないわ、ジーン」

ジーンは腕を両脇に落とし、大きなため息をついた。「ルーカスとエスリンをハネムーンに連れてきていたとは知らなかったぞ」

「まあ、ジーン」アリスは腕を彼の腰に回し、しっかりと抱き締めた。頬を彼の胸に預ける。ジーンはホテルのベルボーイが部屋を出ていくとすぐにスーツの上着を脱いだが、二人ともまだきちんと服を着ていた。「ごめんなさい。あの子たちのことに干渉すべきでないことはわかっているの。でもどうしても気になって。エスリンは綱渡りの張り綱の上を歩いているような感じだったわ。ルーカスは……」

「爆発寸前のダイナマイトの樽《たる》か」ジーンがあとを引き取って言った。「彼は前にもまして角を生やしているな。あんなに不機嫌でいらだっているルーカスは見たことがないくらいだ」彼はアリスの髪の中にそっと笑いを吹き込んだ。「しかし実はね、私はそれをよい兆候だと見ているんだ」

「なぜ?」アリスは顔を上げて尋ねた。

ジーンは彼女のあごに指を走らせた。「ルーカスがあんなにぴりぴりしているのは、よほどエスリンに心をかき乱されているからだろう。あのお嬢さんはこれまで誰もがなしえなかった方法で彼を参らせつつある。私はそう見るね。恐れを知らぬルーカス・グレイウルフが戦々恐々となっている」

「エスリンは彼を愛していると思う?」

「ああ。間違いない。彼女の父親のことをちょっと調べてみた。ウイラード・アンドリューズはスコッツデイルのありとあらゆる理事会や委員会の構成メンバーに名を連ねている。彼女自身に財力があり、しかも父親がそんな名士なら、法廷に持ち込めば指一本動かさなくても一匹狼《おおかみ》のインディアンに勝てる。ルーカスがどう脅そうと、いやなら結婚する必要はない」

「ルーカスのほうはどうなのかしら。エスリンを愛しているのかしら」

ジーンは眉根を寄せ、自分たちのために催された宴を思い返してみた。ルーカスの方を見ると、ルーカスは必ずエスリンを見ていた。それもただ見ているのではなく、食い入るように見つめていた。周囲で起こっていることにはまるでうわの空だった。

そういえばこんな光景があった。エスリンがパンチの大きなボウルをリビングルームにしつらえたビュッフェテーブルに運んでいこうとしていた。するとルーカスが、ボウルを持つのを代わろうとするようにつかつかと歩み寄った。ところがもう一歩というところで、急に気が変わったように足を止めてしまった。

それにとジーンは思う。アリスと二人で宴を辞するときも、ルーカスは母親にも母親の新しい連れ合いにもいっこうに関心がなさそうだった。彼は自分の妻に見惚《みほ》れていた。エスリンは手を振り笑いながら〝いってらっしゃい。お幸せに〟と言った。彼女のブロンドの髪が風になびいてルーカスの肩に触れた。ルーカスは彼女に触れたいのを必死にこらえているように全身をこちこちにしていた。

「医者として言えば、ルーカスには恋の病の徴候が見える」ジーンはアリスに答えて言った。「彼は自分ではそのことに気づいていない。あるいは、気づいていたとしても認めたくないんだな」

「私は二人の幸せを祈っているの」

「私は我々の幸せを祈っている。私がいまどんなに幸福か、わかるかい?」ジーンは手の甲をアリスのあごに添え、彼女の顔を仰向けてキスをした。初めは優しく、やがて情熱をあふれさせて。彼は両腕をアリスの腰に回し、しっかりと抱き寄せた。「アリス、アリス」彼は唇を離して言った。「私はこのときをずっと待ち続けてきた。君が欲しいと思わない日は一日もなかった。アリス・グレイウルフ、君のために胸が疼《うず》かない日は一日もなかった」

「アリス・デクスターよ」彼女ははにかみながらささやいた。

ジーンは彼女がその言葉で彼女の愛と情熱を言い表したのだと受け取った。彼は彼女の背中のボタンに手をやった。アプリコット色のシンプルなドレスだ。アリスのように愛らしい女性にはフリルやレースの飾りは無用だった。アクセサリーは金のイヤリングと金のチェーンだけ。どちらも去年のクリスマスに彼が贈ったものだ。そしていまは指に金の結婚指輪がはめられている。

ボタンが全部はずれると、彼はドレスをそっと持ち上げ前に引いた。

「私はもう若くないわ、ジーン」アリスが震える声で言った。「私には孫がいるのよ」

ジーンは黙ってほほ笑み、彼女の肩からドレスを落とした。歓喜に彼は息をのみ、体に震えが走った。彼女は小柄でバランスが取れていて完璧《かんぺき》だった。生成りのランジェリーもセクシーすぎず魅力的だ。それを身につけている女性にふさわしかった。彼女は慎み深かったが、内に潜めた情熱が火をつけられるのを待っていた。
彼は花嫁を心から崇拝していた。

　優しく抱き寄せ、彼女の不安とはにかみをキスで取りのぞき、残りの服を脱がせた。彼女を抱き上げ、ベッドに運んで横たえる。彼女は彼が服を脱いでいるあいだじっと目をつむっていた。
彼は横たわり、彼女をかき抱いて肌を寄せた。しびれるほど甘い喜びが全身を駆け抜ける。彼女は震えていた。

「アリス」彼は囁《ささや》いた。「怖がることはないよ。君がそうしたいなら、こうしてただ君を抱いているだけで私は満足だ。君が怯《おび》えていることもその理由もわかっている。だが誓って、君と神に誓って、君を傷つけるようなことはしない」

「わかっているわ、ジーン、わかっているの。ただもう長いこと……」

「いいんだ。もう何も言わなくていい。君がその気持になるまで何もしない」ジーンは庇《ひ》護《ご》するようにアリスを抱いていた。自分の肉体にこらえろと命じながら。この人にはひたすら辛抱強くならなくてはならない。そして彼女はどんなに辛抱しても愛する価値のある人だった。

しだいに彼女の緊張が解けてくる。彼はもう大丈夫だと確信してから愛撫《あいぶ》の手をすべらせた。彼女の肌はサテンのようになめらかでしかも張りがあった。彼女の体は年齢より二十歳は若い。乳房はいまだに形よく、まるく固い。手を触れると彼女は小さく声をもらしたが、ちらと顔をうかがうと、怯えではなく喜びの表情が浮かんでいた。浅黒いその頂に置かれたキスは春の雨のように優しかった。

彼は刺激し慰撫し、それを繰り返してやがて彼女が受け入れられるようになったのを知った。愛の行為は甘く、優しく、そして最後には激しく燃え上がった。

しばらくののち、ジーンは彼女を抱き寄せその髪の中にささやいた。「たとえあと二十年待たなくてはならなかったとしても、アリス・グレイウルフ・デスクター、君はそれだけ待つ価値のある人だ」

「あなたもよ、ジーン」彼女は言い、彼の胸にキスをした。「愛するあなた」

ルーカスは納屋の戸を閉め錠をかけた。今日が母の婚礼の日だったとしても、牧場の仕事を休むわけにはいかない。客がみんな引き上げるとすぐに服を着替えて一日分の仕事に取りかかった。彼は疲れていた。その朝は早く起き、結婚式に参列するために町へ車を飛ばしたのだった。

明日はバイヤーが馬を見に来ることになっている。ルーカスは見せる馬に一日がかりで丹念にブラシを当てた。彼としてはなんとしても高値で売るつもりだ。馬がよい値で売れれば、働き手を一人雇う余裕ができる。

弁護士の資格を剥奪されて結局のところよかったのかもしれない。牧場経営と法律事務所を両立させるのは無理だろうと彼は思う。彼はこの土地を愛していた。馬を愛していた。それらが祖父に属していたものだからだ。彼は外の仕事が好きだった。長時間の労働も苦ではなかった。

だがときに弁護士の仕事がなつかしくなる。彼はいつも戦いを楽しんだ。おとなになり、喧嘩では何事も解決しないことがわかってからは法廷が彼の闘技場になった。彼は優秀な論客だった。彼は法知識を駆使しての論戦がなつかしかった。勝つにしろ負けるにしろ、全力を尽くしたあとのあの爽《さわ》やかな満足感がなつかしかった。

彼は体からシャツを剥《は》ぎ取りながら、家の土台部分に取りつけられた外の蛇口のところに行った。頭からざぶざぶ水を浴び、首、肩、両腕、胸と順にこすって土と汗を洗い落とした。

ジョニー・ディアインウォーターやたくさんの友達の親切を思うたびにルーカスは胸が詰まる。彼らがいなかったらこの家はなかった。費用のことはさておいても、暇を見てこつこつ作るのではこの先何年かかったかわからない。僕とエスリンは……。

ちくしょう！　心が勝手に二人の名前を並べるのがいまいましい。エスリンと僕は。エスリンと僕に。僕たちは、僕たちを。彼女と自分をひと組として考えるのはどうしても気に食わない。しかし彼の脳は頑固に二人を組み合わせ続ける。

ルーカスは間抜けな脳に腹を立てながら家の角を回った。彼は急に、壁に正面衝突でもしたように足を止めた。わずか数メートル離れたところに開け放した寝室の窓があった。エスリンが窓の中を通り過ぎた。彼女がハミングしているのが聞こえた。彼女の影が部屋の壁をすべっていくのが見えた。

すっぽりと家を包む夕闇《ゆうやみ》の中に長方形の窓の灯《ひ》が目にうれしい。それは灯台の灯が船乗りを引きつけるようにルーカスを引きつけた。それはぬくもりとくつろぎと安らぎの象徴だった。我が家と呼ぶものの象徴だ。彼は開いているその窓に魅せられた。エスリンのプライバシーを侵しているとわかっていながら、その場から動けなかった。ばかなことを考えるのもいい加減にしろ。あの女は僕の妻なんだぞ。

そう思ってみても、のぞき見をしているようなうしろめたさは消えなかった。彼女の姿が再び窓の前に現れたときにはいっそう。彼女が服を脱ぎ始めたときにはなおさらに。

彼はまばたきすらせずに、夜の影の中にじっと立っていた。

彼女が透ける布地のブラウスの袖《そで》のカフスボタンをはずす。ルーカスは、その日彼女がとても美しく見えたことをいやでも思い出した。彼女が着ていたブラウスは男物のシャツのようなデザインだったが、カフスは幅広で袖はゆったりとしていた。襟は胸のずっと下まで落ちていた。

ブラウスには小さなパールのボタンがついていた。彼女が片方のカフスの方へ身をかがめると、金色の滝のように髪が顔の前に流れ落ちた。その中に顔を埋《うず》めたい、そのひんやりとした絹のような感触を自分の肌に感じたいと、そのときルーカスはひたすらに思った。それが腹に触れたときの感じ、それが腿に触れたときの感じを思い出した。

ばかめ！　なんてことを考えるんだ。

彼女がブラウスを脱ぐ。まるで挑発するようにとてもゆっくりとした動作で。昼のあいだ中彼の心をくすぐり続けたあのランジェリーをルーカスはいま心ゆくまで眺めることができた。スパゲティのように細いストラップ、薄いレース地がうやうやしげに豊かな乳房を包み込んでいる。乳房はレースの縁取りからあふれそうで、スタンドの明かりを受けてクリームのように白くしっとりと輝いていた。そのキャミソールは肌が透けるほどは薄くなかった。シースルーのブラウスの下に着るためのものなのだろう。しかしいま立っているこの距離からでも、彼はその下に乳房の色の濃い頂が見えるような気がした。彼はそこに口を当てるところを想像した。

彼女のスカートは夜明け少し前の東の空の色だった。それがさらさら衣《きぬ》ずれの音をたて、彼女の体のまわりで軽やかに揺れるのを見ると、昼間彼は気が狂いそうになった。彼女がうしろに手を回しボタンをはずす。ルーカスは息をのんだ。ボタンがはずされるまでの時間が永遠ほど長く感じられた。やがてスカートはヒップをすべり、腿をすべり、ストッキングに包まれた脚をすべり落ちた。キャミソールはテディタイプのワンピース式だった。レースのサスペンダーがストッキングをつっている。パンティストッキングだと思っていたのだが。ストッキングとテディの隙間《すきま》に腿がのぞいている。柔らかくベルベットのような手触りの。そこにこの……彼は想像する。

ちくしょう！　僕はいったい何をしているんだ？　こんなところに立って変質者のように自分の妻をのぞき見し欲情しているなんて。彼女がそんなに欲しいなら——彼の肉体は〝欲しいなんて生易しいものじゃない〟と叫んでいたが——あそこへ行って彼女を抱けばいいじゃないか。なぜそうしない？　彼女は僕のものじゃないのか？　僕と彼女は正式に夫婦だ。夫の僕には同衾《どうきん》する権利がある。

さあ、行け。行って、そしておまえが自由に取ってよいものを取れ。

だが、彼はそうしなかった。それが危険だとわかっていたからだ。いっさいの感情なしに彼女を抱けるならいい。欲情を静めるために彼女の肉体を利用し、すんだら忘れ、次に体が要求するまで何も考えないでいられるならいい。

しかし、けしてそうはいかない。彼女は僕に魔法をかけてしまったからな。そう、まさに魔法をかけたんだ。どんな方法でか知らないが、彼女は僕の頭と心の中にひそかにもぐり込んだ。頭が考え心が感じることに肉体が求めることが支配されてしまう。精神的なものを伴わないセックスができなくなってしまった。

ルーカスはあの朝のことを、山の頂でのあの出来事を始終思い出す。彼女は僕を慰めるためにあそこまでのぼってきた。一目散に逃げ出すのがふつうなのにだ。ルーカスは自分が彼女の中に入っていったときの彼女の顔を思い出す。

物事がうまくいかないとき、彼女に八つ当たりしたくなるとき、彼はエスリンが自分の子供を産んでくれたことを、そして彼女がトニーをどんなにかわいがっているかを思ってしまう。それに彼女が示すあれやこれやの心づかいを。たとえば、頼みもしないのに彼女はコーヒーのおかわりを注《つ》いでくれる。しかも温め直して注いでくれる。長い労働を終えて馬で帰ってくると、彼女がポーチで待っていてくれることもある。彼女はいつもにっこりする。まるで彼の顔を見るのがうれしいように。

そこが一番わからない。なぜ彼女は僕にそんな思いやりをくれるんだ？　なぜそんなに優しくしてくれるんだ？　彼女の動機がどうしてもわからない。憎まれるなら理由は山ほど考えられる。彼女が物わかりよい態度ではなく反感をぶつけてくるなら、それならずっとやりやすい。喧嘩のあげくの鬱憤《うっぷん》晴らしのセックスだってたまにはするかもしれない。いまのように血がじんじんしたときには。

窓の中の彼女を見ながら彼の血はいまにも沸騰しそうだった。彼女の全身はもう見えない。しかし壁に映る影法師の動きで彼女がストッキングを脱いでいるのがわかる。彼女は片足をベッドの縁にのせ、ガーターのとめ具をはずす。ストッキングを膝からふくらはぎ、そして踵へと巻き下ろし、最後に丁寧に足先から抜き取った。彼女は同じ儀式をもう一方の脚にも繰り返した。

彼は目を皿のようにして見つめていた。彼女はテディのストラップを肩からはずし、そのまま体からすべらせて落とした。彼女はしとやかなしぐさで足を抜く。そしてまっすぐに立った横向きの影が壁に映った。それは完璧に美しいシルエットだった。

ルーカスは思いつく限りの罵《のの》りの言葉を吐いた。

どうして彼女は喧嘩をふっかけてこない？　え？　僕を哀れんでいるのか？　そうなのか？　それとも模範的な妻であらねばとでも思っているのか？　そんなのはありがた迷惑だ。

やっと体が動いた。彼は踵を翻すとまっしぐらに裏口に向かった。ドアを叩きつけ、鍵《かぎ》をかけることも忘れ、家に入ると真っ先に明かりを消してずかずかと奥へ進んだ。寝室に着くころには頭から湯気を立てそうにかんかんになっていた。

「いったいどういうつもりだ？　何をしてる？」ルーカスは怒鳴った。

エスリンは罪の意識などひとつもない顔を上げ、当惑したように青い目を見開いた。すると彼女はいっそう無垢《むく》に見えた。彼女は揺り椅子に座っていた。まるで聖母だ。金髪が肩に波打っている。ナイトウエアの胸の片方が開き、トニーがうれしそうに乳房を吸っていた。

「トニーにおっぱいをあげているのよ」エスリンはありのままを答えた。

ルーカスは腕をドアに突っ張って立っていた。彼は喧嘩がしたくてうずうずしていた。上半身裸で、さっき水を浴びた胸の肌がスタンドの明かりを受けて光っている。黒い髪は濡《ぬ》れて毛先がまるまっていた。首に下げている十字架が彼の目と同じ色できらりとした。

彼はふいに滑稽《こっけい》な気持に襲われた。ばかなことをしているような気がし、妻から目をそらしてベッドを見やった。そこには女の下着とストッキングが愛欲の午後の記念物のようにのっていた。それを見ると彼はまたかっと熱くなった。

「今度は気をつけろ。明かりをつけたまま開けた窓の真ん前で裸になるときにはな」

「何を言っているのかわからないわ、ルーカス」

彼は窓を指差した。その手が怒りで震える。「窓だ。わからないのか、窓だ。窓の真ん前で服を脱ぐな」

「ああ」エスリンは彼の指を目で追った。「気がつかなかったわ」

「じゃあ、次からは気をつけろ。いいな?」

「でも、外から見る人なんて誰もいないでしょう」

「僕がいる!」ルーカスは怒鳴った。「納屋からだってすっかり見えたぞ」

「ほんと?」

「ああ」

「でもあなたは私の夫よ」

彼女の声にはからかうような調子があったが、ごくかすかにだったので突っかかるのはやめておいた。真正面からの喧嘩なら勝算があるのだが、こういう口論には自信がなかった。ルーカスはそのときくらい自分が間抜けに思えたことはなかった。それに心も乱れていた。彼女に心を奪われていた。さっき窓の前で知らずにストリップショーを演じてくれたときとはまるで違っていながら、同じように彼女は誘惑的だった。彼の頭の中で、下腹で、血がどくどく打っている。

「シャワーを浴びてくる」ルーカスはそれ以上面目を失わないうちに、急いでその場を離れた。

ルーカスがバスルームから出てきたとき、エスリンはもうひとつの寝室でトニーのベッドにかがみ込んでいた。「僕にもちょっと抱かせてくれ」彼が言った。彼は冷静さを取り戻していた。体はまだ濡れており、チーク色の肌には雫《しずく》がついていた。裸の腰に巻きつけたタオルが、彼の先祖たちの腰に巻いた布のように見える。野性的で乱暴そうだったが、息子を抱き上げ顔を寄せる彼の目には柔らかな輝きが宿っていた。彼はナバホの愛の誓いを口ずさんでからトニーの頬にキスをし、またベビーベッドに寝かせた。赤ん坊はすぐに寝息をたて始めた。

「とても落ち着いているみたい」エスリンはふっと息をついた。「この調子で朝まで眠ってくれるといいけれど。私、くたくただわ」

「なぜこのごろ夜泣きが激しいんだ？」

「わからないわ。ジーンが帰ってきたら一度診てもらうつもり。そうそう、忘れるところだったわ」エスリンは夫婦の寝室に行き、ドレッサーの上から封筒を取り上げてルーカスに渡した。「今日の郵便物にこれが」

ルーカスは封筒をしばらく眺めてから封を切った。エスリンは関心のないふりをしていたが、内心は好奇心でいっぱいだった。差し出し人がルーカスが収監されていた刑務所の所長室になっていたからだ。

彼は手紙を読み、読み終えるとたたんで封筒に戻した。彼の顔に特別な表情はなかった。エスリンは知りたい気持を抑えられなかった。「何か大事な知らせ？」

ルーカスはなんでもなさそうに肩をすくめた。「所長のディクソンからさ。僕の濡れ衣が晴れそうだと言ってきた。あのデモで暴力ざたを引き起こした張本人が明らかになったんだとさ。彼らはまた同じことをやって捕まり有罪判決を受けた。彼らから僕が無実だという宣誓口述書が取れれば、裁判所は僕に潔白のお墨つきを出してくれるだろうと言ってる」

「よかったわね、ルーカス！」エスリンは叫んだ。「つまり、あなたはまた弁護士として法廷に立てるってことでしょう？」

ルーカスは腰のタオルを取ってベッドにごろりと横になった。「人の約束をうのみにするな。それが僕が人生から学んだことさ。とくに白人の約束はな」

エスリンは彼のそばに横たわった。彼の辛辣《しんらつ》なせりふにだまされはしなかった。彼がスタンドを消す前にちらと彼の顔を見た。ルーカスは不意に差し込んだ希望の光にまるで無《む》頓着《とんちゃく》なふりをしている。けれど、本当は違う。

# 第十一章　大嵐

一番穴ぼこだらけでひどいのはどこか、そしてその穴をどうよけるか、エスリンはすでに知っていた。最近、ジョニー・ディアインウォーターと妻のリンダがスコッツデイルに出かける用ができ、そのついでにエスリンの車を取ってきてくれたのだった。ルーカスのピックアップトラックはどうやってもよく言うことを聞いてくれなかったので、また自分の車を運転できるのはうれしかった。

今日、でこぼこ道を我が家に向かって車を走らせながら、彼女は横揺れも縦揺れもほとんど気にせずにすんだ。いくつかうれしいことがあった。ルーカスが栗《くり》あし毛の馬に乗って途中まで迎えに来てくれたのも、思いがけなくうれしいことだった。エスリンが車を止め、トニーを安全シートから抱き上げたちょうどそのとき、ルーカスが長い脚でひらりと鞍《くら》から下り立った。

「遅かったじゃないか」彼は言った。

ということは、彼は私を心配してくれていたのかしら。あるいは彼が心配していたのはトニーのことだけ？　エスリンは私のこともと思いたかった。「ジーンの診療所はとても混んでいたの。ウイルス性の風邪がはやっているんですって。彼もアリスもてんてこまいだったわ」

「二人の様子は？」

エスリンは青い目をいたずらっぽく輝かせた。「文字どおりあつあつよ。前からあなたのお母様はとてもきれいなかただと思っていたけれど、とにかく、今度会ったときのお楽しみ。彼女は輝くばかりよ。そしてジーンの顔はほころびっぱなし」

ルーカスはにこりとし、トニーのあごの下をくすぐった。彼はもう一方の手で馬の手綱を握っている。

「で、ジーンはトニーのことをなんて？」

「少し風邪ぎみですって。ジーンは上部呼吸器なんとかと言っていたわ。水薬をくれて、二、三日様子を見るようにって」

「それで泣いてばかりいるのか？」

「それだけじゃないの。ほかにも」

「なんだ？」ルーカスは眉を険しくした。

「トニーはおなかをすかしているの」

「腹をすかしている？」

「ええ」エスリンは小麦色に日焼けした頬を赤らめた。「お乳が足りなかったんですって。調合乳に切り替えて、離乳食も始めるように言われたわ」

ルーカスはブーツの足を落ち着きなく動かした。「というと……その……君はもうトニーに母乳をやらないってことか？」

エスリンは彼のシャツのボタンを目でたどりながらうなずいた。

「どんな気持だ？」

「寂しいわ。でも、トニーに一番よいことをしてあげたいわ」

「それはむろんだ」

「途中で食料品店に寄って、瓶入り調合乳と缶入りの粉ミルクとベビーフードを買ってきたわ」

「ちっちゃい赤ん坊がそんなに食べるのか？」ルーカスは信じられないという顔をした。

エスリンは彼の視線を追い、彼が車のバックシートに積んだ箱の山を見ているのに気づいて笑った。

「全部じゃないわ。あの箱の大部分は注文しておいた薬品。局止めにしておいたの」

「君の暗室の準備が整ったわけか？」

「ええ。あとは薬品だけだったの」エスリンは彼があのあとそのことについて何も言わないのを了解のしるしと解釈し、放棄されていたトレーラーのキッチン部分の改造を進めていたのだ。

とてもびっくりすることがあった。ある朝エスリンが外に出てみると、なんとルーカスがトレーラーにペンキを塗っていた。どういう風の吹き回しとエスリンが尋ねるより先に、彼はぶつぶつつぶやいた。「家を塗った残りさ。無駄にするのはもったいないからな」ペンキ塗りばかりではなく、トレーラーの内部を使いやすいように修理してくれさえした。

「カラーフィルムの現像はいまのところ無理だけれど、モノクロなら大丈夫よ」エスリンはルーカスに言った。「披露宴のときに撮ったのから始めるつもり。いいのがあったら大きく引き伸ばしてジーンとアリスに贈ろうと思うの。近いうちに夕食に来てくださいと言っておいたわ」

「そりゃいい」

「それに、今日町でも少し撮ったの。とてもひどい状況の地区があるでしょう?」

ルーカスは厳しい顔でうなずいた。「ああ、よく知っている」

「洗濯物がぶら下がった下で遊んでいる幼い女の子たちがいたの。何枚かいい写真が撮れたと思うのだけど、しばらくは腕慣らしね」

「トニーはどうしてたんだ?」

「背中にくくりつけておいたわ」エスリンはにっこりして夫を見上げた。「インディアンのお母さんがするように」

ルーカスの口元が笑いをこらえているようにひくひくした。彼は懸命に頑張っていたが、ついに笑いは強情を打ち負かして彼の顔に大きく広がった。エスリンはうれしくて頭がくらくらしそうだった。彼の褐色の顔とまぶしいほどのコントラストで白いきれいな歯並びがこぼれた。

「酋長《しゅうちょう》の曾孫《ひまご》を軟弱なお母さん子にしたくないな。僕のほうにくれ」

彼はエスリンの腕から赤ん坊を抱き取り、馬の方に向き直った。栗あし毛の馬はおとなしくじっとしている。

「ルーカス、どうするつもり。あなたまさか……」

「アンソニー・ジョセフ・グレイウルフはそろそろ馬に乗る練習をしなくちゃな」

「冗談でしょう!」エスリンは叫んだ。

彼女の抗議など耳に入れず、ルーカスは赤ん坊の息子を右腕に抱えた。左手で鞍の前橋をつかんで体を引き上げる。なめらかな一動作で彼とトニーは馬の背に乗った。トニーはうれしそうに両手を振り回している。

「ルーカス、その子をこっちにちょうだい。二人とも首の骨を折らないうちに」エスリンはきつい調子で言った。止めようとして、無意識に彼の腿を両手でつかんでいた。

ルーカスはからかうようににやりとした。「家まで競走するか?」

「ルーカスったら!」

彼は馬の向きを変え、膝で軽く突いて合図した。馬はゆっくりと走りだす。エスリンは両手を腰に当て、腹立たしげに彼のうしろ姿をにらんだ。だがそれはただのそぶりだった。実のところ、彼女の胸はかつてないほど愛でいっぱいになっていた。

離乳食に切り替えてからしばらくのあいだ、トニーはひどくぐずって泣きエスリンをてこずらせたが、だんだんにベビーフードに慣れてくれた。ただしその食べ方といったら大変で、エスリンに、ルーカスに、あたりのあらゆる物におかゆや裏ごしフルーツをはね飛ばす。けれど食欲は旺盛《おうせい》で、間もなくずっしり体重が増えてきた。

ルーカスはディクソン刑務所長から再び手紙を受け取っていた。所長は判事と話し合いを続けており、ルーカスの有罪判決の撤回に向けて事態は順調に動いているということだった。エスリンは期待に胸をふくらませたが、ルーカスは相変わらずその件に対する感情を押し隠していた。

ルーカスは懸命に働き、おかげで牧場経営は軌道に乗り始めていた。彼は牧場の周辺の山々からグレイウルフ家の焼き印を押した見事な馬の群れを駆り集めた。老ジョセフが亡くなったあと迷い出ていたものだ。何頭かの雌馬は子をはらんでいた。まだはらんでいないものは人工的に種づけをした。そういう人工的なやり方に反対だったルーカスの祖父の時代にはなかったことだ。

水は何よりの財産だった。老ジョセフは水利権を頑として売ろうとしなかったが、ルーカスは恵みを分かち合う心を持っていた。周辺には小規模の牧場がある。そのインディアンや白人の牧場主たちは、今ではいくらかの金を払ってグレイウルフの水を使っていた。ルーカスは手放すのがつらくなるほど馬に愛着を寄せることを自分に禁じた。祖父の轍《てつ》を踏むまいとした。グレイウルフの馬を買った客はけっして損はしない。ルーカスは良心的だが抜け目のないディーラーでもあった。

エスリンは毎日二、三時間トレーラーの暗室で過ごすのが日課となった。いつもトニーを一緒に連れていき、折りたたみ式のベビーサークルを立てて遊ばせておいた。以前古道具屋で買ったものだが、色を塗り替え新しいパッドを使っているので新品同様に見える。

ある午後、エスリンが暗室でさまざまなテクニックを試していると、遠くで雷が鳴った。最初は気にもとめなかった。彼女の耳はトニーがたてる音ならどんな小さな音も聞きもらさなかったが、それ以外の雑音は無意識のうちに排除していた。

雷鳴が大きくなり、エスリンは嵐《あらし》が急速に近づいているのに気づいた。彼女は暗室を囲っている黒いカーテンをくぐり、もとはトレーラーハウスのリビングルームだったところに出た。

トニーはベビーサークルの中で眠っていた。もうこんなに遅い時間？　驚いて時計を見るとまだ午後の半ばだった。外は暗いがまだ日が暮れる時刻ではなかった。エスリンは戸口へ行き、小さな菱形《ひしがた》の窓から外を見た。真っ黒な雲が山々に押し寄せている。真っ先にルーカスのことが心をかすめた。彼は今朝早く馬で出かけた。迷っている群れがほかにもいるかもしれない、山の高いところを探してみると言っていた。気に入らない空模様だ。早く戻ってきてくれるといいけれど。

風がしだいに強くなってきた。トレーラーと家とのあいだの広い囲い地に赤土が舞い上がっている。エスリンはトレーラーでルーカスを待つことにした。あの砂塵《さじん》の中をトニーを抱き、おむつや何やらをさげて家に戻るのは考えものだ。それに嵐はおそらく数分で通過するだろう。

トニーの様子をもう一度見てから暗室に戻り、仕事に没頭した。ぐらぐらと揺れが来て、エスリンははっとした。ものすごい風が打ちつけ、アッパーカットを食らったようにトレーラーが横揺れした。トニーがむずかっている。エスリンは急いで暗室を出た。とたんにトレーラーは緑色がかった不気味な光に包まれた。

トニーが泣きだした。エスリンはドアに飛びついて開けた。風はドアを彼女の手からもぎ取り、トレーラーの外壁に激しく叩《たた》きつけた。ドアをつかまえようとコンクリートの段の上に下りると、雨が針のように肌を刺した。弾丸のように雹《ひょう》が打ちつけた。雹はあっという間に地面を白く覆った。

「大変！」ドアを閉めようとエスリンはありったけの力で風と戦った。頭上には黒雲が沸き立っている。空は低い雲に完全に閉ざされていた。厚いベルベットの幕を引きめぐらしたようだ。ぎざぎざの稲妻が地を打ってはじける。轟《とどろ》き渡る雷鳴で火がついたようなトニーの泣き声さえ聞こえないくらいだった。

やっとのことでドアを閉めラッチをかけたが、精も根も尽き果てた。くたくたになったエスリンは這《は》うようにベビーサークルのところへ行き、トニーを抱き上げた。そのとき初めて服がびっしょりなのに気がついた。額に張りついた髪から雫《しずく》がぽたぽた赤ん坊の上に落ちる。

「よしよし、トニー、じきにおさまるわよ」囁《ささや》きかけながら、本当にそうだといいけれどと思う。

ルーカスはどこにいるのかしら？

嵐の中をさまよっている彼を、容赦なく彼を襲う風と雨と雹を想像し、エスリンは固く目を閉じた。

突風が叩きつけるたびに、トレーラーが引っくり返り自分もトニーもつぶされてしまうのではないかと恐ろしかった。外壁に砂礫《されき》が当たる音が聞こえる。いまにもどこかの窓を破って飛び込んできそうだ。

エスリンは泣き叫ぶトニーをきつく胸に抱き締めた。すると赤ん坊は安心するどころか、母親の恐怖を感じ取っていっそう泣き声を張り上げた。エスリンは狭い室内をうろうろし、雷鳴が轟くたびに今度はこのトレーラーに落ちるのではないかと、命が縮まった。

「ルーカス、ルーカス」エスリンは祈るようにつぶやいた。馬が怯《おび》えて彼を振り落としたりしなかったろうか？　どこかで気を失って倒れているなんてことはないだろうか？　谷に落ちて脚を折ってはいないだろうか？

不吉な想像が次々に浮かぶ。しかも、そのどれもがありえないとは言えないのだ。エスリンはトニーの頭に頬を押しつけ、その頂を涙で濡《ぬ》らした。

自分がとてもちっぽけで無力に感じられた。神の怒りはすさまじく、神はその怒りをこれでもかこれでもかと見せつけようとしているようだった。自分が起こした嵐のために一人の女とその赤ん坊が死んだとしても、神はわずかなりとも気に病むだろうか？

何よりも待つことがつらかった。でも、待つ以外に何ができるだろう？　たとえ一人だったとしても、吹きさらしの開墾地を横切って家に行くのは危険だ。ましてトニーを抱き、腕で守りながらあそこを渡るのはとうてい不可能だった。天の底が割れたような土砂降りを吸い込みきれない地面は、すでに泥の海と化している。目がくらむような稲妻の閃《ひらめ》きの合間はあたりは闇《やみ》で、見通しがきかない。外に出たらきっと方向を見失ってしまう。

嵐の兆しを感じたときなぜすぐにトレーラーを出なかったのだろう。家にいても怖いことに変わりはないとしても、ここにいるよりはずっと安全だ。

いまさらいくら自分を責めてもしかたなかった。私は判断を誤った。考えが甘かった。その代償に自分の命と、そしてこの子の命まで失うことになるかもしれない。

ルーカス、ルーカス、ルーカス。

エスリンはぐらぐらする椅子に座った。昔アリスとルーカスが引っ越すときに置いていった椅子だ。トニーを抱き締め、揺すり、うわの空で小さく子守歌を歌いながら、ただ運を天に任せるしかなかった。

どんどんという音がしたとき、初めエスリンはまた吹き飛ばされた砂礫がトレーラーにぶつかったのだろうと思った。だが、音と一緒に名前を呼ぶ声がする。彼女は喜びの声をあげ、よろめきながらトレーラーを横切った。

「ルーカス！」

「ドアを開けろ！」彼が叫ぶ。

トニーを片腕に抱きながら、エスリンは片手で不器用にラッチをはずした。ドアを開けると、ルーカスが風に押され、倒れ込むように入ってきた。エスリンはこらえていたものが一気にあふれ、すすり泣きながら彼に体をぶつけた。三人もろとも床に転がらずにすんだのは、ルーカスが足をふんばって支えたからだった。

エスリンは彼の名前を何度も呼びながらすがりついた。彼のシャツは濡れて肌に張りついていた。ブーツはべっとり泥にまみれ、革のあご紐《ひも》でしっかりと頭に結わえられた帽子からは雨水がしたたり落ちている。そんな格好だが、いまのいまくらいルーカスがすてきに見えたことはなかった。

二人は固く抱き合った。開いた戸口から雨が滝のように降り込む。二人のあいだでトニーが火のついたように泣いていた。ルーカスはエスリンの顔を自分の首に押し当て、しゃくり上げる声が静まるまで彼女の背中を両手でさすった。

「どこか怪我《けが》をしたか？」

「いいえ。だ……大丈夫。怖かっただけよ」

「トニーは？」

「トニーも大丈夫。この子は私が怯えているのを感じ取って怯えているの」エスリンは震えを止めようとして唇をきつく噛《か》んだ。「私、あなたに何かあったんじゃないかと思って……」

「ああ、あったさ。嵐に捕まっちまった」ルーカスは苦笑いした。「来るのがわかったが、間に合うように帰り着けなかった。馬の蹄鉄《ていてつ》がはずれたんで引いてこなくてはならなかった。馬が怯えてなかなか歩いてくれなくてね」

エスリンは彼の顔に手を当てた。彼の顔は濡れていた。気づきもしなかった。「あなたが道に迷っているんじゃないかと思ったわ。怪我をしてどこかで倒れているんじゃないかと思ったわ。心配でたまらなかった。あなたがいなくてどうしようもなく心細かったわ」

「それならこっちも死ぬほど心配したぞ。家に帰り着いてみると君もトニーもいないんだからな」ルーカスはエスリンの口から濡れて張りついた髪をのけ、唇に触れた。「とにかく三人とも無事でよかった。次の問題はあそこを横切って家に戻ることだ。ここは一刻も早く出たほうがいい。外のほうがまだ安全だ。思い切って、行くか？」

エスリンはうなずいた。危険については何も考えなかった。ルーカスがいてくれる。それだけでもう安心だった。

「トニーをくるむものが何かあるか？」彼がきく。

トレーラーに赤ん坊のための予備の毛布を何枚か置いてあった。ルーカスが外をにらんで家への最短距離を考えているあいだに、エスリンはトニーを毛布で幾重にも、生きたミイラのようにくるみ込んだ。トニーは泣いたが、濡れた体を拭《ふ》き、食事をやって落ち着かせれば機嫌が直るのはわかっていたので泣かせておいた。

ルーカスは余った毛布を取り、すっぽりとエスリンの頭に被《かぶ》せてあごの下で結んだ。「たいして役には立たないだろうが、何もないよりはましだろう。さて」彼は両手で彼女の肩を握り、まっすぐにその目を見た。「君はただトニーをしっかり抱いていればいい。あとは僕に任せろ」彼女がうなずく。「じゃあ、行くぞ」

あとになってみると、ふつうなら一分とかからないその距離を、どうやって家までたどり着いたのかエスリンはまるで思い出せなかった。すさまじい風と雨と雷と恐怖。行けども行けども行き着かないように思えた。トレーラーの段々を下りたとたんエスリンの靴は泥にはまって脱げてしまった。爪先で探っていると、「ほうっておけ」と、ルーカスが嵐に負けない声で怒鳴った。彼女は残りの道のりを裸足《はだし》で歩いた。ぬかるみで何度もすべって転びそうになったが、そのたびにルーカスのたくましい腕が支えてくれた。トニーをあまりきつく抱き締めていたので、赤ん坊の肋骨《ろっこつ》が折れてしまわないかと心配だった。エスリンは頭を低く下げ、ほとんどずっと目をつぶっていた。

やがて脛《すね》が何かに当たり、それが家のポーチだとわかった。ルーカスに助けられながらやっとの思いで階段をのぼり、庇《ひさし》の下に入った。ルーカスは玄関のドアを開けるやエスリンを中に押し込んだ。彼女を壁に寄りかからせ、彼女が乱れた息を整えているあいだに帽子とブーツを脱いでポーチへほうり出した。

彼はエスリンの頭を包んでいた毛布を取り、それも帽子とブーツ同様にほうった。「そこを動くんじゃないぞ」彼は厳しく言った。「いま毛布を取ってくる」彼は裸足で寝室に向かった。ルーカスの服から雨水がぽたぽたタイルの床にしたたり落ちた。彼が向こうへ行っているあいだに、エスリンはトニーをくるんだ毛布を剥《は》いだ。

「勇敢な私の坊や」彼女はトニーを抱き上げてキスをした。「おまえもパパもとても勇敢だわ」

ルーカスが戻ってきて、エスリンの肩に毛布を投げかけて包んだ。

「私の歯、がちがち鳴っているわね」エスリンは言う必要もないのに言った。

「気づいていたよ。さあ、急いでトニーを拭いてやろう。その次が君だ」二人は一緒に子供部屋に行った。停電していたので、ルーカスが寝室からこれまではただの飾りとして立ててあった蝋燭《ろうそく》を二本持ってきた。蝋燭明かりの下でエスリンは手早く赤ん坊の服を脱がせ体を拭いた。そのあいだにルーカスはキッチンに哺乳瓶《ほにゅう》を取りに行った。エスリンがトニーのねまきのスナップをはめているとき、彼はタイミングよく温めたミルクを持って戻った。

「僕がミルクをやろう。君は熱いお湯につかっておいで。さっき蛇口をひねっておいた。蝋燭を一本持っていくといい」

そう言いながらルーカスは、着替えさせた赤ん坊がまた濡れないように濡れた服を脱いだ。裸になり、エスリンがトニーを拭くのに使ったタオルをひらりと体にかけた。ベビーベッドからトニーを抱き上げて揺り椅子に行く。

こんなときでなかったら、裸のインディアンの大男がギンガムのクッションを置いた揺り椅子に座り赤ん坊にミルクをやっている光景は大笑いを誘ったことだろう。だがエスリンはまだ恐怖がさめやらず、笑うどころではなかった。

「お薬をあげるのも忘れないでね」エスリンはジーンが赤ん坊のために処方してくれた薬の方へ小さくあごをしゃくった。

「忘れないよ」

赤ん坊をルーカスに預けてひと安心したエスリンはバスルームへ行った。彼女が蝋燭を手にバスルームから出てきたのはたっぷり三十分も経《た》ってからだった。熱い湯に肩までとっぷりつかった。凍えた体に湯が心地よくしみ渡り、尖《とが》った神経をゆるゆると解きほぐしてくれた。上がる前に髪を洗った。髪を拭いてうしろにとかしつけ、タオル地の丈の長いバスローブを着た。

子供部屋をのぞくと、トニーはベビーベッドの中で安らかな寝息をたてていた。エスリンはその頭にそっと手を置いた。涙が込み上げた。トニーがいとおしくてならなかった。トニーのいない暮らしなど想像もできない。彼が授かるまでの人生は、なんてむなしく寒々としていたことだろう。

エスリンはトレーラーの中で神の御心を疑ったことに許しを願った。神はトニーという大きな恵みを私にくださった。すさまじい嵐の中、家族三人無事に切り抜けさせてくださった。神の慈悲やはからいを二度と疑ったりしまい。

眠っている赤ん坊を残し、エスリンは忍び足で部屋から部屋へと歩いた。ときおり閃く青白い稲妻と手にした蝋燭の揺らぐ明かりだけが頼りだった。

ルーカスはキッチンにいた。ガスレンジの前に立って何やらお鍋《なべ》をかき回している。エスリンが入っていくと彼は振り返った。足音をたてなかったのに、気づいた。「この旧式のガスレンジも役に立つことがあるわけだ。つい昨日、君のためにもっと立派なやつを買ってやれたらなあと思ったんだが」

「私はそれが気に入っているわ」彼は乾いたジーンズをはいている。上半身はまだ裸で裸足だった。髪は乾き始めている。エスリンは彼がこの先も髪を短くしないでほしいと思った。頭を動かすたびに揺れる様子が好きだった。「何を作っているの？」

「ココア。君は座っていたまえ」

エスリンは蝋燭をテーブルに置いて椅子を引き出した。「あなたに料理の心得があるとは知らなかったわ」

彼は湯気の立つ飲み物を用意してあったマグカップに注《つ》ぎ、バーナーの火を消した。

「何かを言うのは、味を見てからのほうがいいぞ」彼はエスリンにカップを手渡した。

エスリンは火傷《やけど》しそうに熱いココアを用心深くすすった。ココアは濃くて甘くておいしかった。それは少しずつ胃の中に落ち、うれしいぬくもりが体中に広がった。「とてもおいしいわ、ルーカス。ありがとう」

「何か食べるか？」

「いいえ」エスリンは急いでルーカスの方へ顔を上げた。「あなたは？　私が何か支度を……」椅子から立とうとすると、ルーカスが両手を肩に置いた。

「いや。腹は減ってない。さあ、君はココアを飲んでしまうんだ」彼は手を離し、足音をさせずに窓ぎわへ行った。「嵐が去っていくな」雨はまだ激しかったが、風の勢いは衰えていた。雷は遠ざかりながら低くごろごろ鳴っていた。稲光もさっきほど恐ろしく不気味ではなくなった。

エスリンはマグカップを唇に持っていき、ココアを何口か飲んだ。全部飲んでしまおうとしたが、喉にかたまりが込み上げて邪魔をする。彼女はルーカスから目を離すことができなくなった。灰色の窓をバックに、彼の横顔のシャープな輪郭がくっきりと浮かび上がって見えた。彼女はルーカスを美しい男だと思った。

さっきの恐怖が突然まざまざとよみがえり、ありとあらゆる感情がどっとエスリンを襲った。体が激しく震え、カップからココアがこぼれて手を火傷した。唇がわななし、すすり泣きがもれ出るのを止められなかった。

「エスリン？」

エスリンは返事ができなかった。話そうとすれば泣き声になってしまう。唇に手を押し当て、泣くまい泣くまいと懸命にこらえた。

「エスリン？」ルーカスがまた言った。

気づかわしげな彼の声に、エスリンはついにこらえきれなくなった。自尊心と虚勢《うず》のダムが決壊し、涙がどっとあふれだした。彼女は肩を震わせ、両手に顔を埋めた。

「どうした？　どこか具合が悪いのか？　どこか痛めたのか？」ルーカスはエスリンの前

にひざまずいた。怪我の場所を探るように彼女の腕や震えている肩に手を走らせた。

エスリンは顔から手を下ろしたが、涙は止まらず頬を伝い続けた。「いいえ、いいえ、どこも怪我はしていないわ。なぜだか……なぜだかわからないけれど、涙が出てきてしまうの。きっといまになってまたショックがぶり返したのね。とても怖かったから」またもどっと涙があふれた。

ルーカスは手を伸ばしエスリンの髪に触れた。「泣くな」と、彼は囁いた。「泣くのはよせ。もうすんだんだ」

彼の顔の片側は影になっていたが、蝋燭がもう一方の側を照らしている。エスリンは両手を彼の方へ差し伸べた。懇願するように。指先で彼の顔にそっとそっと触れた。「あなたに二度と会えなかったらどうしようと思ったわ。怖かった。もしあなたの身に何かあったとしたら、私も生きていられないと思ったわ」

「エスリン……」

「自分の身の安全より、トニーの安全よりあなたが心配だったの」エスリンは両手を彼の頭から上腕へと走らせ、また顔に触れた。

「僕は無事だった」

「でも私には無事かどうかわからなかったわ」エスリンは荒々しく言った。

ルーカスは彼女の唇に指を三本押し当て、その震えを静めた。「僕だって早く君のところへ戻りたくて半狂乱だったさ」

「本当？」

「心配でたまらなかった」ルーカスは彼女の顔を繊細なそのつくりを確かめるように指でなぞった。彼女も彼の顔に同じことをしていた。

「ルーカス？」

「なんだ？」

彼は身をかがめて優しく、ほんの少しのあいだキスをした。エスリンは喉の奥で小さくうめき、両手を彼の肩に置いた。その手を握ったり開いたりした。

「私、もうけっして一人ぼっちになりたくない。あなたのいない人生なんて、いや」

「心配するな」

「けっして私を一人にしないでね」

「するものか」

「私とトニーはあなただけが頼り」

「僕は君とトニーを守り続ける」

「私、ばかみたいかしら？　意気地なしかしら？」

「君は勇敢だ。僕は君を誇りに思っている」

「私を？」

「ああ、とても」

「愛しているわ、ルーカス。私はあなたを愛しているわ」

そう告白してしまうと堰《せき》を切ったように次々と言葉がこぼれだした。何週間もエスリンの胸中にためこまれていた愛が言葉となってこぼれ出た。栓を抜かれたシャンペンが勢いよくあふれるように、思いのありったけをあふれさせた。言葉の合間合間に二人の唇は軽く短く触れ合い、息を交換した。

だがじきにそれでは我慢できなくなった。ルーカスの腕がやにわに伸びてエスリンの体に巻きつく。彼は首を傾けて焼けるようなキスをした。彼の唇は飢えており、彼女の口は美味だった。彼は低くうめきながら彼女の口に舌を押し込み、彼女の舌と絡ませた。それは情欲を剝《む》き出しにしたキスだった。

彼の腕が背中をすべって前に回った。彼はローブの帯を解き、両手を内側に差し入れる。彼女は温かく柔らかだった。乳房をすくうと手からあふれそうに豊かだ。彼の指に力がこもった。

彼は彼女の喉にキスを這わせる。彼が舌先で乳房の頂に触れるのを、エスリンはいとしさと不思議さの混じった気持で見つめていた。舌が乳首をくすぐる。彼女は小さく喜びの声をあげた。彼の口はもっと彼女を歓喜させようともくろみ、愛の行為のように前後に動いた。

エスリンは彼の肩の上から彼の広い背中を見下ろした。彼の動きに伴い、なめらかな皮膚の下で筋肉が波立つ。彼女はローションを塗り広げるように彼の背の肌に両手をすべらせた。

ひざまずいている彼の髪がエスリンの下腹をこすった。彼はそこに唇をつけた。彼女の臍《へそ》にくちづけをした。それから膝の間に顔を埋める。彼女は喜びに震えて頭をのけぞらせた。すすり泣くように彼の名前を呼んだ。

彼はゆっくりと彼女の脚を開きキスを浴びせた。

エスリンは熱い情熱の渦に吸い寄せられ、のみ込まれ、溺《おぼ》れてしまいそうだった。彼の腕に抱き上げられ運ばれていくのもわからなかった。

優しくベッドの上に下ろされ、やっとどこにいるのか気づいた。布のこすれる音がした。ルーカスがジーンズを脱いでいる音だ。目を開くと、彼がジーンズを足から引き抜くところだった。まるでエスリンにサービスするように稲光がし、彼のすばらしい全裸の姿を照らし出した。

エスリンは彼がかたわらに横たわると思っていた。だが彼はエスリンの脚のあいだにひざまずき、身をかがめた。

「ルーカス」エスリンは弱々しく異議を唱えた。

「これは君への恩返しだ、エスリン。ずっと前の朝君がしてくれたことへのね」

彼の口はしだいにエスリンを高ぶらせた。それはいままでに味わったどんな刺激とも違っていた。何度も何度も来るエクスタシーにエスリンは息も絶え絶えにのけぞらせた頭を枕《まくら》に打ちつけた。彼は彼女を死ぬほど喜ばせようと無我夢中だった。エスリンは喜びのあまり、激しさのあまり本当に死んでしまうのではないかと思った。

悦楽のめくるめく牢《ろう》からようやく解き放たれたとき、エスリンの体はしたたる汗にまみれ、唇は自分の歯の噛み跡から血がにじんでいた。ルーカスは信じられないほど思いやり深かった。エスリンの体にくまなく唇を這わせ、キスで汗を優しく拭《ぬぐ》い、舌で顔を洗ってくれる。エスリンの体に喜びがまたくねり広がり始める。彼は静かにそっと体を重ねた。

彼のセックスは熱く固い。エスリンはそれを腿の内側に感じた。彼が欲しくて、それを伝えようと腰を浮かせて体をすり寄せた。

「体は大丈夫なのか？」

「大丈夫」

彼は鋼鉄のように固かった。ベルベットのようになめらかだった。あまりに完璧《かんぺき》に入ってきたのでエスリンは顔を歪《ゆが》めた。「痛いか？」ルーカスが心配そうに言う。けれど腰を引こうとする彼にエスリンはきつく脚を絡ませた。

「私はあなたのすべてが欲しいの」

ルーカスは彼女の肩のくぼみに顔を埋め、感きわまって低くうめいた。彼女の言葉がうれしかった。彼を包み込んでいる彼女のなめらかでタイトでクリームのような感触がうれしかった。彼は永遠にそうしていたいと思った。彼はできる限りこらえた。

しかし彼の体は飢えていた。切望していた。いつまでもこらえていることはできなかった。動き始めるとじきにクライマックスに達した。それは二人にさっきの大嵐のような激しさで襲いかかった。

それが過ぎ去ったあと、彼はエスリンの上にくずおれたままじっとしていた。やがて互いのあえぎが静まるとそっと体を回し、顔を向き合わせたまま横たわった。

窓の外で稲妻が閃くたびに、ルーカスは寝室の鏡に映し出されるエスリンの背中やヒップを楽しんだ。挑発的な映像だった。彼女の髪は奔放に乱れ、彼女の肌は透き通らんばかりに白く、彼女の体の柔らかな曲線の上を動く彼の手は対照的にいかつく黒い。

彼は驚くほど遠慮なく触った。けれどエスリンは抗議の言葉ひとつもらさなかった。彼は大胆だった。これまで胸に押しこめていたありとあらゆる好奇心を満足させた。好き放題自由にさせてもらえるうれしさに彼は息もつけず頭が痺《しび》れた。彼女はどんなにきわどい愛撫《あいぶ》にもひるまず、それどころか満足しきったため息をもらした。

ルーカスは最初のときにこのまま死なせてくれと祈ったことを思い出した。あのとき、エスリンの中にいるいまこそが至福だと思った。これに勝る幸福などありはしないと思ったのだった。彼はいまあのときと同じ至福を味わっていたが、実に勝手なことに死にたいとは思わなかった。

彼女と愛し合うのを、夫のこの特権をかたくなに自分に禁じていた僕はなんてばかだったんだ。彼女の体はとっくに出産の傷から癒《い》えていた。ジーンがもう大丈夫だとそれとなくゴーサインを出してくれていたのにだ。

だが彼は頑固に彼女への欲望をはねつけ続けた。それにともなう感情を恐れていたからだった。エスリンの体だけなら欲しくなかった。彼が欲しかったのはエスリンのすべてだった。生まれて初めて、彼は他の人間を必要と感じた。それも心の底からそう感じたのだった。

甘い余韻にぐったりと体を浸しながら、ルーカスはそっと彼女から離れた。彼女のあごをつまんで唇にキスをした。感謝とおやすみのつもりだったが、彼女の舌が彼の下唇をくすぐり、もっと深いキスへといざなった。

「あの日……あなたのお母様の結婚式の日……」エスリンは唇を寄せてささやいた。

「うん？」

「私、窓の前で服を脱いだでしょう？　あのときあなたが外にいるのを知っていたわ」彼が頭をうしろに引いて顔を見る。「私あなたに見せたかったの」エスリンは告白した。「あなたを誘惑したかったの」

ルーカスは眉ひとつ動かさなかった。エスリンの目をじっと捕らえたまま長いこと黙っていた。やがて彼は言った。「君の思うつぼだったよ」

彼はすばやく仰向けになり、エスリンを体の上に引き上げた。「のってくれ」

エスリンは彼を迎え入れ、彼が夢見ていたことをした。情熱の限りをこめ、ファンタジーさえ越えたところへ彼を連れていった。ルーカスは息も絶えそうになりながら、だが必死に目を開けて彼女の白い肌と彼女の金色の髪を楽しんだ。彼女の乳房をいとおしみ、固く尖ったその頂には特別の愛撫をした。その刺激に彼女が背をのけぞらせると、彼は感じやすい部分を次々に探っていっそう彼女を駆り立てた。

ついにエスリンは身を震わせ彼の胸の上に倒れ込んだ。ルーカスは胸と両腕と両脚で彼女を包み、自分のありったけを、力を振り絞って彼女に捧《ささ》げた。彼女の体はその贈り物を享受した。

力尽き果て、体を合わせたまま、二人は長いあいだ横たわっていた。やがて彼は彼女を下ろし、彼女の背中を胸に引き寄せた。二人はじきに眠りに落ちた。彼も彼女も、これほど深く安らかな眠りはこれまでに知らなかった。

# 第十二章　トニーのいのち

「あの夜、あなたが私の家を選んで侵入してくれてよかったわ」

ルーカスは頭を傾《かし》けてエスリンを見下ろした。「僕もそう思う」

エスリンは彼の胸毛を軽くつまんだ。二人は夜中何度も何度も愛し合い、その合間にまどろんだ。触れるとすぐにパッションが燃え上がる。いま二人はしばし満ち足り、乱れたシーツのあいだにけだるく横たわっていた。嵐《あらし》はとうに去り、朝の光が寝室を薔薇《ばら》色に染めている。

「私、死ぬほどあなたが怖かったわ」

「僕も死ぬほど君が怖かった」

エスリンはびっくりして笑い、うつぶせになって肘をついた。こうするとルーカスの顔を見下ろせる。「私が？　あなたが私を怖がったですって？　なぜ？　私にやっつけられると思ったの？」

「意味は違うが、あのとき僕を参らせるものがあったとすれば、それは美しい女だった。

君は僕を完全に骨抜きにしてくれた。僕がなぜあんなナイフで武装したと思う？」

「あなたは私を美しいと思ったの？」エスリンは伏し目がちにまつげの下から彼を見た。

「言わせたいのか？」

「ええ、あなたが絶えずお世辞を言ってくれたとしてもけして飽きないわよ」エスリンはちくりと皮肉を言って笑顔で和らげた。

ルーカスは微笑で応《こた》える雅量を見せた。「君は美しい。本当にそう思う。しかし、君を初めて見たとき僕がどう思ったか知りたいか？」

「ええ。どう思ったの？」

「こんちくしょう」

「え？」

「そう思ったのさ。こんちくしょうって。なぜこの女はこんなにいまいましくすばらしいんだ。なぜ体も顔も天使みたいなんだってね。君があんまり美しいから地獄に堕《お》ちろと呪《のろ》ったほどさ。もし君が男だったら、あごをぶん殴って逃げただろうな。あるいはミス・エスリン・アンドリューズが不器量だったなら、僕は彼女を縛って彼女のパンとソーセージを食べ、彼女の牛乳を飲み、おそらくは彼女の車を盗んでさっさとあそこから逃げただろう」

「あなたはそれを全部して……おまけに私の家に泊まったわ」

彼はちらと目をそらした。「捕まる危険がうんと大きくなることはわかっていたんだが」

「それならなぜ？」エスリンはルーカスの引き締まった平らかなおなかを指でくすぐった。

「君と寝たかったからさ」

「まあ」エスリンは小さく息をのんだ。

「ひと目見てから君が欲しくて、そして君を欲しがっている自分を嫌悪していた」

「良心が咎《とが》めたの？」

ルーカスは笑った。エスリンは、まだ耳新しいその太くて豊かな健康的な笑い声が好きだった。

「そんなんじゃない。女のことで良心云々《うんぬん》なんて感じたことはないな」

「それは不思議ね？」

「どうして？」

「お母様があんな目に遭ったのに」

ルーカスは顔をしかめた。「僕は女性を妊娠させたことなんかない」

エスリンはあらそう？　という目で彼を見た。すると彼は苦笑を浮かべた。「一度例外があった」

二人は唇を合わせた。

「あのときはこのこと以外何も考えられなかった」彼はエスリンの下半身に手をやり、柔らかな毛の茂みに指を遊ばせた。「力ずくで女に迫ったことなど一度もなかった。あのときまではね。君は僕が自分に課していたあらゆるルールに例外を作ってくれたよ」

「そうみたいね。うれしいわ。でも、私を欲しいからといってなぜ自己嫌悪に陥ったの？」

「たかが女を死にもの狂いで欲しくなるなんて気に食わなかった。ましてや白人の女を」

彼女はうれしそうな顔をした。「つまり、あなたは私を死にもの狂いで欲しかったわけね？」

「ああ」ルーカスはしわがれた声で認めた。

「私たちが一緒にいたあいだずっと？」

彼はこっくりとうなずいた。

「私を人質にしたのはそのためだったの？」

「見え透いた理由づけでなんとか理性をだまそうとしたのさ。君をそばに置いておきたいなんてまったく狂っていた。君の生活をめちゃくちゃにし、君を面倒に巻き込んですまないと思った。しかし……」ルーカスは肩をすくめた。「どうしても君を放せなかった。その一方で君を傷つけることになりはしないかと心配でしかたなかった」彼はエスリンの喉に手を置いて柔らかな肌を撫《な》でた。「だが結局僕は君を傷つけてしまった。そうだろう？」

「私はそうは思っていないわ」

「本当かい、エスリン？」

「本当よ」

「実のところ不思議だった。僕が眠っているあいだになぜ君は僕を殺さないんだろうって」

エスリンはほほ笑んだ。「なぜって、死にもの狂いで私を欲しがった気持がまだあなたの中にあると思ったからよ」

「あるどころじゃない。あのときよりもっとさ」ルーカスはエスリンの髪に指を巻きつけて引き寄せ、仰向けにして熱いキスをした。

長いキスのあと、息をはずませながらエスリンは言った。「あなたがあんなに頑固でさえなかったら、私たちずっと前からこんなふうにできたのよ。あなたは一センチも譲らない人なのね」

ルーカスは挑発するように唇を緩めた。「いまなら何センチか君に譲れる部分があるよ」

エスリンは彼の髪を引っ張り、下品なジョークのお仕置きをした。それからくすくす笑った。「あなたがジョークを言えるなんて、信じられない」

「すごく滑稽《こっけい》にだってなれるぞ」

「ほかの人にはそうなんでしょうね。でも私にはあなたはこちこちの石頭もいいところだったわ。アリスの家でのあの朝のことにいつまでもこだわって壁を立てて」彼の体がこわばりつき、離れていこうとする。エスリンは彼の背にしっかりと両腕を回した。「そこを動いてはだめよ、ルーカス・グレイウルフ」

「僕は自分を恥じていたのさ」

「あなたは私が必要だったのね」エスリンがとても優しく言ったので、彼は逃れようとするのをやめた。「誰かを必要とするのは少しも恥ずかしいことじゃないわ。人はときにはほかの人間を必要とする。そのことを認めるのがあなたにはなぜそんなに難しいのかしら？　人はみな頼り合って生きているのよ」彼女は愛をこめて彼の唇に指を触れた。「あの朝、私はあなたに必要とされてうれしかったわ。あなたがしたことを少しも怒っていなかったわ。ただ、私にもっと分かち合わせてくれなかったのがちょっと悲しかったけど」

エスリンは枕《まくら》から頭を起こしてルーカスにキスをした。彼は初め拒んでいたが、エスリンが口を動かし続けるうちにこわばりがほどけていった。彼女が枕に頭を戻すと今度はルーカスが覆いかぶさり、どれほど彼女を必要としているか証《あかし》を示した。

しばらくあとで、エスリンは両手を彼の汗に濡《ぬ》れた背から腰へすべらせた。「何か聞こえない？」

「ああ、聞こえる」ルーカスは彼女の胸に顔を埋《うず》めもぐもぐ言った。「僕の心臓だ。まだどくどく鳴っている」

エスリンは彼の肩に向かってほほ笑んだ。「私のもどくどくいっているわ。でも、私が言ったのは別のことよ」

「たとえばトニー？」

「そう、トニーよ。見に行かせてちょうだい」

ルーカスはエスリンから離れ、ゆったりと手足を伸ばして腹這《ば》いになった。そして彼女が昨夜脱いだバスローブを着て小走りに部屋を出ていくのを、熱い、深いまなざしで眺めていた。

思い出してみると、彼はこれまで幸福だったときは一度もなかったような気がした。幸福な思い出として心に残っていい場面もたくさんあったはずだが。誕生日とかクリスマスとか。祖父のジョセフと山に狩りに行ったのも楽しかった。陸上競技大会で優勝したときもうれしかった。だが、幸福は彼には手の届かないものだった。それは他の人々が所有しているものだった。ちゃんとした家庭と社会の中できちんとした場所がある人々、混じりけのない血を持った人々、恥辱を負って生きていない人々、レッテルを貼《は》られていない人々のものだった。

今朝、ルーカス・グレイウルフはいままで一番幸福に近いところにいた。思わず大きく笑みがこぼれ、これはなんだと驚いたり呆《あき》れたりしたが、まあいいじゃないかと自分を許した。山猫のようにしなやかに体を曲げ伸ばす。差し当たり心配事は朝食に何を食うかくらいのことだ。幸福になるというのは彼が思っていたほど畏《おそ》れ多いものではなかった。

トニーの部屋へと向かうエスリンの胸も喜びにあふれていた。昨日の恐怖はルーカスの愛できれいに拭《ぬぐ》われていた。窓からはあふれんばかりに日がきらきらと差し込んでいる。彼女の未来も日差しにあふれて見えた。なぜならルーカスを愛していたから。そしてその愛をついに彼に受け入れてもらえたから。

彼は私を愛していると言わなかった。だが一度に全部を求めるのは欲張りというものだ。彼は情熱をほとばしらせて抱いてくれた。私を彼の人生に彼のベッドに喜んで入れてくれた。愛はそこから徐々に芽生えてくるだろう。いまエスリンは得られたものだけで満足だった。人生はよいものだった。

「おはよう、トニー」彼女はほがらかに子供部屋に入っていった。赤ん坊は泣いていた。というより小さくひいひいっていた。「おなかがすいたの？　おむつが濡れているのかしら。おむつを替えたらご機嫌になってくれる？」

ベビーベッドにかがんだ瞬間エスリンは胸騒ぎを覚えた。理屈ではなく母親の直感でおかしいと思った。赤ん坊の荒く苦しげな息づかいにはっとし、額に手を置いたとたん、彼女は叫んだ。

「ルーカス！」

彼はジーンズをはいているところだった。エスリンの声が怯《おび》えていた。彼女がめったなことでは動じないのを彼は誰よりもよく知っていた。彼は子供部屋に飛んでいった。

「どうした？」

「トニーがひどい熱なの。それにこの息づかい」

小さな肺を出入りする息がひゅうひゅうとぞっとするような音をたてていた。呼吸は浅く早い。顔は赤いまだらになっていた。おなかがすいて泣き叫ぶ代わりに、そんな泣き方なら大歓迎なのだが、子猫のようなかぼそい声をやっと出している。

「どうしたらいい？」

「ジーンに電話して」そう言いながらエスリンはすでに赤ん坊の服を剥《は》ぎ、育児書の指示どおり常に手近に置いていた体温計を取り上げていた。ルーカスは何も言わなかった。ここは彼女の育児知識に任せ、キッチンへ走って電話番号を叩《たた》いた。

「もしもし」二度目のベルにジーンが眠たげな声で出た。

「ルーカスだ。トニーの具合がおかしい」

「風邪ぎみだったな。薬を……」

「その程度じゃない。呼吸困難に」

そのころにはジーンもルーカスの声のただならない響きに気づいていた。「熱は？」

「ちょっと待ってくれ」ルーカスは受話器をてのひらで覆い、大声でエスリンにきいた。

彼女がキッチンに来た。トニーを抱いている。彼女の目は怯えていた。「四十度」彼女はかすれた声で言った。「ああ、ルーカス」

ルーカスはジーンに赤ん坊の体温を言った。ジーンが罵《のの》り声を吐く。うしろでアリスが「誰から？　どうしたの？」などときいているのが聞こえた。

「ジーン、どうしたらいい？」

「まず君が落ち着くことだ」ジーンが諭した。「次にトニーの体を水で冷やして少しでも体温を下げる。そしてできるだけ早く連れてきてくれ」

「診療所へ？」

「そうだ」

「じゃあ、三十分以内に行く」

ルーカスは電話を切り、ジーンの指示をエスリンに伝えた。エスリンが浴槽でトニーに水をかけているあいだにルーカスは服を着た。それから彼女と交替し、彼が赤ん坊を見て、エスリンが急いで服を着た。

エスリンはトニーにおむつを当て、吸湿のよい薄手の毛布でくるんで玄関を出た。ルーカスが車のエンジンをかけて待っていた。

家の前は昨日の大雨で沼地のようだった。道路に出ようとするとスポンジ状の地面にタイヤが沈む。無理に進もうとするがうまくいかない。スリップを繰り返し、後部タイヤがぬかるみの中で魚の尾のように振れた。

ルーカスは背中をまるめハンドルを握り締めている。彼の険しい横顔はエスリンにいつかのことを思い出させた。彼がいまのように必死で彼女の車を駆ったときのことを。あのときエスリンは生きるか死ぬかの瀬戸際にいるように思った。だがこの状況と比べたらあんなものは怖さのうらにも入らない。いま、我が子の命が危険に瀕《ひん》しているこの瞬間、エスリンは真の恐怖を知った。

町に着くまでの時間が永遠ほど長く思えた。トニーの小さな体は燃えるように熱く、その熱がエスリンの胸を焼いた。赤ん坊は落ち着かなかった。少し眠ったかと思うと喉をぜいぜいさせて目を覚まし、息をしようと苦しそうにもがく。

車が駐車場に突っ込むようにして止まると、ジーンとアリスが診療所から飛び出してきた。「どんな様子だ?」エスリンの側のドアを開けながらジーンがきく。

「ああ、ジーン、この子を助けて」エスリンはすがるように言った。「体が燃えるように熱いわ。また熱がぶり返したみたい」

彼らは先を争うように診療所のドアに向かった。エスリンはトニーを抱いて診察室に入った。まだ開院前だったのでほかの患者はいなかった。

ジーンとアリスは、いても立ってもいられずうろうろしているエスリンを優しく押しのけながら、てきぱきと赤ん坊を診察した。エスリンは助けを求めるようにルーカスを見たが、彼は一心に赤ん坊を見下ろしていた。来る途中も彼はほとんど口をきかなかった。エスリンは彼を慰めたいと思ったが、何を言ってもそらぞらしく聞こえるだけだとわかっていた。それに、自分も気が狂いそうに怯えているのにどうして彼を力づけられるだろう。

ジーンは聴診器を当ててトニーの胸の音をじっと聞いていた。彼はそれを耳からはずして言った。「両方の肺に水が入っている。上部呼吸器疾患が悪化したんだな」

「でもよくなってきていたのよ」エスリンは突っかかるように言った。「指示どおりにちゃんと薬をのませていたわ」

「誰も君を責めてはいないよ、エスリン」ジーンは優しく言い、彼女の肩に手を置いた。

「こういうことはよくあるんだ」

「昨日……昨日この子はずぶ濡れになって。体が冷たくなって」エスリンは嵐のことを話した。「家に戻るとすぐに拭《ふ》いてできるだけ温かく着せてやったんですけれど、濡れたせいで？」

エスリンの声は甲高くなり細く震えた。いまにもヒステリーの発作を起こしそうだった。

アリスとジーンは口をそろえ、特別な原因がなくても赤ん坊の病気は急変することがよくあるのだとなだめた。

「抗生物質を与えていなかったからね」ジーンが言う。「けっして君の手落ちや不注意ではないよ」

「この子を治してくれ」

ずっと黙りこくっていたルーカスが突然言った。彼は診察台のそばに立ち、小さな息子から片ときも目を離さずにいた。この宇宙の中心であるトニーという星、その星の光がいまにも消えそうなのをかたずをのんで見守るように。

「ルーカス、私には手の打ちようがない」

エスリンは息をのみ、握り合わせた両手を血の気の失せた唇《う》に押し当てた。

「ここでできることはほとんどない」ジーンは言った。「フェニックスの大きな病院に連れていくことだ。乳幼児の集中治療室に入れて専門医の手に委《ゆだ》ねるしかない。ここには設備がないんだ」

「フェニックスまでは何時間もかかるわ」エスリンは半狂乱になった。

「医大で一緒だった男がヘリコプター救急サービスの責任者になっている。彼に電話をしよう。アリス、赤ん坊に解熱の注射を打ってくれ」

アリスが注射器の用意をするのを、注射がトニーに打たれるのを、エスリンは恐怖にこわばりついたまま見守っていた。注射がすむとアリスは赤ん坊にまたおむつをし、抱き上げてエスリンに渡した。エスリンは診察台で体を支えながら静かにそっと赤ん坊を揺すった。少しでも楽にしてやりたい一心で。

ジーンが戻ってきた。「ただちにヘリを飛ばしてくれることになった。ヘリは町を出たところのハイウェイの北側に下りる。去年毒蛇に噛《か》まれた患者を運んだことがあるパイロットだから場所はわかっているそうだ。ヘリには小児科の看護婦が乗ってくるし、病院では専門医が待機している」

「トニーはそんなに悪いんですか?」エスリンの声はわなわな震えた。

ジーンは彼女の手を握った。「こんなことで空脅しはしない。トニーの容体は本当に危険なんだよ」

数時間後、フェニックスの病院の専門医がジーンの診断を確認した。じっと待つしかないあいだ、それはまさに悪夢の時間だった。エスリンとルーカスは到着したヘリコプターにただちに乗り込んだ。それ以後、エスリンは医療に従事する人々に対する感謝と尊敬の念をいっそう深くした。ヘリに乗ってきた看護婦は、無線で専門医と連絡を取りながらすぐに応急処置を開始した。病院の屋上に着陸したときには、トニーは応急で可能な限りの処置を施されていた。

自分たちは立ち入りできないところへトニーが連れていかれると、エスリンはルーカスにすがりついた。抱いて力づけてほしかった。ルーカスはエスリンを抱き寄せたがそのしぐさは機械的だった。彼の心はそこになかった。エスリンは二人の心のあいだに大きな溝がぱっくりと口を開けているのを感じた。その朝家を出たときから、エスリンは彼の心がどんどん遠くへ離れていくのを感じていた。

彼は無表情だった。まるでこの恐ろしい出来事にいっさい関係がないかのように。だがルーカスは恐ろしい苦しみをなめているのだ。それなのにどうしてそんなに感情を抑えつけていられるのだろう。エスリンにはわからない。エスリンはいまにも壁に頭を打ちつけ始めそうだった。足を踏み鳴らし、髪をかきむしりそうだった。

二人は待つしかなかった。ルーカスと一緒にいるのに言葉も交わせないのがエスリンには耐えがたかった。死の床にいた老ジョセフやアリスに見せた彼のあの優しさはどこへ行ってしまったのだろう。いま私に慰めの言葉ひとつかけてくれないのはなぜ？　でもジョセフはすでに高齢だった。ルーカスはきっと何年も前から祖父の死に対しては心の準備をしていたのだろう。

医師が近づいてきたのでエスリンは我に返った。

「グレイウルフご夫妻ですか？」と、彼は礼儀正しく言った。二人はうなずいた。「お子さんの容体はかなり厄介です」彼は医学用語をずらずらと並べた。エスリンにはさっぱりわからなかったが、最後に彼はこう言った。「肺炎です」

「それならそんなに心配はありませんね」エスリンはほっと胸を撫で下ろした。「肺炎にかかった人なら知り合いにもたくさんいました。みなたいしたことなく全快したわ」

専門医は困ったようにちらとルーカスを見て、またエスリンに目を戻した。「たしかに肺炎の回復率は高い。しかし、この場合生後三カ月の肺ですからね。お子さんにどれくらいの自己治癒力があるかにかかっていると思います」

「そんなに危険な状態なんですか?」

「きわめて油断のならない容体です」

「あの子は死んでしまうんですか?」エスリンのわななく唇から思わず由々しい言葉がもれた。

「なんとも申し上げられません」医師は正直に答えた。「むろん私は彼のために精いっぱい闘いますよ」彼は励ますようにエスリンの肩をぎゅっと握った。「失礼。もう戻らないと」

「あの子に会わせてください」エスリンは医師の白衣の袖《そで》をつかんだ。

「それはおすすめできませんね。チューブがたくさんつけられていますから、そんなお子さんを見たらますます不安になるだけでしょう」

「彼女は子供に会いたがっている」ルーカスが囁《ささや》くようにしかしはっきりと言った。その低い声は大声で怒鳴るよりも威力があった。彼と医師はしばらく視線を戦わせたが、やがて医師が折れた。

「では一分だけ、ミセス・グレイウルフ。それ以上はだめです」

廊下に戻ったとき、エスリンはひどく泣いていた。ルーカスは彼女の体に腕を回し、背中を静かに叩いた。だがエスリンはさっきと同じように彼とのあいだに目に見えない壁を感じた。よそよそしい態度やひややかな灰色の目からはなんの慰めも得られなかった。

二人はその日一日、そして夜も病院の待合室で過ごした。エスリンは食事にさえ行こうとしなかったが、看護婦たちが優しく彼女を促した。ルーカスには誰一人近寄らなかった。きっとみな彼を怖がっているのだろうとエスリンは思った。その硬い表情の下で何を考えているのか、彼以外の誰にもわからなかった。

二日目の夜が明けて間もなく、医師はトニーの状態は依然として危険だと告げた。「しかし運び込まれたときにはここまで持ちこたえるとは思いませんでしたよ」彼はちらと楽観を仄《ほの》めかした。

エスリンは希望を抱いた。「彼はなかなか頑張り屋らしい」

それから間もなくジーンとアリスが駆けつけた。どんなにちっぽけな望みにでもすがりたかった。二人はじっとしていられず、休診の張り紙をし、長いドライブをしてきたのだった。思いがけなく二人の姿を見たエスリンは感謝でいっぱいになり涙に暮れた。

デクスター夫妻はエスリンが憔悴《しょうすい》しきっているのに驚き、ホテルを取ってひと眠りするように懸命に説得した。しかしエスリンは頑として聞かない。しかたなく、それではせめて温かなものを食べさせようと、エスリンとルーカスのために病院の食堂から食事を取り寄せた。

二人は待合室に座っていた。ちょうど朝食をすませたところだった。ルーカスは顔を上げ、やにわに怒ったようにナプキンを投げて立ち上がった。彼の脛《すね》がテーブルにがつんとぶつかった。「誰があいつらを呼んだんだ?」彼はこちらへ来る二人連れに聞こえるのもかまわずぶしつけにきいた。

「私よ」エスリンの声は震えた。立ち上がろうとすると膝頭もわなわなした。夫はかんかんになっている。そして父と母とはあのとき以来会うのも口をきくのもこれが初めてだった。「お母様、お父様」エスリンは進み出た。「来てくださってありがとう」

アンドリューズ夫妻は何を言いどうふるまうべきかわからず途方に暮れているようだった。エレナはハンドバッグの象牙《ぞうげ》の取っ手をいじり回している。ウイラードは娘とその夫から目をそらし、あちこちを眺め回していた。

「私たち、せめてこのくらいのことはしてもいいと思ったのよ」エレナが居心地の悪い沈黙を破って言った。「とても気の毒に思っているわ。赤ん坊の病気のこと」

「何かいるものはないか、エスリン? 金は?」ウイラードが言う。

ルーカスは恐ろしく下品な言葉を吐き、彼らを回り、肩で押しのけて出ていった。

「いいえ、何も。お父様」エスリンは穏やかに言った。あらゆる問題をお金で解決したがる両親が恥ずかしかったが、それでも二人を許した。父と母が来てくれてうれしかった。彼らの偏見の強さや頑固さを考えれば、そして自分がしたことを思えば、両親のこれ以上の譲歩は望めないほどだった。

　エスリンはこのぎこちない場面をどうしたものかと気を揉《も》んだが、アリスが進み出て助け船を出してくれた。

「アリス・デクスターです。トニーの父方の祖母です。どうか息子の失礼をお許しください。彼はいまとても動揺しているんです」アリスは静かに言った。その口調には卑屈さも構えたところもなかった。老ジョセフの小屋で初めて会ったときもそうだったが、エスリンはアリスの物腰に感銘を受けた。アリスはまっすぐに、彼女の数年分の衣装代に匹敵するにちがいないドレスを着ているエレナを見た。アリスは少しの反感もなく、臆《おく》しもせずに手を差し出した。「夫を紹介しますわ。ドクター・ジーン・デクスターです」

　エスリンは四人をその場に残してルーカスを捜しに行った。彼は廊下の突き当たりの窓の前に立っていた。むっつりした顔で雲ひとつない空をにらんでいる。刑務所でもあんなふうに鉄格子の窓から外を見ていたのだろう。大自然の中に身を置くのを喜びとする彼にとってそれは地獄のような日々だったにちがいない。

「ルーカス」彼の肩がぴくりとしたが、それ以外の反応は返ってこない。「私が父と母に連絡したことを怒っているの？」

「彼らは必要ない」

「たぶんあなたには。でも私は必要なの」

ルーカスがいきなり振り向いた。その目に燃える怒りのすごさに、エスリンはもう少しであとずさりしそうになった。彼はエスリンの手をつかむと部屋に引きずり込んだ。仮眠がとれるように看護婦が二人のために用意してくれたのだが、どちらも横になろうとも思わなかった。重たいドアが音もなく閉まると、ルーカスは烈火のごとくエスリンに迫った。

「君は彼らの金が目当てなんだろう？　ああ、そうに決まっている。いったいどういう了見だ？　僕の力じゃ息子に充分な医療を与えてやれないとでも思ったのか？　それで電話でおやじに泣きつき、下層階級の男と結婚して悪うございましたと詫《わ》びたわけか？　そしてどうか小切手帳をポケットに入れてきてくださいと頼んだのか？」

「よくも侮辱してくれたわね、ルーカス！」エスリンは激しく、彼の顔が横に飛ぶほど激しく彼を打った。

ルーカスはすぐさま向き直り、歯を剥《む》き出して報復の手を振り上げた。が、その手はエスリンの頬を打つ前に止まり、ゆっくりとわきに下ろされた。

エスリンは彼にむしゃぶりついた。両手で彼のシャツをつかんだ。「やってちょうだい。私を殴ってちょうだい。そうすれば……そうすればあなたが石像じゃなく血の通った人間だってことがわかるかもしれない。あなたに人間らしい気持や感情があることを証明するためなら、私は喜んであなたに殴られるわ」エスリンは彼を揺さぶり、彼の胸の壁に白い拳《こぶし》をぎりぎり食い込ませた。「ルーカス、まったくあなたって人は！　何か言ったらどう？　怒鳴ったら？　わめいたら？　あなたのつらさを私に見せて。あなたがつらいことはわかっているわ。あなたはトニーを愛している。この世のほかの誰も愛していないとしてもあの子だけは愛している。その子が死にかけているのに胸がえぐられないわけがないわ。その苦しさを私に拳でぶつけて。わめいて叫んで私にぶつけて。私はあなたと苦しみを分かち合いたいの」エスリンは泣いていた。拭おうともしない涙が頬を伝う。口の端にたまった涙をなめた。「あなたはとてもとても誇り高いのよね？　何事にも超然としていられる」エスリンはそう言いながら首を振り、その言葉を否定した。「私はあなたがそうじゃないことを知っているわ。ジョセフが亡くなったときあなたが哀歌を歌うのを聞いたわ。あなたが悲しみに打ち伏すのをこの目で見たわ。でもその悲しみですら、あなたがいま自分の息子のために感じている苦しさつらさに比べたらちっぽけなはず。あなたはその愚かな思い込みとひがみ根性のせいでいつも一人ぼっちだった。世の中があなたをつまはじきにしたんじゃないわ。あなたがけっして他人を寄せつけなかったのよ。あなたは自分の子供が死にかけているのに泣くこともできないほど心が冷たいの？」エスリンはさらに言いつのった。「あなたは誰も必要としないというのね。でもそれは嘘《うそ》よ、ルーカス。あなたはただそれを認めたくないだけなのよ。私はこんなときに父や母の支えが欲しかった。あだからプライドも何もかものみ込んで電話をしたの。電話を叩き切られるかもしれなかった。それでも私はできる限りの支えをかき集めたかったの。こんなに恐ろしくてつらいことをたった一人で耐えていたくなかったの。たとえ面子《メンツ》を失っても、ここに来てほしい私のそばにいてほしいと哀願するつもりだったわ。あなたは私の両親を軽蔑《けいべつ》しているわね。でも、気づかないかもしれないけれどあなたも同類よ。父や母に負けず劣らず冷たくて石頭だわ。ただ父や母には人情のかけらくらいはあったわ。私のために駆けつけてくれたんですもの。でもあなたにはそのかけらすらないわ」彼女はルーカスのシャツを布地がちぎれるかと思うほど、いっそう強くつかんだ。「あなたが私を愛していようといまいと、あなたは私の夫よ。私にはあなたが必要なの。私をほうり出していいなんて絶対に思わないで。あなたが私と結婚したのは、そうしなければという責任感があったからでしょう？その気持はどこへ行ってしまったの？　あなたの妻があなたを一番必要としているときに顧みもしないなんて。私と一緒に泣いたら男がすたるとでもいうの？」エスリンは再び彼を打った。さらに打った。涙がぼろぼろこぼれ、頬からあごへしたたった。「泣きなさい、ルーカス！　泣くのよ！」

次の瞬間エスリンは息が詰まるほど激しく抱きすくめられていた。彼が肩のくぼみに顔を埋める。エスリンはいま自分の口から飛び出した独りよがりな願いがかなえられたのだとは思いもしなかった。が、彼の広い肩が震えるのを感じた。彼が嗚咽《おえつ》をもらすのが聞こえた。

彼女はルーカスの腰に腕を回し、しっかりと抱き寄せた。そうするあいだにも彼の涙がうなじを浸し、ブラウスを濡らした。彼は泣いた。泣いて泣いて泣いた。しまいにエスリンは彼の重みを支えきれなくなり、二人は抱き合ったまま床にくずおれた。彼女はルーカスの頭を乳房のあいだに押しつけ、守るように胸に抱き、いつもトニーにしてやったように優しくそっと前にうしろに揺すった。とどまるところを知らない涙が彼の髪の中に落ちた。

彼がいとしかった。心が張り裂けるほどルーカスがいとしい。

「トニー、死ぬな」彼はすすり泣いた。「息子がいると知ったときに僕がどんなに感動したか、エスリン、君にはわかりっこないさ。僕はトニーに僕が父親だってことを知ってほしい。子供のころ、僕はおやじが欲しくてたまらなかった。こんなおやじがいたらいいなとよく夢想した。僕はむかし自分が欲しいと夢見たようなトニーの父親になりたいんだ」

彼はエスリンの胸にいっそう深く顔を埋めた。「僕の息子を奪うなんて、いくら神だってそんな無情なことをしていいのか！」

「そんなことになったら……そんなことになったら、あなたの悲しみを私はどうしたらいいの。耐えられないわ。とてもとてもあなたを愛しているんですもの」

しばらくしてルーカスの涙は止まった。だが彼はエスリンの胸の谷間に頭を埋めたままでいた。彼は湿ったブラウスの上からキスをし、愛の言葉をささやいた。英語で、そしてエスリンにはまだ理解できないナバホの言葉で。

「僕は君を愛したくなかった」

「知っているわ」エスリンは優しく言い、彼の髪を指ですいた。

「しかし愛してしまった」

「知っていたわ、それも」

ルーカスは顔を上げ、涙で濡れた目でエスリンを見た。「知っていたって？」答える代わりにエスリンは彼の濃い黒いまつげから涙を拭い、その涙のしずくを見つめ、それからかすかに微笑した。

二人の胸に強い思いがあふれ返ったのもつかの間、ドアが静かにノックされた。どちらの顔もたちまちに青ざめた。ルーカスは立ち上がってエスリンに手を差し伸べた。彼女は彼の手に我が手を委ねた。信頼をこめて。ルーカスは彼女を立たせ、しっかりと支えるようにたくましい腕を彼女に回した。そして二人は死刑執行人の前に並ぶようにドアの方へ向き直った。

「どうぞ」ルーカスが言った。医師が入ってくるものとばかり思っていた。

だが、入ってきたのは医師ではなかった。刑務所長のディクソンだった。エスリンは彼が何者なのか知らなかったが、ルーカスは知っているということは彼が体をこわばらせたのではっきりわかった。

「しばらくだね、ミスター・グレイウルフ。こんなときになんだと思ったのだが」彼は目のやり場に困った。二人がいままで泣いていたのは一目瞭然《りょうぜん》だった。「私はディクソンです。刑務所長の」彼はエスリンに言った。ルーカスに紹介の労を取る気のないのが明らかだったからだ。

「ここに何をしに?」ルーカスはいっさいの社交辞令抜きできいた。

「いまあなたがたが大変つらい思いをしていることは重々承知しています。こんなときにお邪魔をしてすみません、奥さん。よい知らせでなければ、私としてもわざわざ出向きはしなかったでしょう」

「僕がここにいるのがどうしてわかったんです?」

「ミスター・アンドリューズの秘書から聞いた。昨日からずっと君に連絡しようとしていたのだがどうしても捕まらない。それで彼のところへ電話をしたのだよ」

「お手間をかけてしまいましたね、ミスター・ディクソン」エスリンは言った。「そんなにまでしていらしたのは何か重要なことが?」

「ご主人の罪が晴れたのです」彼はルーカスを見た。「判事は君の裁判記録を再調査した。また二人の男の自白供述書も考慮に入れた。その供述書は君の無罪を明らかにした。彼らはこう述べている。君が揉み合いの中にいたのは乱闘を制止するためだった。君は暴力行為を止めようとしたのであり、扇動したのではないと。君は正式に晴れて潔白の身になった。弁護士としてまた法廷に立てるのだ」

エスリンはうれしさに夫の腕にすがりついた。ルーカスは彼女を支えきれずよろけた。その知らせが彼の膝をがくがくにしてしまったのだ。

二人がディクソンに感謝を告げる暇もないうち、ジーンが部屋に駆け込んできた。「ルーカス、エスリン、早く来たまえ。医者が君たちを捜している」

# エピローグ　飾らぬ愛

「エスリン、これ以上笑ったら顔が壊れちまう」

「ええ、たしかに。あなたにとってはとても異例の顔ですものね」エスリンは夫のしかめっ面を見て笑った。「トニー、こっちを向いて。ママを見てちょうだい」

トニーが頭を振り向けたチャンスを逃がさずに彼女は二度シャッターを切った。赤ん坊はよだれだらけの口でにっこりし、生えたばかりの前歯まで披露してくれた。

「さあ写真の仕事はもう終わりだ」ルーカスが言う。「今日はパーティだろう」

「とても楽しんでいるわよ」エスリンは幸福そうに言い、背伸びして彼の頬にキスをした。

彼女の目はきらきらしている。「私、あなたとトニーの写真を撮るのが何より楽しいの」

ルーカスはそれは大いに疑問だという顔をした。「へえ、もっと楽しくて好きなことがあるだろう。言ってやろうか？」

「ルーカス！」

「笑って！」

彼女の怒った顔……今度はルーカスが笑った。「しかしトニーと僕がいい被写体だってことは認めるよ。そうだよな?」彼は誇らしげに息子を見た。息子は実に父親似だ。トニーの瞳の色は父親と同じ淡いグレイで、それを縁取る部分は母親譲りのブルーだ。髪は漆黒。けれどルーカスのようにまっすぐではない。頬骨は父親同様に高いが、ほっぺたは赤ん坊らしくふっくらとしている。彼は健康な赤ん坊の見本のようだ。

「あなたたちは私のお気に入りのテーマよ」エスリンは二人を抱き締め、夫のがっしりとした喉に頬をすり寄せた。赤ん坊が彼女の髪をつかんで引っ張る。

「おいおい、いつまでくっついている気だ?」ジーンがエスリンにパンチのグラスを渡した。「お客さんがお待ちだよ」

「トニーを貸して」アリスが来た。手にクッキーをひらひらさせている。赤ん坊を釣るにはそれが一番だった。いつもなら父親から離れるのをいやがる子が喜んで祖母の腕に移った。「ウイラードとエレナが連れてきてって言ってるの」

「さあ、甘ったるい目で見つめ合うのはいい加減にしてお客さんに挨拶《あいさつ》してきたまえ」ジーンがルーカスとエスリンをオフィスのまわりに集まっている人々の方へ押し出す。

今日はルーカスの法律事務所のオープニングパーティだった。彼の無罪が大きく報道されたこと、それにエスリンの写真が全国版の雑誌に掲載されたことによって、居留地に住む先住民の多くの窮状が改めて社会の関心を引きつけていた。

しかしルーカスはそういった関心の高まりをけして楽観視していなかった。先住民に対する抑圧や差別が、それが意図的なものであれ無意識のものであれ、すべてなくなるのを生きているあいだに見届けることはないだろう。しかし一歩ずつでも明るい方向へ向かうのは喜ばしいことだった。

彼は自分が置かれている状況に細心の気配りをした。逆転無罪になったことで金銭的な利益を得たように見られたくなかった。自分を頼ってくるのがどういう人々か、一瞬たりとも忘れなかった。今日のような折ですら、白いワイシャツにネクタイを締めスポーツジャケットを着てきたが、下はいつものジーンズとブーツだった。ヘッドバンドはしていないが、銀のピアスはつけていた。事務所のデスクのうしろには、酋長《しゅうちょう》の盛装をしたジョセフ・グレイウルフの写真が額に入れられ飾られていた。それはジョセフが男盛りのころ撮ったポートレートで、列席したお歴々がしきりと感心し話題にしていた。

「あとどれくらいで僕らは家に帰れるんだ?」一時間ほど微笑を振りまき、客たちと握手を交わしたあとでルーカスがきいた。

「アリスが出してくださった招待状には二時から六時までとなっていたわ。でもなぜ?」

「家に帰って君とベッドに飛び込みたいのさ」

「しーっ！　人に聞こえるわ」

大勢の客の目もはばからずルーカスは彼女の唇にキスをした。

「お行儀よくしてちょうだい、ルーカス。これはあなたのためのパーティなのよ」エスリンはいさめるように言ったつもりだが、彼が素直に愛情を表してくれるうれしさは隠せなかった。

ルーカスはエスリンの髪をひと房つまんでもてあそぶ。「君をここからかっさらっていこうかな」

「誘拐するの？」

「ああ」

「あなた前にもそうしたわね」

「あれは僕がこれまでにしたことの中で一番賢明な行動だった」

「あれは私の身に起こった最良の出来事だったわ」

周囲のざわめきも忘れ二人は互いの目の中に愛を探った。すでに分かち合った愛とこれから分かち合う愛を。そうしているところへジョニー・ディアインウォーターが来てルーカスの背中を手荒く叩《たた》き、友情にあふれる握手をした。

二人は時間が来るまでホストとホステスの役を果たした。やがて客たちは三々五々帰っていった。

「父や母とまだろくに話もしていなかったわ」エスリンはルーカスの腕を取り、部屋の向こうでジーンと話している両親の方へ引っ張っていった。ルーカスが渋る声を出す。「遠いところから来てくれたのだし、それだけじゃなくずいぶんと歩み寄ってくれているわ」

「わかってる」ルーカスは不承不承認めた。「行儀よくするよ。とにかく、彼はジーンの診療所の増築をしてくれているんだし」

ウイラードとエレナが暇《いとま》を告げてフェニックスに発《た》つとすぐ、アリスが今夜ひと晩トニーを預からせてもらえないかしらと言った。「私たちそう始終この子に会えないでしょう。どのみちあなたたちは明日オフィスの片づけに来るのだし。ね、お願い」

そんなわけで、エスリンとルーカスは二人きりで家路についた。美しい晩だった。空には星が輝き、山脈の上に低く満月がかかっている。

「私ね、半分インディアンになったような気がするの。ここのすべてが好きよ」エスリンは物思いにふけるように言い、地平線の方をあごを上げて差した。

「君は多くのものを捨てなくてはならなかった」ルーカスは牧場に続く狭い道に目を据えたまま、静かに言った。

エスリンはハンドルの上のルーカスの手を取り、しっかりと握った。彼が目を向ける。

「別の人生を生きていたら私にはあなたがいなかった。トニーもいなかった。いまの私を前の私と交換したいとは夢にも思わないわ」

実際、エスリンはスコッツデイルとはきれいに縁を切ってしまった。家は売った。その売却金で居留地のいくつかの学校のために遊戯道具を買った。写真スタジオも売り、その利益で暗室の設備を拡充し、カメラ機材を揃《そろ》え、そしてルーカスのために立派な種馬を一頭買った。馬が運ばれてきた日、その贈り物を受け取るべきかどうかルーカスの自尊心は大いにざわめいた。

エスリンはルーカスの胸に両手を置いて彼を見上げた。「あなたは私にそれはたくさんのものを与えてくれたわ、ルーカス。これは私の気持なの。どうか受け取って」

ルーカスは馬を受け取った。彼女の愛の贈り物だと納得したからだ。また、立派な種馬は牧場の繁栄に繋《つな》がる。よい子馬が生まれるだろう。牧場の利益が上がればそれだけたくさん人手を雇える。職がなくぶらぶらしている若者たちに仕事を与えられる。敷地にはすでに六人いるカウボーイたちのための宿舎が建てられていた。彼らがよく働いてくれるおかげで、ルーカスは心おきなく弁護士活動に時間を割くことができるのだ。

いまエスリンは、月明かりの空をバックにくっきりと刻まれたルーカスの横顔を眺める。胸が愛でいっぱいになる。トニーの命が助かってからというもの、エスリンは我が身の幸福をただ胸にしまっておくことができなくなってしまった。

「今日の写真がうまく撮れているといいけれど。とくにトニーのがね」彼女の夫はまだ続きがあるんだろうという顔で黙っている。「あの子が危なかったときのこと思い出すと私、いまでも体が震えるの」

ルーカスは彼女の手から自分の手を抜き取り、その甲で彼女の頬を撫《な》でた。「僕らはそのことをけして忘れまいと約束した。しかし、いつまでもそのことばかり考えるのはやめようとも約束した」

「わかっているわ」エスリンは唇をなぞる彼の指の関節にそっとキスをした。「私はただあの日のことを思い出していただけ。あなたが私を愛していると言ってくれたことや、ディクソン所長がすばらしい知らせを持ってきてくれたこと、そしてそのすぐあとにお医者様がトニーの容体が峠を越したと」彼女はルーカスにほほ笑んだ。「ああ！　あんまりいっぺんによいことが起こって、私うれしくて死にそうだったわ」

「どうやら今夜の君は回想ムードだね」

「そうやって私の幸福をお祝いしているのよ」

ルーカスは家の前で車を止め、エスリンにちらと横目を向けた。「実は僕は別の祝い方を考えてあるんだ」

「それはなあに、ミスター・グレイウルフ？」

二人は明かりをつける時間すら惜しんだ。窓から白々と差し込む月の光に導かれて寝室に行った。

ルーカスはジャケットをむしり取るように脱ぎ、椅子に投げかけた。ワイシャツのボタンをはずす。そこから先はパッションが彼を動かした。彼はエスリンを抱き寄せる。彼女はスーツの上着を脱ぐや床に落とした。

彼の口は初めてキスしたときと同じように熱く同じように荒々しかった。彼はいくらか角が取れたかもしれない、ひがみや思い込みは制圧されたかもしれない、半分白人であることを忌み嫌うのではなく受け入れていこうとし始めているかもしれない。けれど愛し合うときの野性味だけはなくしてほしくないとエスリンは思う。

ルーカスは彼女のブラウスの前に触れ、ボタンを探った。唇をしっかりと合わせたまま、ひとつひとつはずしていった。そのあいだエスリンは両手の十本の指で彼の髪をかき回していた。彼はブラウスの裾《すそ》をスカートのウエストから引っ張り出し、ブラのホックをはずしてレースのカップを開くと両手で乳房を包み込んだ。

彼のごつごつした指とてのひらがエスリンの柔らかな肌をやすりのようにこする。その刺激がたまらなくすてきだった。乳房を彼の口に捧《ささ》げると、彼は唇でついばみぐっしょり濡《ぬ》らした。

再び唇を重ねる。胸と胸を合わせながら二人は喜びにあえいだ。ルーカスは彼女の体にしっかりと腕を回し、彼女の方へ頭を押し下げた。

「君はもう僕の体の一部だ。そうじゃなかったときのことなど思い出したくない」彼は声をかすれさせ、いっそう強く抱き締めた。「君を愛していなかったときのことなど思い出したくもない」

彼の口からロマンティックな言葉がこぼれるのは本当に珍しかったから、エスリンは宝物でもらったようにうれしかった。彼はナバホ族の伝統の男らしさとは相容《あいい》れないこまやかな感情を認めるようになってきてはいた。けれどいまでも心の底の思いを吐露することはめったにない。だからいまのようなときにはエスリンはそのひとことひとことを大事に胸に刻みつけた。

熱烈なキスに二人の口が溶け合う。彼はスカートの下に手をすべり込ませた。ストッキングの上の縁とガーターベルトのサスペンダーをもてあそぶ。彼がそうするのがとても好きだったので、エスリンは彼を喜ばせるためによくそれを着けた。

彼は彼女のヒップを両手に包んで体に押しつけ、興奮のきわみにいざなう。彼女はじきにパンティを足から抜いた。彼の手が脚のあいだに忍び込む。ずっと上に。彼女の中まで。

彼は彼女をもう少しで消え入りそうにさせ、それからキスと優しい囁《ささや》きでいたわった。

「ルーカス」エスリンは息も絶え絶えに、咲ききった花がしぼむようにしなだれかかった。

「ああ、なんて君は美しいんだ」彼はエスリンの髪に指を絡ませて引き寄せた。「僕の女。僕の妻」つぶやきながらひしと抱き締める。

ひとしきり荒々しいキスを交わしたあと、エスリンは体を離した。彼女の唇はキスで濡れ、髪は乱れ、ブラウスとブラの前ははだけ、スカートはくしゃくしゃだ。そんなしどけない姿の彼女がルーカスには夢の中のセクシーな幻のように見えた。

ルーカスはじっと立っていた。しっかりと目を合わせたまま彼女が彼のシャツを肩から剥《は》ぐ。彼は少し驚いた。彼女はそれを指先から床にすべり落とし、トルコ石で飾られたベルトの下に手を入れた。

「覚えているかしら？　あなたはここにナイフを差していたのよ。それはそれはセクシーだったわ」

「ほんとかい？」

「ええ」

エスリンは彼のジーンズのウエストベルトの中に手を入れた。指先で下腹の毛をまさぐる。目と目を合わせたままで、彼を引っ張りながら彼女はベッドの方へあとずさった。膝の裏側がベッドの縁に当たるとそこに座った。

月光に照らされたルーカスは怖いほど野性的だった。髪はいっそう黒く、目はいっそう淡い灰色で、体はしなやかで皮膚はなめらかに光り、邪悪なまでに美しい。首にかけられた十字架は、彼の喉と胸のたくましさをいやがうえにも強調している。銀のピアスがまばたくようにきらりとした。

エスリンは羽根のように軽く彼の胸に、彼の乳首に触った。肋骨《ろっこつ》のうねを探りながら、お臍《へそ》のくぼみへと指を這《は》わせる。彼がベルトのバックルをはずそうとした。

「だめ」

彼がおとなしく両手をわきに落とすと、エスリンは目にもとまらぬ早さでバックルを解いた。手がそんなにすばやく動いたのは初めてだったが、指はあわてももたつきもしなかった。暗い中で金属がリズミカルに鳴った。ほかには彼の荒い息づかいだけ。あたりは静まり返っていた。

ひとつまたひとつ、エスリンはジーンズのごつい金属ボタンをはずし、はずし終えると前を開いた。石けんと彼の肌と彼のセックスが温かく麝香《じゃこう》のように匂《にお》った。むさぼりたいようなルーカスの匂い。

頭を前に傾け、彼女は開いた口を彼のお臍に押し当てた。両手をジーンズの内側に入れて脱がせる。ゆっくり、優しく、じらしながら誘うように。舌で触れると、彼はしわがれた叫びをあげた。

何度も何度も何度も……。

そのずっとあとで、裸の体を絡ませて横たわり、互いの体の熱に浴しながら、エスリンは彼の首にキスをし、ピアスをした耳に囁いた。「愛しているわ、ルーカス・グレイウルフ」

「知ってるよ」

そう、彼は知っていた。だから、そのひとことでエスリンは満足だった。

# 訳者あとがき

平穏無事に暮らしているとき、私たちはその状態がずっとつづくような気がしている。変わり映えのしない日々に、退屈だと不平をもらすことはあっても、今日も、明日も、あさっても変わらないという思い込みの中で安堵《あんど》感にひたって生きている。けれど、本当は、私たちの一時間後、一分後、一秒後はまったく予測できない。人生をすっかり変えてしまう運命がいつどこに潜んでいるかわからない。

エスリン・アンドリュースの場合、ある日仕事から帰宅すると、その運命が待ち伏せていた。脱獄囚が家に潜んでいたのだ。彼女に襲いかかった侵入者はナバホ族の男ルーカス・グレイウルフ。インディアンの生活向上の運動をしている活動家だ。異常な状況の中で、彼らは否応《いやおう》なく密接に関《かか》わっていく。通常の社会生活の中では、二人がまともに接する機会はまずなかっただろう。WASP《ワスプ》という白人特権階級に属し、真綿にくるまれるようにして育ったエスリンと、もっとも恵まれない階層と言われているインディアンのグレイウルフの間には、あまりにも大きな隔たりがある。人種の違い、文化背景の違い、征服者と被征服という歴史的な立場。グレイウルフにとってエスリンは保留地まで逃亡するための道具であり、人質の身であるエスリンにしてみれば、たとえいかなる理由があったにせよ脱獄囚人のグレイウルフは犯罪者であり、命を脅かす敵だ。が、やがて彼らの間には互いへの理解と思いやりが芽生える。相手の中に尊敬を見いだす。その思いはいつしか愛へと深まっていくが、難しい問題をかかえた愛だ。同じ合衆国の中にあっても、白人の社会と先住民族の社会はまったくちがう。人種的にはモンゴロイドであり、自然を敬うアメリカ・インディアンの精神文化は、はるかな距離を隔てていても、日本の古来の、というよりアジアの心と通じるものがある。

アメリカ・インディアンは、最近ではネイティブ・アメリカンという呼び方もされ、本当の暮らしぶりがだんだん知られるようになっているが、それでも、かつて西部劇映画で繰り返し描かれた、幌《ほろ》馬車隊を襲う獰猛《どうもう》な人種というイメージがまだ残っているかもしれない。実は、白人のアメリカ大陸入植以来、残酷な運命にみまわれたのはインディアンのほうなのだ。文字どおり、悲劇の歴史である。皆殺しにされた部族もいる。ナバホ族も住んでいた土地を奪われ西へ強制移住させられた。ナバホ族は現在、アリゾナ、ニューメキシコ、ユタ州にまたがる保留地を与えられており、ウインドーロックを中心としたそこはナバホ・ネイションと呼ばれ、ある程度の自治権もある。だが、荒涼とした不毛の土地で、産業もなく、白人社会との経済格差は大きい。

白人であり、ひときわ裕福な環境の中で育ったエスリンが、グレイウルフと結婚してインディアンの社会に飛び込むのは大きな覚悟がいることだ。しかし、エスリンは豊かでも冷たい人々より、貧しくても人情のあるナバホの社会で暮らすことを選んだ。サンドラ・ブラウンは危機に立たされた女を雄々しく描く。彼女たちはけして女々しくない。へこたれない。そして彼女たちは社会通念ではなく、じぶんの価値観で人生を選びとり、変える勇気を持っている。

松村和紀子

二〇〇一年六月

## 訳者　松村和紀子

青山学院短期女子大学英文科卒。商社勤務を経て、1980年よりハーレクイン社のシリーズロマンスの翻訳に携わる。最初の訳書はアン・メイザー『勝ち気なニコラ』。現在85冊目を翻訳中。主な訳書に、サンドラ・ブラウン『ワイルド・フォレスト』、ダイアナ・パーマー『テキサスの恋—2000年夏—』(以上、ハーレクイン社)がある。

●本書は、1995年4月に小社より刊行された単行本を
文庫化したものです。

# 侵入者

2001年9月15日発行　第1刷

著　　者／サンドラ・ブラウン

訳　　者／松村和紀子(まつむら　わきこ)

発 行 人／安田　泫

発 行 所／株式会社ハーレクイン
東京都千代田区内神田1-14-6
電話／03-3292-8091(営業)
03-3292-8457(読者サービス係)

印刷・製本／大日本印刷株式会社

装 幀 者／林　修一郎


ISBN4-596-91003-0

## “MIRA” とは？

——星の名前です。秋から冬にかけて南の空に見られる鯨座に輝く変光星。

**MIRA文庫**では、きらめく才能を持ったスター作家たちが紡ぎ出す作品をお届けしていきます。サイコサスペンス、ミステリー、ロマンス、歴史物など、さまざまな変化を楽しんでいただけます。

——女性の名前です。

**MIRA文庫**には、いま最も筆の冴えている女性作家の作品が続々と登場いたします。

——ラテン語で“すばらしい”を意味する言葉であり、“感嘆する”という動詞の語源にもなっています。

**MIRA文庫**は、どれも自信を持っておすすめできる海外のベストセラーばかりです。また原書どおりでありながら、違和感なく一気に読み進むことのできる翻訳の完成度の高さも目標に置いています。

——スペイン語では“見ること”を意味します。

**MIRA文庫**を、ぜひ多くのみなさまに楽しんでいただければと思っております。

MIRA BOOKS編集部

# MIRA文庫の新刊

メアリー・リン・バクスター
霜月　桂　訳

## 終われないふたり

殺人事件、脅迫…。でも彼女が本当に恐れているのは、捜査を担当する元夫なのかもしれない。愛と陰謀が交錯するロマンティック・サスペンス。

ジョアン・ロス
笠原博子　訳

## オートクチュール

本当に欲しいものを手に入れる方法は? 富と権力の渦巻く全米屈指のデパート・チェーンを舞台に、愛を求める孤独な人々の姿を描く。

レベッカ・ブランドワイン
大倉貴子　訳

## ダスト・デビル

12年ぶりの再会で愛を確かめ合う恋人たちのまわりで次々と謎の殺人が起こる。事件を追うふたりの背後に邪悪な陰謀が渦巻いていた……。

アン・メイザー
小林町子　訳

## 迷路

事故で記憶を失ったネイサンを迎えに来たのは、妻だという女性だった。記憶喪失、殺人、横領——もつれた運命は、彼らをどこへ連れていくのか。

# MIRA文庫の新刊

キャンディス・キャンプ
細郷妙子 訳

## 裸足の伯爵夫人

おてんばレディー、チャリティーの婚約者は、妻殺しと噂されるデュア伯爵だった。19世紀のロンドンを舞台にしたロマンティック・サスペンス。

マーゴット・ダルトン
皆川孝子 訳

## ひそやかな殺意

意識が戻ったとき、見知らぬ人生がメグを待っていた。名前にも夫にも全く記憶がない。医者の診断どおり、多重人格なのか?

ヘザー・グレアム
風音さやか 訳

## 視線の先の狂気

不思議な能力を持つマディスンはＦＢＩの捜査に加わる。繰り返し見る悪夢の謎が解けたとき、待ち受けていた衝撃の事実とは……。

テイラー・スミス
安野 玲 訳

## 沈黙の罪

マライアの家族を襲った悲惨な事故。犯人探しを始めた彼女に、暗殺者の影が忍び寄る。元情報分析官の著者が放つノンストップ・サスペンス。

# MIRA文庫の新刊